티투스는 베레니스를 사랑하지 않았다

Titus n'aimait pas Bérénice
by Nathalie Azoulai

Titus n'aimait pas Bérénice © Editions POL, 2015
All rights reserved.
Published by arrangement with POL
through Sibylle Books Literary Agency.
This Korean edition was published
by Musobul Books,
a brand of Alchemist Publishing Co.

Titus n'aimait pas Bérénice by Nathalie Azoulai

티투스는 베레니스를 사랑하지 않았다

나탈리 아줄레
백선희 옮김

차례

티투스는 베레니스 여왕을 로마에서 멀리 떠나보냈다.

그도 원치 않고 여왕도 원치 않았지만.

수에토니우스, 「티투스의 삶」

티투스는 게걸스럽게 먹는다. 그 순간에 그는 필요한 에너지만큼 허기를 느낀다. 베레니스는 음식에 손도 대지 않는다. 그녀는 접시만 뚫어져라 쳐다보며 꼼짝도 하지 않는다. 그러다 운다. 그가 그녀를 품에 안는다. 그녀는 떠나려 하고, 그는 붙잡는다. 너무도 사랑한 여자의 눈물을 마지막으로 닦아주며 티투스는 말한다. 내가 무슨 괴물이 된 거지? 그러나 그의 결정은 달라지지 않는다. 티투스는 베레니스를 사랑하고, 그래서 그녀를 떠난다.

티투스는 그의 합법적인 아내이자 자식들의 어머니인 로마를 떠나지 않기 위해 베레니스를 떠난다. 이미 오래전부터 티투스가 그녀를 사랑하지 않는데도 로마는 용감하고 꿋꿋하고 이해심이 많다. 그래서 티투스는 아무것도 바꾸지 않고, 아무것도 파괴하지 않기 위해 로마에게 다가가며 말한다. 나를 다시 받아주오. 그

러자 로마는 두 사람이 함께한 세월의 성을 그가 포기하는 것을
견딜 수 없어 그를 다시 받아들인다.

　티투스가 떠나던 날 저녁, 베레니스는 더 이상 서 있지 못한다.
집으로 돌아오자마자 눕는다. 그러나 수평으로 누워도 그녀의
몸은 너무 길고 불안정하게 느껴진다. 주변의 모든 것이 빙빙 돌
더니 별안간 위가 뒤집힌다. 그러나 토할 수가 없다. 그녀는 다시
눕는다. 그러자 더 멀리, 더 깊고 더 음험한 배 속에서 구토가 올
라온다. 그리고 여느 때처럼 밖으로 표출되지 못하고, 표면까지
이르지 못한다. 그녀는 원한이 쓸개즙의 다른 이름이라는 걸 아
직 알지 못하지만, 몸과 영혼의 심층이 같은 곳에 둥지를 틀고
있다는 건 안다. 티투스의 단념은 그녀 살갗에 남은 검은 점이다.
코르넬리우스 얀센(네덜란드의 가톨릭 신학자)의 공모자 생시랑(프랑
스의 신학자로 본명은 뒤베르지에 드 오란이지만 생시랑 수도원의 원장이었
기 때문에 생시랑으로 불렸다)은 이렇게 쓴 바 있다. "아담은 원죄 이
전에는 다이아몬드였으나 원죄 이후에는 석탄이 되고 말았다."

사랑의 슬픔에서 회복되려면 1년이 필요하다고 흔히들 말한다. 진실을 무디게 만드는 온갖 진부한 말들도 한다.

사랑의 슬픔은 생리적인 질병과 같아서 신체 조직이 회복되어야만 한다.

언젠가는 좋은 순간만 기억하게 될 거야(이는 그녀가 들은 말 중 가장 어처구니없는 말이다).

너는 더 강해지게 될 거야.

넌 다시는 사랑하지 않겠다고 말하지만 두고 봐.

삶은 늘 제자리를 되찾기 마련이야.

등등.

이런 말들이 그녀에게 와서 그녀를 감싸고 어른다. 정말 솔직히 말하자면 그녀에겐 이런 회복용 재잘거림이 필요하다. 그녀를 둘러싸고 감정이입을, 보편론을, 그리고 실용주의를 속삭이는 이 모든 말들이 그녀에게는 가련한 몸을 눕힐 나뭇잎 침대가 된다.

11

그럼에도 그녀는 이따금 완전한 침묵을 갈망한다. 그녀를 둘러싸고 아무 말 없이 바라봐주고 그녀의 말에 귀 기울여줄 지인들을 갈망한다.

그러던 어느 날 자신의 고백이 아닌 다른 고백, 혹은 자신의 고백에 대한 화답에서 그녀는 듣는다. 황량한 동양에서 내 처지가 처량하기 짝이 없구나!

목소리는 나직하고, 눈길은 흐릿하며, 가슴은 들썩인다. 감동적이고 비장하다. 그 소리는 개별적이면서 합창이기도 하다. 그 목소리는 다른 목소리를 부르고, 다른 목소리는 또 다른 목소리를 부른다. 무한히. 그녀는 미소 짓는다.

이날 저녁, 집으로 돌아온 그녀는 책장에서 라신의 작품들을 모두 찾아낸다. 『앙드로마크』, 『페드르』, 『베레니스』. 빠진 게 있다. 그가 몇 권이나 썼지? 그녀는 내친 김에 다른 작품들도 살 생각이다.

그녀는 사는 법을, 소리 내는 습관을, 몸짓을 찾는다. 차를 한잔 준비하고, 몇 시간 동안 큰 소리로 책을 읽는다. 12음절 시를 딱히 읽을 줄은 모르지만 열성을 다한다. 음절들을 얼렁뚱땅 건너뛰고 연음에서 머뭇거린다. 간신히 나아간다. 그녀는 자기 내면에서, 그리고 방 안에서 생겨나 움직이지 않고 그녀를 실어 나르는 흔들림에 점차 흡족해한다. 목소리가 지치면 뜨거운 차를 다시 한잔 준비하고 조금씩 홀짝인다. 그런 다음 시를 웅얼거린다.

쉬지 않고 입술을 달싹이고 움직여 공기와 살이 접촉할 필요가 있기 때문이다. 눈만으로는 부족하다. 시를 씹을 필요가 있다.

그녀의 회복용 재잘거림이 달라진다. 이제는 아포리즘 사이로 고등학교에서 배웠거나 배우지 않은 12음절 시구가 끼어든다. 고리타분하고 뻣뻣하고 낯선 코메디 프랑세즈의 시구들이다. 생소한 그 시구들은 때로는 그녀에게 여행을 떠나 사람들이 그런 시로 말하는 나라에 가보고 싶은 욕구를 안기고, 때로는 비웃고 싶은 욕구를, 기름진 웃음을 그 시에 얹고 싶은 욕구를, 시구를 해체하는 천박한 억양을, 제대로 조음되지 않은, 모든 점에서 상반되는 친근한 음절을 시에 얹고 싶은 욕구를 안긴다. 그런 언어에 상반되는 언어가 존재한다면.

어떤 날에는 인용을 한다. "언제나 슬픈 포로가 되어, 나 자신에게 성가신 존재가 되어 끊임없이 증오하고, 언제나 벌할 수 있을까?" 또는 "모든 것이 나를 아프게 하고, 나를 해치고, 또 해치려고 획책한다." 아니면 "나는 카이사레아를 오래도록 떠돌 것이다." 그녀는 분노, 버림받은 느낌, 긴장감 같은, 자신의 굴곡진 기분과 어울리는 시구를 언제나 찾아낸다. 그리고 대화 속에 인용 구절을 집어넣을 때 생겨나는 진지함에 균형을 맞추기 위해 이렇게 말한다. 라신은 사랑의 슬픔을 파는 슈퍼마켓이다.

라신은 작품을 열두 편밖에 쓰지 않았다. 그에 비해 코르네유는 서른세 편을 썼고, 몰리에르도 서른 편 정도를 썼다. 그 시절에는 이류 작가들조차 다작을 했다. 라신은 마지막 두 비극 작품은 주문을 받았기 때문에 썼다. 그러지 않았다면 열 권으로 그쳤을 것이다. 의문들이 떠오른다. 그는 왜 그렇게 적게 썼을까? 나머지 세월 동안에는 무엇을 했을까? 랭보는 라신이 순수하고 강하고 위대한 사람이라 말한다.

라신 덕에 그녀는 속내를 털어놓을 친구 없이 견뎌낸다. 일상의 슬픔이 된 이 미적지근한 물줄기를 받아줄 사람이 사실 있기나 할까? 그녀의 지인들은 닳아서 해졌다. 예전에 그녀도 다른 사람들의 속 이야기를 들어주는 친구 역할을 하면서, 슬픈 이야기란 꿈 이야기만큼이나 지루하고, 자기와는 상관없는 일이라는 생각을 하지 않을 수 없었다. 그렇지만 그녀는 비극이라는 형태가 만족스럽지 못하다. 결핍이라는 혹독한 원형경기장에 인물들을 던져 넣는 데 24시간은 부족하다. 『앙드로마크』만 예외다. 랑송은 말한다. "라신은 도착점 아주 가까이에 출발점을 잡기 때문에 줄거리가 아주 작은 원 안에 담긴다." 그녀는 그 작은 원을 떠올린다. 감정 토로와 저주가 천둥처럼 울리는 그 원은 제집처럼 느껴지지만, 그 모든 불행한 여주인공들의 시구를 거듭 읊조려봐도 그 여자들이 진짜 자매처럼 생각되지는 않는다.

배우인 어느 친구가 그녀에게 털어놓는다. 라신의 언어는 다른 고전주의 작가들의 언어와는 전혀 다른 유일무이한 언어라고, 왜 그런지 설명할 순 없지만 모든 배우들이 그걸 느끼고 안다고. 음악성 때문일까? 맞아, 하지만 단지 그것 때문만은 아니야.

라신을 인용할 때면 그녀는 갑자기 프랑스를 사랑하는 여자가 14 된다. 라신의 레퍼토리를 알고 저녁에, 밤에, 낮에, 새벽에 침대에서 시를 낭송하고 암송하며 우는 여자. 아마도 수천 명의 프랑스 여자들이 그녀와 같을 것이다. 그것은 참으로 강력한 합창이어서 남자 인물들의 시까지 빨아들인다. 안티오쿠스, 피뤼스, 이폴리트의 시가 그녀에게는 언제나 한 여자를 위해 여자가 쓴 것처럼 보인다. 낮의 빛도 내 마음속보다 순수하지는 못해.

그녀가 문자메시지에 시구를 끼워 보내고, 카이사레아, 아울리스, 트로이젠처럼 거창한 장소의 이름을 약속 장소로 말하면 어떤 대화 상대들은 난감해하고, 또 어떤 상대들은 반대로 더 큰 소리로 더욱 오랫동안 장광설을 떠들어댄다. 그녀는 그 장광설에서 친근감과 거리감을 동시에 느낀다. 그러면 그녀는 경계하게 되고, 지나치게 연극적인 몸짓을, 박식함을 뽐내려는 태도를 느끼고, 허영심의 냄새를 맡는다. 그저 규칙이나 외울 줄 알면서 절대적인 것에 홀딱 빠진 것처럼 보이고 싶어하는 사람의 허영심이다. 라신은 거드름을 유발할 수도 있다.

아니면 그녀는 덫을 놓는다. 어쩌면 나는 너무 오래 살아 결국 그를 잊고 말지 모른다. 사람들은 그녀에게 그 시를 어디서 찾았는지 묻고, 12음절 시가 아니라고 지적한다. 그녀는 손가락으로 음절을 세며, 자신이 잘못 인용해서 한 대목을 잊은 모양이라고, 분명 12음절 시라고 말한다. 사실 그것은 그녀가 새 자료집에 모은, 리타 헤이워드에 관해 오손 웰즈가 쓴 글이다. 그녀는 날마다 언어 조각들을 모아 그것으로 자신의 슬픔을 표현하고 싶어한다. 그녀 이전에 다른 사람들이 말한 언어에 자신의 목소리를 얹고 싶어한다. 거기에 뒤라스의 언어도 끌어들일 수 있을 것이다. 히로시마나 콜카타처럼 다른 비극의 장소에서 상처 입고 옮겨진 여자들에 관한 싸늘한 문장을. 그러나 그녀는 거기까지는 가지 않는다. 뒤라스는 한결같고 일관성 있는 20세기의 여성이고, 확실한 자매다. 뒤라스는 그녀에게 아무 도움도 주지 못할 것이다.

그것은 내 혈관 속에 숨은 열정이 아니다. 묶인 먹잇감을 앞에 둔 비너스다. 그녀는 몇날 며칠 동안 들판 위를 맴도는 독수리처럼 이 두 시구 주위를 맴돈다. 먹잇감은 결국 두 시구와, 심지어 그 시구들을 구상한 가능성과도 뒤섞이고 만다. 그녀는 그 분노가, 날것 그대로의 욕망이 어디서 오는지 알고 싶다. 사람들은 그리스인들과 라틴인들을, 그 시대를 거론하며 그때는 모두가 그렇게 썼다고 대답한다. 그녀는 아니라고 말한다. 꼭 그런 것만은 아니라고.

여자들의 사랑을 그렇게 잘 묘사할 줄 알았던 라신이 실제로는 어떤 사람이었을까 궁금해하면 사람들은 그녀에게 이렇게 경고한다. 그 사람에 관해 괜한 상상은 하지 마! 그녀는 아무것도, 아무 상상도 하지 않는다. 다만 라신은 구태여 베레니스를 창조하지 않아도 살 수 있을 만큼 모든 걸 가졌는데도 그녀를 창조했다. 뭐, 베레니스? 설마 너 자신을 그 여자처럼 생각하는 건 아니겠지? 그녀는 얼굴을 붉히며 그저 라신이 고통을 함께 나누는 형제였으면 좋겠다고, 그러면 도움이 될 것 같다고 털어놓는다. 사람들은 웃고 놀란다. 그녀는 자기 신조를 따른다. 슬픔을 가라앉힐 수 있는 거라면 뭐든 좋다는 게 그녀의 신조다. 사람들도 동감하고 그녀를 격려한다.

그녀는 첫 탐구로 수확한 수식어들을 집계한다. 라신은 얀센파였고, 궁정 신하였고, 비극 시인이었으며, 아카데미 회원이었고, 사료 편찬관이었고, 평민이었으며, 야심가였고, 향락주의자였고, 기독교인이었고, 총애받다 버려진 사람이었다.

그리고 그녀는 라신 작품들의 줄거리를 요약하려고 시도한다. 페드르는 이폴리트를 사랑하고, 이폴리트는 아리시를 사랑한다. 오레스트는 에르미온을 사랑하고, 에르미온은 피뤼스를 사랑하고, 피뤼스는 앙드로마크를 사랑하고, 앙드로마크는 엑토르를 사랑한다. 네로는 쥐니를 사랑하고, 쥐니는 브리타니쿠스를 사랑한다. 록산은 바자제를 사랑하고, 바자제는 아탈리드를 사랑한다. 그녀가 착각해서 주인공을 혼동하거나 머뭇거릴 때도 있다. 안티오쿠스는 베레니스를 사랑하고, 베레니스는 티투스를 사랑하고, 티투스는…… 그녀는 머뭇거리다 로마라는 이름을 말하고는 어렴풋한 숙명을 손에 쥔 느낌을 받는다. 어둠 속에서 아무것도 붙잡지 않고, 아무것에도 의지하지 않고 더듬어나가는 숙명을.

A는 절대 B를 사랑할 수 없지만 반대로 사랑받을 수는 있다. 상호성을 인정하지 않는 이 집요함이 어떤 날에는 그녀를 위로해준다. 마치 그것이 인간의 본성에 맞지 않는 불가능한 반대를 주장하기라도 하는 것처럼. 그녀의 불행은 천년의 행렬 속에 자리하고 있다. 그녀가 행복했더라면 그녀는 하나의 예외가, 괴물이 되었을 것이다. 베레니스가 티투스를 사랑하고, 티투스가 베레니스를 사랑한다면.

제발 그만둬, 라신은 건드리지 말라고. 사람들은 근엄하게 그녀에게 주의를 준다. 그래봐야 네 이빨만 깨질 거야. 네 작고 가련한 손으로 그 대리석 같은 작가를 움켜쥐겠다니 어림없는 일이야. 라신은 네 것이 아니야. 라신은 프랑스야. 그러나 그녀는 만지고 싶다. 손대고 싶다. 이것은 원한 어린 도전이다. 도박이다. 만약 그녀가 어떻게 그 시골 평민 출신이 여자들의 사랑에 관해 그토록 감동적인 시를 쓸 수 있었는지 이해하게 된다면 티투스가 왜 그녀를 떠났는지도 이해하게 될 것이다. 터무니없고 논리적이지도 않지만 그녀는 라신 안에서 남성성이 가장 여성성에 가까워지는 지점을, 두 성 사이의 지브롤터 바위를 짐작한다. 그러나 그녀는 털어놓지는 않는다. 공식적으로 그녀가 바라는 건 자신이 속한 시간을, 시대를 떠나 자신의 슬픔을 대체할 대상을 세우고, 자신의 눈물 커튼 너머로 하나의 형체를 조각하려는 것이다.

그녀는 시작부터 시작하기로 마음먹는다. 그리고 혼잣말을 한다. 잠시 멈추자.

베르사유 성에서 20킬로미터 떨어진 지점에 작은 골짜기가 하나 있다. 가장 낮은 곳에 자리한 포르루아얄 수도원까지는 백 개의 계단이 패어 있다. 예전에 부벽 위쪽에는 곳간 하나, 농가 한 채, 회양목 몇 그루, 과수원, 거대한 나무들이 있었다. 모든 시대를 통틀어 프랑스에서 가장 호사스런 시기에 골짜기는 정적을, 궁핍을, 대피소만큼 아늑한 은둔의 느낌을 맞세우고 있다. 그녀는 한 가지 가정을 세운다. 라신의 온 삶은 이 두 장소, 베르사유와 포르루아얄이 그에게 야기하는 감정, 이러지도 저러지도 못하는 갈등 속에 자리하고 있다는 가정이다.

건물들은 비어 있다. 수녀들은 수도원을 떠나 파리로 갔다. 습기와 비위생적인 환경 때문이다. 그는 이따금 학교를 빠져나간다. 계단을 구르듯 밟고 골짜기 아래로 내려간다. 그리고 수도원을 성큼성큼 걸어 '고독의 장소'까지 간다. 나무 아래 벤치들이 빙 둘러 둥지를 튼 곳이다. 거기서 그는 장면들, 대화들을 상상한다. 종종 그의 정신은 젊은 수녀들이 상급 수녀의 감시를 벗어났다고 생각해 소리 지르고 재잘거리고 깔깔거리며 웃는 모습을 본다. 그런데 하느님은 모든 걸 보시지 않나? 그가 라틴어로 쓴 짧은 시를 그곳에서 암송할 때면 나무들은 사람이 된다. 나무들이 그를 바라보며 감탄한다. 나뭇잎들은 그를 찬미하기 위해 박수 치는 손 같다. 그의 눈에 눈물이 맺힌다. 그런데 종이 울린다. 그는 수도원으로 달려가 서늘한 기둥에 등을 붙이고 놀란 가슴을 가라앉힌다.

그가 골짜기를 올라갈 때는 다시 여자들이 등 뒤 아래쪽에 있

20

는 것만 같고, 그들의 치마가 돌을 스치고 그들의 기도가 멀리서 웅얼웅얼 들리는 것만 같다. 때때로 그는 쏜살같이 다시 내려와 완벽한 정적을 확인한다. 처음에는 실망하지만 곧 눈을 감고 맑은 공기를 마시듯 침묵에 귀를 기울이고 미소 짓는다.

　그의 어머니는 그가 아주 어렸을 때, 겨우 두 살 즈음에 죽었다. 그의 아버지도 얼마 후에 사망했다. 그는 부모에 관해 아무것도 기억하지 못한다. 오히려 기억하는 건 그를 맡아서 보살펴주고 때때로 그의 뺨에 따뜻한 입김을 불어준, 라페르테 수도원의 수많은 여자들이다. 그 여자들 가운데는 종종 그를 가까이 오게 해서 그의 머리를 어깨에 얹게 하던 그의 젊은 고모도 있었다. 그럴 때면 그는 그의 머리카락과 섞이는 그녀의 부드러운 머리카락을, 후광처럼 형성되는 그녀 목소리의 진동을, 소리의 둥지를 느꼈다. 그에게 무엇이 필요하며 그가 무엇을 원하는지 모두 말할 수 있는 그녀가 거기 있었기에, 그는 말할 필요조차 없이 그 둥지 속으로 미끄러지듯 들어갈 수 있었다. 그녀가 침통한 얼굴로 고개를 떨구던 날까지는. 그녀는 말없이 그대로 있었지만, 그는 그녀의 입술에서 그녀가 떠나리라는 걸, 그녀가 그의 곁을 떠나리라는 걸 읽었다. 그녀는 다른 날보다 조금 더 힘주어 그를 끌어안았고, 다시 일어서더니 멀어져갔다. 어슴푸레한 빛 속에서 그는 그녀의 입술이 소리 없이 움직이는 걸, "슬—픔"이라는 말의 거의 쌍둥이 같은 두 음절을 만드는 걸 본 것 같았다. 하지만 그녀는 다른 말을 하려 했는지도 모른다. 다시 그녀를 보게 될 때 그는 물어볼 생각이다. 그녀 이전에 다른 가족들, 그의 할머니와 사촌들이 그랬던 것처럼 그녀도 그의 곁을 떠나 이곳, 포르루아알 데샹 수도원으로 왔다. 그도 몇 년 뒤에 왔다. 이곳의 청년 교육이 탁월하다고 평판이 나 있었기 때문이다.

이곳에 도착했을 때 그는 고모가 없으며, 독방을 햇볕에 말리는 기간 동안 고모가 다른 수녀들과 함께 파리로 보내졌다는 사실을 알고 실망했다. 그러나 그녀는 돌아올 것이고, 두 사람은 골짜기 중턱에 자리한 그들의 새 집에서 다시 만나게 될 것이다. 그는 온종일 그녀를 기다리며 시간을 보내는 것 같다. 하지만 문법을 발견한 뒤로는 힘들어하지도 초조해하지도 않는다.

사람들은 개별적인 개념을 지칭하는 것을 고유명사라 불렀다. 소크라테스라 불리는 어느 철학자를 지칭하는 소크라테스라는 이름처럼. 파리라는 도시를 지칭하는 파리라는 이름처럼. 그리고 일반적인 개념들을 의미하는 것은 일반명사 또는 보통명사라고 불렀다. 일반적으로 모든 사람을 지칭하는 사람이라는 이름, 사자, 개, 말과 같은 이름도 마찬가지다. 이것이 랑슬로가 한 말이다.

장은 수업을 세상에 대한 설명처럼 듣는다. 순박하고 평온하게. 그리고 모든 걸 적는다. 그는 규칙들이 그의 내면에 일깨우는 절대적인 존중을 느끼길 좋아한다. 규칙들은 분리하고, 정돈하고, 명명한다. 스승의 목소리는 대단히 감미롭고 온화하다. 문법은 그 어떤 설교보다 감미롭고 영양가 있는 애정의 맹세처럼 그에게 쏟아진다.

장은 열 살이다. 포르루아얄 데상 수도원에서 보내는 첫 가을이다. 그는 초원 한가운데 갈색 흙이 반짝이는 걸 오래도록 바라본다. 경작지를 그렇게 가까이에서 본 적은 없었다. 땅은 거의 붉게 보일 정도로 반짝인다. 붉은색과 초록색이 경이롭게 어우러진다. 그는 생각한다. 화가라면 저걸 그렸을 거야. 그는 그림이라곤 수도원 식당 복도에 걸린 근엄한 초상화 몇 점밖에 알지 못한다. 누군가는 땅의 유기적 활력, 파종, 돋아나는 새싹, 자연 속 인간의 삶을 얘기해주는 저 색채들의 결합을 중요하다고 판단할 것이다. 아몽은 그에게 피도 종종 그런 기름진 성질을 보이며, 몸속 어디에 있느냐에 따라 색깔이 달라진다고 가르쳐준다.

장은 용기 내어 말한다. 제가 화가라면 저 대비를, 저 붉은 흙을 그릴 것 같아요.

피는 붉고, 경작지는 갈색이야. 아몽이 대답한다. 하느님께서 인간에게 주신 보편적 지각을 바꿀 순 없어. 그랬다간 혼란만 낳게 될 거야.

장은 그 말에 동의한다. 그러면서도 아쉽다고 생각한다. 그가 화가라면 위험을 무릅쓰고라도 경작지를 붉은 핏빛으로 그렸을 것이다.

아몽은 서른이 넘었다. 그는 의사지만 임무에서 해방되기를 기다리며 수도원 정원에서 일하고 있다. 아몽의 이름도 장이지만 둘 중 누구도 상대의 이름을 부르지 않는다. 예의범절은 고유명사를 일반명사 '씨'로 대체하도록 강요한다. 장은 그러지 않고 그에게 말할 때 그의 이름을 부르고, 물에 비친 그림자에게 말하듯 하고,

그를 보며 자신을 이해하고, 거울 속 대화를 나누고 싶다. 장, 왜 그래요? 장, 내 말 좀 들어봐요……. 이런 대화는 이런저런 의문과 견해 차이가 있더라도 매번 동조하고 조화를 이루는 징표가 될 것이다.

그는 시간이 날 때마다 아몽을 찾아가 흙바닥에 무릎 꿇고 앉은 그의 옆에 무릎 꿇고 앉는다. 그러지 말아야 한다는 건 안다. 기도할 때만 그런 자세를 취해야 하며, 양말과 바지를 더럽히지 않고 쪼그려 앉을 수도 있다는 걸 알지만, 그는 저녁에 옷을 갈아입을 때 바지 주름 사이에서 촉촉한 갈색 흙 알갱이들을 발견하는 것이 좋다. 기숙사 선생은 이따금 그를 꾸짖으며 그에게 흙을 주우라고 요구한다. 장은 차가운 돌바닥에 무릎 꿇고 앉아 마른 흙 알갱이들을 느릿느릿 모은다. 그리고 그의 침대 아래 놓아둔 작은 잔에 몰래 담아둔다. 언젠가 그 잔이 충분히 채워지면 뭔가를 심을 수 있으리라 생각하며.

그런 다음 그는 눕는다. 어둠 속에서 기름지고 반짝이는 색채들이 그를 찾아온다. 붉은색과 초록색이 꼭 붙어서 나란히 놓인다. 장은 의미를 가진 사물들은 대부분 자기 존재를 드러내며 그런 방식으로 이어져 있다고 생각한다. 곁에, 그리고 함께. 그는 그같은 밀도로 말하고 싶고, 사람들이 자기 색채들을 내려놓듯 자신의 말을 내려놓고 싶다. 모조리 뒤섞기 전에. 말은 흙을 닮아서 너무 휘저어버리면 메마르고 그 의미와 힘을 잃고 말기에, 무언가를 의미하려면 항상 더 많은 말이 필요하게 되기 때문이다. 그는 신선했다가 금세 갖가지 혼동에 지쳐버린 말들은 어떨까 궁금해하다가 그 의문을 머릿속 한구석에 묻어둔 채 잠이 든다.

　　　　　하루하루가 모두 비슷하지만 그는 틀에 박힌 일
상이 좋다. 5시면 기상 종소리가 기숙사에 울린다. 장과 같은 방
친구 여섯 명은 첫 새벽빛을 받으며 빗장을 걸어 잠근 꿈에서 빠
져나온다. 빙 둘러싼 여자들, 부드럽게 감싸는 팔들, 가정의 온기,
천둥처럼 고함치는 하느님의 굵직한 목소리, 혹은 지옥의 불길에
서. 그러나 남학생들은 망설이지 않고 바닥에 납작 엎드린다. 몇
몇은 아직 졸고 있다. 잠시 후 그들은 다시 일어나 머리를 빗고
옷을 입고는 전날 배운 걸 복습한다. 각 학생이 차례대로 돌아가
며 한 대목씩 복습한다. 마지막으로 선생이 학생들의 복습 조각
들을 모아 수업 전체를 재구성한다. 그는 각 학생이 각자의 기여
와 가치를 헤아리길 바란다. 개개인의 노력이 공동의 작업에 보탬
이 되길 바란다.

　7시에 선생의 책상 앞에서 새 학과를 암송한 뒤 방에서 아침
식사를 한다. 말없이. 그들은 서로를 바라보며 마시고 천천히 씹

으면서, 9시에 라틴어 번역이라는 어려운 작업을 시작하기 전에 긴장을 푼다. 선생은 대개 오비디우스와 베르길리우스, 하느님을 알지 못했던 작가들을 선택한다. 장의 의식은 단번에 베르길리우스의 이미지들에 사로잡힌다. 뜻밖이며 단순하고, 소박하면서 강렬한 이미지들이다. 한번은 한 학생이 그 이미지가 저속해 보인다고 말했다. 선생은 그리스도 이전에는 많은 작가들이 저속했으며, 그렇다고 위대하지 못할 건 없다고 대답했다. 내친 김에 그는 *"pallida morte futura"*(베르길리우스가 『아이네이스』 제4권에서 디도의 자살을 묘사한 시의 한 구절로 "임박한 죽음에 하얗게 질린"이라는 의미)라는 구절을 인용했다. 장은 붉은색과 초록색 앞에서 그랬듯이 색다른 감정이 든다. 프랑스어는 개가 이빨을 드러내듯 분절을 드러내고, 굵은 뼈마디를 드러낸다. 반면에 라틴어는 이음새를 감춘다. 그 생략 속에서 의미가 돋아나 몰려온다. 축축한 흙이 냄새를 발산하듯이.

다가오는 죽음 때문에 하얗게 질린, 하고 한 학생이 말한다.

아니지, 선생이 말한다.

다가오는 죽음에 창백한, 장이 제안한다.

하지만 그게 무슨 뜻이야! 무언가에 창백할 순 없어!

맞는 말이지만 그래도 내가 보기엔 장의 번역이 더 적절한 것 같구나.

학생들이 쏘아보지만 선생은 이미 다음 번역으로 넘어가 속도 내어 수업을 이끈다.

번역이 끝나자 아이들은 지쳤다. 장은 머리가 아프고 속이 살짝 메스껍다. 선생은 학생들이 아직 아이들이라는 걸 알면서도 그들의 눈길이 산만해지고 이리저리 옮겨 다니느라 생각에서 멀어지는 걸 보면 참지 못한다.

그는 천둥처럼 고함친다. 마지막으로 한 가지 더. 여격을 보거라. 왜 그 자리에 여격이 쓰였지?

더 이상 누구도 대답할 기운을 내지 못하는 사이 장은 무언가를 찾는다. 선생은 도무지 지칠 줄을 모른다. 몇 시간이라도 번역할 수 있을 것이다. 장은 선생이 듣고 싶어하는 대답을 내놓는다. 선생의 기분이 풀어진다.

아주 잘했다, 장. 이걸로 수업 끝.

점심 식사는 구내식당에서 한다. 각 반 친구들끼리 말없이 걸어간다. 작은 행렬들이 선생을 따라 식탁까지 가서 선생이 앉고 나면 앉는다. 그들은 서로 눈길을 몇 번 주고받고, 찬송가를 무심히 들으며 휴식을 취한다. 생각들은 곡조에 실려 흔들리며 마침내 느슨해지고 쉬는 시간까지 부풀어 오른다. 이 휴식 동안 몇몇 얼굴엔 멍청한 미소가 떠오르고, 장은 그 미소를 보자 짜증이 난다. 그는 도망치고 싶지만 조급한 마음에 고삐를 죄고, 다리에 좀이 쑤시는 걸 표시내지 않고 발길을 재촉해 의사-정원사를 만나러 간다.

장과 아몽은 땅바닥에 무릎 꿇고 앉아 서로를 쳐다보지 않고 말한다. 아몽 옆에 몇 센티미터 간격으로 붙어 앉은 장은 자신이 균형을 잃으면 의사 쪽으로 쓰러질 테고, 다시 일어나는 데 몇 초가 걸릴 것이며, 둘의 자세가 평행을 이루지만 사실 그들은 일치하며, 한 가지 결정적인 지점에서 엇갈린다고 생각한다.

그들은 마치 혈액순환처럼 눈에 보이지는 않지만 명백한 것들에 대해 얘기한다. 장은 그 간극을, 동시에 두 가지가 되는 그 방식을, 혹은 사물과 말을, 보는 것과 말하는 것을 구분하는 방식을 좋아한다. 갈색 흙 속에 손을 집어넣고, 뿌리와 잎과 초록 풀에 눈길을 고정하고, 심오한 붉은색에 정신을 고스란히 빼앗긴 채.

그들은 다른 사람들과 떨어져 비밀스런 말의 둥지를 짓는다. 누가 다가오면 의사는 입을 다문다. 그가 하는 온갖 말을 할 권리가 그에게는 없다. 장은 홀린다. 아몽이 그에게 묘사하는 사물들의 강력한 조직에 놀라지만 그는 목소리를 높이지 않고도 감탄한다. 여기서 배우는 건 열광과 규율 같은 모순, 지극히 상대적인 모순이다. 믿음은 언제나 놀란 마음을 가라앉힐 수 있기 때문이다.

놀랄 것 없어. 그런 완벽함을 낳는 건 오직 하느님의 의지뿐이니까. 아몽이 말한다.

그의 학식은 엄청나다. 그의 앞에 있으면 장은 불투명한 구석도 비밀도 없는 유리 몸이 되는 느낌이다. 그 투명성에 당혹해 옷을 여러 겹 입고 싶어진다. 그러나 그가 무얼 하건 아몽은 언제나 그의 살갗 아래서 벌어지는 일을 알 것이다. 장은 자신에게 영혼이 있으니 그것이 두툼한 커튼처럼 자신을 감싸주리라 생각하고 안심한다. 그는 혼잣말을 한다. 내 영혼을 하느님께 맡기는 것이 내가 걸칠 수 있는 가장 고귀한 외투야.

정원에는 꽃은 별로 없지만 회양목이 많고, 무엇보다 거대한
나무들이 많다.

다른 곳에서는 왕실 병기창의 선박들을 건조하기 위해 참나무
숲을 마구 베어냈지. 아몽이 말한다. 왕이 우리 정원을 베러 오
지 않기를 기도하자.

그는 모든 종種을 알고, 속사나무, 느릅나무, 사시나무의 이름
을 댄다. 그 나무들을 구분 짓는 특징들을 세세히 알고, 그 속성
과 어원을 설명한다. 장은 그의 말을 몇 시간이라도 들을 수 있
을 것 같다. 아몽은 말한다. 느릅나무는 오리나무와 뿌리가 같
고, 그리스도 십자가의 가로대는 너도밤나무로 만들었지. 사시나
무의 이름은 바람이 조금만 불어도 떨리는 나뭇잎에서 나왔어.

그 이유뿐이에요? 장이 놀라며 말한다.

그래. 나무는 이름만큼 눈에 띄지 않아.

장은 이름이 사물보다 더 위대할 수 있다는 생각에 안도한다.
차라리 그게 낫지.

혼자서 정원을 거닐 때면 그는 말 없는 망루지기 같은 나무들
을, 햇빛이나 비가 거세게 쏟아질 때 몸을 기대고 은신할 수 있
는, 가녀린 팔들의 숲을 바라본다. 그리고 때때로 고모에게 몰래
쓰던 말을 나무에 대고 속삭인다. 어느 선생이 수업에 합류하라
고 명령할 때까지. 나무들의 이름이 아주 친근해져서 그는 그 이
름을 반 친구들의 이름처럼 고유명사로 바꾼다. 심지어 문법 수
업 시간에도.

그는 말한다. 사시나무가 북풍 아래 고개를 숙인다.

틀렸어! 사시나무건 느릅나무건 너도밤나무건 모두 일반명사

야. 선생이 잘라 말한다. 그리고 프랑스어에서는 일반명사에 항상 관사를 붙여야 해.

알겠습니다. 장이 인정한다. 하지만 관사를 없애고 개를 수도원이나 사륜마차라고 부르는 건 제 자유입니다.

그래선 절대 안 되지! 그런 데 붙일 다른 이름들이 있잖나. 선생이 천둥처럼 외친다.

선생이 역정을 내는데도 장의 머리에는 또 다른 해괴한 생각들이 줄곧 떠오른다. 단수와 복수의 용법에 관한 수업이 진행될 때 가까스로 입을 다물고는 있지만 제3의 용법들, 있을 법하지 않은 복수 형태들이 떠올라 한순간 그의 눈앞을 가린다. 그가 입도 뻥긋하지 않았건만 선생은 그에게 주의를 준다.

문법에는 여러분이 엄격하게 따라야만 하는 용례들이 있다.

물론 그렇지요, 선생님. 장이 대답한다. 그는 코르셋을 입은 듯 꽉 조이는 느낌을, 억센 끈이 자신의 살과 입을 묶는 듯한 느낌을 좋아한다.

그래도 별수 없다. 시 수업이 시작되자 코르셋은 더 버티지 못한다. 장은 양쪽 폐를 곧추세워 활짝 열고 숨을 쉬듯 암송하고 낭송한다. 그의 앞에서 공간이 확장되고, 공기는 톡 쏘는 듯 자극적인 나무 향을 물씬 풍긴다. 선생은 장의 낭송이 다른 아이들의 낭송과 다르다고 차마 말하지는 않지만, 그 낭송을 들으면서 솜털 바람이 휘감는 듯한 느낌을 받는다.

　　　　어느 날 아침, 랑슬로는 텍스트들을 해부하라고
말한다. 그가 "시체를 해부하듯이"라는 말은 덧붙이지 않았지만
장은 그렇게 듣는다.

　다른 학교에서는 이 일을 중요하게 여기지 않지만, 여러분이 이
곳에 온 건 이러기 위해서이기도 하다. 글을 쓰고, 다시 쓰고, 해
부하기 위해서.

　이날 장은 의사 곁으로 서둘러 달려가 그 말을 그의 발밑에 내
려놓는다.

　선생님, 말씀 좀 해보세요.

　의사는, 해부란 이로운 절차이지만 오직 하느님의 사랑과 자비
속에서 길러져야 할 어린 학생들에게 그렇게 시를 많이 가르치는
건 좀 이상하게 생각한다고 대답한다.

　그런데도 어떤 시들은 금지되어 있어요. 장이 덧붙인다.

　그건 다행이야. 너희들에게 금지된 시라면 너희들을 위해서 금

지했겠지. 아몽이 대답한다. 사람들이 쓴 책을 읽으면서 우리도 모르는 사이에 그들의 악덕을 습득하게 되니까.

장은 용기 내어 말한다. 선생님도 제게 부정한 것들을 많이 가르치시잖아요.

하느님의 위대함을 해칠 법한 건 절대 가르치지 않아.

정말이지 그가 어떤 시구를 낭송할 때만 큰 바람이, 정원 너머로, 하느님의 하늘이 아닌 다른 하늘로 그를 날려버릴 수 있을 바람이 인다. 그는 말을, 운율을 붙잡고 매달린다. 그러고 나면 다시 대열로 돌아가 학생들 가운데 한 명이 된다. 그러나 결코 오래가지는 못한다. 오직 그만이 그들에게 금지된 책들의 제목을 감히 선생에게 묻기 때문이다.

『아이네이스』 제4권은 기독교인 아이들에게 적합하지 않아. 랑슬로가 말한다.

그렇지만 전에 그중 한 대목을 배운 것 같은데요. 장이 놀란 얼굴로 말한다.

맞아. 그 시편에는, 여러분도 이미 보았듯이, 라틴어의 천재성을 제대로 보여주는 몇 가지 예시가 들어 있기 때문이지. 그러나 앞으로 그런 일은 없을 거야. 게다가 여러분은 내일 아침 당장 가진 책을 모두 내게 내놓아야 해.

이날 밤 장은 잠을 이루지 못한다. 방 친구들은 모두 편안한 숨을 내쉬며 잔다. 그의 숨소리는 한결 불규칙하다. 그는 소리 내지 않고 촛불을 켠 뒤 금지된 책을 집어 든다. 이럴 줄 알았더라면 좀 더 일찍 이 책을 펼쳐봤을 텐데. 그의 손이 떨린다. 무시무시한 내용을 기대했는데 걸쭉한 꿀처럼 흘러내리는 디도 여왕의 탄식밖에 없다. 그는 곤충처럼 눈꺼풀을 파닥거려보지만 아무것도 붙잡지 못한다. 실망한 채 책을 덮고 촛불을 끈 다음, 침대 밑에 숨은 괴물을 몰아냈다는 생각을 막연히 품는다.

아몽이 그에게 플루타르코스의 『영웅전』을 건넨다. 이 선물이 두 사람의 암묵적 결탁을 봉인한다. 처음에 장은 감히 종이를 손가락으로 제대로 집지도 못한 채 책장을 넘기며 읽는다. 그러다 얼마 후에는 책에 손도 대고 자신의 말까지 덧붙일 권리를 누리며 자기 집처럼 편안하게 느낀다. 그는 학생다운 큰 글씨체로 비기독교적인 그 텍스트의 여백에 "자비", "신의 섭리", "완벽한 인간은 없다" 등의 독실한 해설을 붙이는 것도 겁내지 않는다. 어떤 글이건 그 글을 읽는 것이 중요하다는 원칙에 따라. 매일 그는 텍스트를 조금 더 펼치고, 뒤지고, 껍질 벗기듯 문장들을 벗겨낸다. 그의 책에는 해부학 도판만큼이나 해설이 달린다. 그는 그것이 대단히 자랑스러워, 어느 날 오후 자기 책을 정원으로 가져가 아몽에게 보여준다.

아몽은 말한다. 누구나 스스로 제 흉터를 만들지.

장은 당황한다. 그는 단순하고 명료한 말을 기대하는데 아몽은 종종 너무도 알쏭달쏭한 경구들을 던진다. 그런데 이후로 플루타르코스의 텍스트에 주석을 달면 달수록 점점 더 그 말을 이해할 것 같다. 그가 하는 일이 텍스트 자락을 뜯고 다시 꿰매는 것 아닌가? 독서가 해부라면 주석은 흉터일 수밖에 없잖은가.

2주 뒤 어느 날 아침, 청년들이 무리 지어 몰려와 골짜기의 학생들이 사사건건 프랑스 국왕을 지지한다고 비난하며 그들에게 돌멩이를 던진다. 선생들이 여기저기서 달려왔지만 도무지 끼어들지 못한다. 장은 처음으로 팔다리에서 엄청난 분노를 느낀다. 그는 여태껏 살아오면서 때로는 열에 들뜨고 긴장된 행동을 한 적은 있지만 그런 거센 힘에 휩쓸려 그토록 대담한 행동을 한 적은 없었다. 겁은 났지만 그는 그런 힘을 느끼는 것이 싫지는 않았다.

　몇 시간 뒤 돌멩이를 던지던 청년들이 떠났다. 장은 이마를 다쳤다. 그 순간 아픈 건 그의 영혼이 아니라 몸이다. 그는 고통을 느끼면서도 사람들이 줄곧 엄격하게 포개온 영혼과 몸이 분리될 수 있다는 사실을 확인하고 기뻐한다. 그러나 그는 무엇을 할지, 무슨 생각을 할지 알지 못한 채 불쑥 불거져 나온 그 몸을 지켜보기만 한다. 아몽이 그의 상처를 닦아준다. 장의 눈 위를 매만지는 그의 손길이 부드럽다. 그는 평온한 목소리로 자신이 하고 있는 치료를, 사용하는 용액을 설명한다. 그리고 모든 몸은 스스로 제 흉터를 만든다고 거듭 말한다. 장은 보석을 고를 때처럼 작고 영롱한 자신의 흉터를 상상하며 흐뭇해한다.

　제 행동이 옳죠? 그가 묻는다.

　그런 말을 하기에는 아직 일러. 아몽이 대답한다. 어쨌건 이 흉터는 프랑스 국왕에 대한 네 충성의 표시로 남을 거야.

　이 말에 그의 몸이 움찔 움츠러든다. 그는 생각한다. 한쪽에는 몸의 흉터가, 다른 한쪽에는 영혼의 흉터가 있는 것이 아니다. 모든 몸의 흉터는 영혼의 흉터다. 그가 왕을 정말로 좋아하기에, 왕은 지상의 신이므로 어떤 방식으로든 왕의 영광을 위해 봉사할 생각이기에 그의 흉터는 그의 이마 위에서 아름다운 별처럼 반짝일 것이다. 그 흉터를 둘러싸고 미래의 사건들이 왕관을 그리게 될 것이다. 그는 현재의 고통을 잊고 미소 짓는다. 그런데 왜 싸우던 몇몇 청년들이 아몽의 이름을 외쳤을까? 그들은 아몽이 그들 편이라고, 그가 왕을 지지하지 않는다고 말하지 않았던가? 심지어 어떤 청년은 대주교가 그를 감시하려고 경비들을 보냈다고 외쳤다.

그러면 선생님의 충성의 표시는 무엇입니까? 왜 사람들은 선생님이 왕에게 불충하다고 말하는 거죠? 장이 용기 내어 묻는다.

아몽은 그저 그에게 웃어 보이며 그 얘기는 그만두자고 한다. 그리고 얼굴의 긴장을 풀어야 이마가 매끈하게 나을 거라고 말한다.

이튿날 장은 유리창에 자기 모습을 비춰보고 싶은 욕구를 참지 못한다. 그는 먼저 흘러내리는 머리카락 아래로 상처를 감춰보는데, 코끝과 이마 위의 흉터가 대칭을 이루는 것이 마음에 든다. 한 선생이 머리카락을 매만지고 있는 그를 발견하고는 한가하게 멋이나 부리고 있다며 나무란다. 장은 얼굴을 붉히며 스스로 잘생겼다고 여겼던 생각을 으스러뜨리려는 듯 이를 악다문다.

새 라틴어 교본이 출간된다. 규칙들은 오직 8음절로, 그리고 프랑스어로 쓰여 있다. 이 혁명을 사람들은 당연하다고 생각하려 애쓴다. 이제 장은 방 친구들의 숨결에 뒤얽힌 채 잠들 때 8음절 시구들을 듣는다. 그 시구들은 그의 내면에 질서 정연하게 차곡 차곡 쌓인다. 그 규칙성이 그를 매혹하고 달래준다. 그의 세계는 갑자기 음악으로 채워진다. 그는 이 혁명과 관련해 한 언어에 대한 기억을 오래도록 간직할 것이다. 그것은 어느 날 밤 문득 노래하기 시작한 언어다. 선생들은 눈부신 발전을 확인한다. 이런 방식은 신의 섭리다.

모든 언어가 음악이라고 말해야 할까요? 어느 날 아침, 장이 수업에서 묻는다.

너희들은 노래하는 법을 배우려고 이곳에 온 게 아니야. 선생이 질책한다.

다른 질문들이 터져 나온다. 내친 김에 한 학생은 왜 그들에게 라틴어 작문은 한번도 내주지 않는지 묻는다.

죽은 언어로 산 언어를 대체하는 게 우리에게 무슨 소용이 있겠나?

장은 그 표현이 잔인하다고 생각한다. 언어가 어떻게 죽을 수 있지? 그는 즉각 수업을 그만두고 아몽에게 의견을 물으러 가고 싶다. 아몽만이 삶과 죽음의 차이를 안다. 하지만 그는 꼼짝도 하지 않는다. 그는 두려움을 가라앉히고, 다른 아이들은 아무렇지도 않다는 걸 확인하고는 말도 영혼처럼 불멸의 능력을 갖췄기를 희망한다.

선생이 다시 말을 잇는다. 중요한 건 고대 작가들을 우리에게 오게 하는 것이고, 그들이 우리에게 가져다주는 것을 활용하고, 그들을 내면으로 이해하고, 그들의 텍스트들을 소재로 삼아 파헤치는 것이지. 그런 식으로 우리는 자기 텍스트를 빚는 법을 터득하는 거야. 자, 이제 잘 알려진 이 예문으로 돌아가보자.

"Ibant obscuri sola sub nocte per umbram."

장은 곰곰이 생각하다가 또렷한 목소리로 제안한다.

그들은 홀로 어두운 밤 속을 나아갔다.

아니야, 적절하지 않아. 베르길리우스는 정확히 그렇게 말한 게 아니야.

장은 큰소리로 다시 한 번 읽고 또 읽는다. 그리고 마음속으로 열 번을 읽는다. 그는 이동하는 그림자들을, 어둠 속으로 사라지는 형체들을 본다.

선생이 말한다.

그들은 고독한 밤 속으로 어둠을 가로질러 시커먼 형체를 그리며 나아갔다.

장은 고독한 밤을 상상할 수가 없다. 인간들의 모든 고독을 흡수하는 거대한 어둠은 짐작이 가지만, 생각은 불확실하고 흐릿하기만 하다. 그러다 그는 머리를 쉬게 하려고 단어의 수를 센다. 라틴어로는 일곱 단어로 충분한데, 프랑스어로는 열한 단어가 쓰였다. 왜 프랑스어로는 언제나 단어가 늘어날까? 똑같이 치밀하고 밀도 높게 구성할 수 있어야 한다. 그는 다시 시도한다.

그들은 시커먼 형체로 홀로인 밤 속을 나아갔다.

그는 제대로 이해한 건지 확신하지 못하고 형용사 선택에도 머뭇거리지만, 자신의 문장이 정확히 일곱 단어로 구성된 걸 확인하고 이렇게 생각한다. 완벽해. 그는 질리지 않고 그 문장을 소리 없이 반복한다. 이건 그저 맑은 물이 아니라 다이아몬드처럼 투명하고 탄탄한 문장이다.

선생은 곰곰이 생각하더니 고개를 끄덕이며 미소 짓는다.

충실한 번역이야.

한 학생이 이의를 제기한다. 그렇지만 엄밀히 말해 아무 의미 없는 문장입니다. "홀로인 밤"이 무엇입니까?

장은 그에게 설명도 설득도 하려 들지 않는다. 자신이 그 번역을 하기 위해 의미는 부분적으로 포기하고, 전체와 음절의 조화에 주로 신경 썼다는 걸 안다. 그래서 생각한다. 기하학자들이 임의로 주어진 네 점이 하나의 원 위에 있어야 한다는 조건을 충족시키기 위해 세 점만 원 위에 두는 데 성공하고 네 번째 점은 최대한 원 가까이 근접시키는 것처럼 번역은 너무도 많은 조건을 충족시켜야 한다. 하지만 그는 언젠가는 요구되는 네 점을 모두 충족시키리라 다짐한다.

낙담의 기운이 교실을 덮친 가운데 수업이 끝나자 장은 랑슬로의 귀에 대고 라틴어가 정말 죽은 언어라면 그들에게 이런 고통도 갈등도 안기지 않을 거라고 말한다.

정반대야. 살아 있는 프랑스어가 라틴어의 발밑에 온갖 가능성을 내려놓기 때문이지. 이 사실을 절대 잊지 말아야 해. 라틴어에서 자네에게 좋아 보이는 걸 취해, 절대 굳어버리지 말고 그걸 길어내서 이용하게.

장은 그 생각이 마음에 든다. 언어들이 서로 은밀히 말을 주고받는다는, 만질 수 없고 눈에 보이지 않아 번역할 수 없는 대화를 나눈다는 생각이 마음에 든다. 강물의 주류와 지류들을 더 이상 구분할 수 없다는 생각이 좋다. 그리고 무엇보다 선생이 교실 안에 불게 한 불손의 바람이 좋다.

어느 날 아침, 수녀들이 수도원으로 돌아왔다는 소식이 돈다. 장은 점심 식사를 마치고 백 개의 계단을 달려 내려간다. 가장 먼저 그는 바닥과 담장을 스치는 수많은 흰색 외투에 눈이 부셨다. 주름 잡힌 천들이 수도원의 원기둥들과 뒤섞여 분간이 되지 않는다. 신기루일지도 모른다. 그러나 다행히 그는 흰 견대에 수놓인 진홍빛 십자가를 알아본다.

그의 고모는 보이지 않는다. 어떻게 그 속에서 그녀를 알아볼 수 있겠는가? 몇 시간 뒤 그의 고모가 그를 부른다. 그는 면회실의 정적 속으로 달뜬 걸음을 내딛는다. 하지만 둘의 머리카락이 뒤섞이는 감미로움은 결코 다시 느끼지 못하리라는 걸 깨닫고 뻣뻣이 굳는다. 하지만 그녀의 목소리는 달라지지 않았다. 그녀는 그가 배우는 것에 관해 세세히 묻고, 자세한 설명을 요구하고, 스승들을 극진히 존경하라고 조언한다. 그는 그녀가 끊임없이 말을 쏟아내는 도중에 목소리가 갑자기 끊기면서 그녀의 입술 위에 침묵의 음절들만 남기고 사라졌으면 싶다. 그래도 그녀의 머리카락처럼 다정함은 숨은 채 남았으면 싶다. 그는 예전에 그녀가 그의 곁을 떠날 때 힘들었는지 묻는 걸 포기한다.

그는 자신의 흉터를 보여주며 자신이 프랑스 국왕을 위해 어떻게 싸웠는지 얘기한다. 그녀는 왕들은 지나가지만 하느님은 남는다고 대답한다. 모든 점에서 그녀의 말이 맞지만 장은 자기보다 한 살 많은 아이가 방대한 왕국을 다스린다는 생각이 마음에 든다. 그의 고모는 그건 공상 같은 이미지라고, 왕은 그저 이름만 왕일 뿐이라고 대답한다. 이름이 장에게 어떤 효과를 내는지 짐작도 못한 채, 그녀는 그에게 다정한 눈길을 던지지만 그것은 그를 만질 손도 팔도 갖지 못한 눈길이기에 장에게는 그의 심장에 박히는 못이나 다름없다.

수녀들은 결코 올라오는 법이 없고, 학생들은 결코 내려가는 법이 없다. 두 세계는 분리된 세계이고, 더는 함께 자라지 못하는 형제자매들이다. 어느 날 저녁, 장은 골짜기 거주자들을 아직도 여자와 남자로 부를 수 있을까 생각한다. 부적합한 말이 아닐까요? 선생은 머뭇거리다가 그들은 무엇보다 하느님의 자식들이라고 대답한다.

장은 수녀들에 관해 끔찍한 얘기들을 듣는다. 이를테면 아몽이 그에게 들려준 말로는, 수녀들은 그리스도처럼 피를 흘린다고 한다. 눈에 보이는 피를, 특히 목요일 저녁 통회 의식 때나 수녀들이 줄곧 감내하는 사혈 때 그렇다고 한다. 그러나 무엇보다 매달 남몰래 처녀의 피를 흘린다고 한다. 장은 그 말에 충격받는다. 그는 의사가 거기서 끝내고, 더는 아무 말도 덧붙이지 않았으면 한다.

그러나 의사는 말을 잇는다.

포르루아얄 여자들의 영광, 저 착한 처녀들의 영광은 그리스도의 피에서 오는 거야.

무슨 말인지 모르겠어요. 장이 말한다.

하느님은 그 자발적인 출혈로 우리의 이해력보다 월등한 이해력을 여자들에게 갖춰주셨어. 수녀들은 매달 자기 피를 잃는 것이 무엇을 의미하는지 알아. 우리는 알지 못하지.

장은 아연했다. 그동안 수녀들을 연약한 존재로 바라봤는데,

이제는 전혀 다른 눈으로 보게 되었다. 그들을 하느님과 잇는 끈은 어떤 기도나 어떤 지식과도 겨룰 수 없을 만큼 강하다. 앞으로 그는 멀리서 수녀들의 진홍빛 십자가가 춤추는 걸 볼 때마다 분출하는 피 냄새를 맡게 될 것이다. 그는 머리에서 고모의 형체를 내몰고, 그 형체에서 다리는 완전히 잘라내고 얼굴만 남긴다. 이날 밤 장은 아몽이 손에 채혈침을 들고 그를 향해 다가오는 꿈을 꾼다. 아몽은 그의 팔을 훑어 정맥을 찾고는 미소 띤 채 찌르더니, 장의 피가 우유처럼 하얀 걸 보고 웃음을 터뜨린다.

장이 열네 살이 되기 전날, 수도원은 그를 그곳에서 30킬로미터 떨어진 콜레주 드 보베(파리 5구에 위치한, 얀센파의 고등교육기관)로 보내기로 결정한다. 그들은 그 결정이 그에게 최상의 것을 주고 싶어하는 가족의 바람이라고 설명한다. 그러나 장에게 최상은 수도원이다. 그는 낙심한 채 결정을 따르면서 자신이 교실과 교실 밖에서 보인 대담한 행동 때문에 벌을 받는 게 아닌지 의심한다. 그리고 고모와 헤어지는 것이 아몽과 헤어지는 것보다는 덜 힘들며, 사람과 포옹은 다른 것으로 대체될 수 있다는 사실을 확인한다.

보베에선 건물들도 덜 축축하고 방도 훨씬 넓지만 그는 모든 것이 그립다. 선생들, 나무들, 아몽의 모습, 멀리서도 눈에 띄는 진홍색 견대들. 장은 마음을 달래기 위해 여느 때보다 베르길리우스의 작품에 몰입한다. 그곳은 규율이 덜 엄격해서 그가 라틴어를 공부한다고 얘기만 하면 건드리지 않는다. 심지어 그가 어떤 텍스트들에 몰두하는지조차 알려고 하지 않는다.

그는 거의 제4권만 읽는다. 텍스트와 그 사이에 금기의 장막이 드리웠지만 그의 눈은 나날이 장막 너머를 읽는 데 익숙해진다.

"*Caeco carpitur igni.*"

디도 여왕은 눈먼 불에 타버린다. 눈먼 건 불이 아니라, 그 불을 보아야 하는데 보지 못하는 사람들이다. 장은 '*caeco*'를 '비밀'로 번역할지 '감춰진'으로 할지 망설인다. 베르길리우스는 단어의 속성들을 되짚고 그 특질들을 바꾸길 좋아한다.

"*Caeco carpitur igni.*" 그가 무얼 하건, 어디에 있건 이 세 단어가 머리에서 떠나지 않는다. 마치 돌에 새겨진 것처럼 보이는 이 단어들을 그는 긴 복도를 지날 때나 잠자리에 들 때나 아침에 잠에서 깨면서도 내뱉는다.

"*Caeco carpitur igni.*" 왜 여왕의 피는 용암처럼 흐를까?

그는 자신의 성찰에 대해 누구에게도 말하지 않고 다시, 또다시, 끊임없이, 때로는 밤늦도록 번역한다. 결국 그는 전체 흐름을 조련하고, 텍스트의 밑바닥에 도달한다. 거기서 고동을, 박동을, 슬픔의 박동을, 불가능한 위로의 박동을 발견한다. 장은 우는 여자 곁에서는 전쟁도 전투도 항구 건설도 아무것도 아닌 나라에 들어서는 느낌이 든다. 그러다 문득 그 슬픔이 그에게는 탄생이나 죽음만큼이나 근본적인 것으로 보인다.

"*Caeco carpitur igni.*" 이 문장을 입속에서 조음할 때마다 그는 라틴어의 유연성에 감탄한다. 프랑스어가 단어들에 이와 동일한 자유를 부여한다면 좋을 텐데. 프랑스어가 단어들에 눈에 보이지 않는 숨은 어미들을 갖춰줄 수 있다면 좋을 텐데. 그러나 그는 프랑스어가 너무도 밋밋하다고 생각하며 좌절한다. 그리고 미사 강론까지 포함해 모든 문장들의 질서를 뒤엎으며 즐긴다. 신부가 "우리는 하느님 덕에"라고 말하면, 장은 즉각 "하느님 덕에 우리는" 하는 식으로 바꾼다. 그는 이렇게 수정하곤 하면서 이따금 탈선하고, 실마리를 놓치고, 밑도 끝도 없는 문장 속으로 끌려 들어가기도 한다. 하지만 거기서 새로운 유랑의 바람이 부는 걸 느끼고 도취한다. "하느님 덕에 우리는 우리의 상반된 소원들에 대한 생각을 물리칠 수 있습니다." 그는 그의 앞자리 의자에 두 손을 얹고 현기증을 가라앉힌 뒤 강론의 끈을 되찾는다. "우리는 하느님 덕에 우리의 서약에 어긋나는 생각을 물리칠 수 있습니다." 그러나 금세 다시 시작한다. 이 기이한 훈련으로 단어들은 근육처럼 단련되고 유연해진다.

어느 날 유난히 긴 미사가 끝난 뒤 기진맥진한 그는 명료하고 논리적인 구문을 거부하게 하는 괴이한 증후군에 걸려 머리가 탈이 날지도 모른다는 생각에 질겁해서 밖으로 나온다. 그가 서둘러 아몽에게 편지를 쓰자, 아몽은 그런 병은 존재하지 않는다며 당분간 라틴어 공부를 줄이라는 답장을 보내온다. 장은 그에게 두 번째 편지를 보낸다. 고맙다는 말과 함께 디도 여왕의 질병에 관해 자세한 생리학적 정보를 부탁한다. "*Caeco carpitur igni.*" 선생님은 이게 가능하다고 생각하십니까?라고 묻는다. 여자의 피는 몇 도까지 오를 수 있습니까? 의사는 그리스도의 피나 여자들의 피나 불과는 아무 상관이 없으며, 그런 생각을 하는 것 자체가 불경하다고 대답한다.

그는 보베에 있지만 정신은 거기 있지 않다. 친구도 거의 사귀지 않고, 그저 디도의 노래만 생각하고, 예정대로 수도원으로 돌아갈 마음뿐이다. 동급생들은 그를 감방으로 돌아가려고 안달하는 죄수 보듯 한다. 장은 지나치게 엄격한 규율과 고지식한 신앙, 박해를 비난하는 친구들을 설득하려 애쓰지 않는다. 그가 말해도 그들은 알아듣지 못한다. 그러나 그는 디도의 노래에 대해서는 결코 아무 말도 하지 않는다. 꾸밈없는 가혹한 광경들, 텅 빈 커다란 침대들, 눈물 젖은 옷가지 등을 통해 윤곽이 점차 명료해진다. 장은 자기 번역의 소용돌이에 갇힌 채 쉬지 않고 문장을 다시 고치고, 단어를, 형용사를 바꾼다. 마치 텍스트를 식히려는 듯 보이지만 동일한 열기가 베르길리우스의 문장들 밑바닥에 집요하게 남아 발을 구르고 있다.

"*Caeco carpitur igni.*"

이따금 그는 큰소리로 문장의 한 부분을 반복하고는 귀 기울여 듣는다. 특히 일상적인 표현들을. 그는 그 표현들을 껍질을 벗겨 용례 아래 감춰진 가치를 찾아낸다. 이를테면 베르길리우스는 디도에 대해 이렇게 썼다. "*resistitque in media voce……*" 장은 우선 통상적으로 떠오르는 것부터 적는다. "그녀는 말을 중단한다." 잠시 후에는 "할 말을 잃은 채"로 바꿔보지만 썩 마음에 들지 않는다. 결국에는 이렇게 적는다. "말을 하다 말고 멈춰 선다." 이상하지만 베르길리우스는 문장을 이렇게 구상했다. 디도는 하던 말을 중단한다. 자기 말의 진창에 빠져 발이 옭매였기 때문이다.

그날 밤 장은 잠들 무렵 여왕의 답답한 쉰 목소리를 들은 것만 같고, 기도하는 수녀들의 목소리가 그 목소리를 닮지 않았을까 생각한다. 그래서 오전 라틴어 수업 시간에 선생이 학생들에게 세네카의 글귀를 받아쓰게 하는 동안, 그는 자기 펜이 베르길리우스의 다른 문장을 쓰도록 내버려둔다. 그는 고개를 들고 다른 학생들이 열중하는 모습을 본 다음 서둘러 그 문장을 번역한다. 그런데 그의 어깨너머에서 내려다보고 있는 선생을 보지 못했다.

자네는 왜 내가 하라는 것과 다른 문장을 번역하고 있는지 말해보겠나?

그게…….

내 질문에 대답하게.

모두의 시선이 그에게 쏠린다. 장은 등줄기가 뻣뻣이 굳어오는 걸 느낀다. 그는 베르길리우스의 말과 자신의 말을 지우고, 수치심으로 새빨개진 얼굴을 선생에게 내민다. 선생은 그를 경멸하듯 훑더니 종이를 빼앗는다. 장은 선생이 종이를 돌돌 말아 들고 성난 걸음으로 통로를 다시 올라가는 모습을 바라본다. 하지만 그는 자신이 마지막으로 쓴 문장을 아직 눈앞에서 보는 것처럼 생생히 기억한다. "그녀를 관통한 상처가 그녀 가슴속에서 휘파람 소리를 낸다." 이 시구는 기억하려고 애쓸 필요가 없다. 참으로 유연하고, 그가 이미 번역해본 그 어떤 시구보다 유려해서 잊는 건 불가능하다. 그는 그 시구를 거듭 읊조린다. "그녀를 관통한 상처가 그녀 가슴속에서 휘파람 소리를 낸다. 그녀를 관통한 상처가 그녀 가슴속에서 휘파람 소리를 낸다." 장은 애가의 비탈을 오르며 이제 막 처음으로 단숨에 열두 걸음을 내디뎠다. 그는

12음절 시가 우수성을 담보할까 자문한다. 그 점에 대해서는 전혀 알지 못하지만 그는 이어지는 날마다 이 경험을 되풀이하며, 아름다움을 수치로 환산할 수는 없지만 음악성은 수치화할 수 있다는 결론을 내린다.

2년 뒤 장은 수도원으로 돌아온다. 이제 그는 열여섯 살이 넘었다. 그는 의기양양하게 귀환한다. 프랑스에서 가장 저명한 세 스승으로부터 가르침을 받을 것이기 때문이다. 앙투안 르메트르, 클로드 랑슬로, 피에르 니콜. 이들은 고독한 이들 중에서도 가장 고독한 이들이다. 더구나 수도원에서는 이들이 섞이지 않도록 정원에 은신처를 따로 마련해두었다. 그의 고모는 이제 수도원의 새 독방에서 지낸다. 박해에도 불구하고 수녀들은 점점 더 늘어나고 있기 때문이다. 이렇듯 사람들이 다시 그의 주변을 에워싼다. 수도원의 공식 의사가 되어 이제는 정원을 돌보지 못하는 아몽만 예외다. 장은 더 이상 그를 정원사로 여기지 못할 것이고, 그와 함께 자연의 경이에 대해 이야기 나누지도 못할 것이다. 그를 만나려면 구실이 필요하거나 병에 걸려야 할 것이다. 습기와 소식小食과 빈곤 때문에 항시 치료가 필요한 수녀들로부터 그를 빼내려면 말이다. 예전에도 장은 이 현상을 제대로 파악

48

하지 못했고, 돌아와서도 마찬가지였다. 이 현상이 더 증폭된 건지 아니면 보베에서 자신이 안락한 환경에서 지내는 데 익숙해졌기 때문인지 알지 못한다.

아몽은 수도원 문을 넘어설 권한이 있는 유일한 사람이다. 장은 그가 부럽다. 그는 어렸을 때처럼 도망쳐서 계단을 달려 내려가 한쪽 구석에 숨어 관찰하는 버릇이 다시 생긴다. 그렇게 숨은 채 흰 형체 하나가 수도원을 거닐 때까지 오래도록 기다릴 수도 있고, 아니면 반대로 정신을 어디에 팔아야 할지 모를 수도 있다. 여자들은 걷다가 멈춰 서고, 말을 주고받고 하늘을 바라본다. 다른 여자들이 와서 무리에 섞였다가 흩어진다. 그는 몸짓들을, 볼 인사를, 더 드물게는 어쩌다 터져 나오는 웃음을 포착한다. 여자들은 이제 거의 백 명 가까이 된다고 한다. 그는 디도처럼 그들도 잃어버린 무언가 때문에, 그들의 이전 삶이나 가족 때문에 우는 일이 있을까 생각한다. 그들에게서 다른 상실은 감히 상상하지 못한다. 그러나 이곳 여자들은 디도 같지 않다. 그들에게는 하느님이 있기 때문이다. 격랑처럼 쏟아지는 모든 눈물을, 흙이 스펀지처럼 빨아들이듯 하느님은 모든 슬픔들을 졸여버린다. 하느님 안에 있었더라면 그렇게 슬플 일이 없었을 가련한 디도.

디도 여왕은 무슨 병을 앓았어요? 어느 날 그가 고모에게 묻는다.

난 전혀 몰라. 그녀가 망설임 없이 대답한다.

그는 그녀의 말을 믿고, 자신이 고모가 알지 못하는 의문들에 사로잡혀 있다는 사실을 깨닫는다. 그는 같은 질문을 아몽에게 반복한다.

디도 여왕은 무슨 병을 앓았어요?

너는 알 필요 없어. 주님께서 당신을 드러내신 이후로는 존재하지 않는 병이지.

의사는 그가 없는 동안에 일어난 일을 이야기해준다. 눈가에 딱딱하고 냄새 나는 개암만 한 다래끼가 생기더니 통증과 열을 동반하고 약으로도 치유되지 않아 오래도록 고통받은 어린 마르그리트에 관한 이야기다.

의사들은 그리스도의 가시관에서 잘라낸 성스런 가시를 가져오게 했지. 그리고 그 가시를 눈물샘에 꽂았어. 그러자 겨우 몇 시간 만에 다래끼와 통증이 사라졌지. 우리는 일주일을 기다리고 나서야 믿게 되었지만, 결코 승리를 외치지는 않았어. 그 어린 수녀가 위대한 파스칼의 조카였기에 그럴 수도 있었을 텐데 말이다.

장은 보베에서는 들어보지 못한 얘기라고 넌지시 말한다.

왕은 아마 그 일 때문에 화가 났을 거야. 아몽이 이어 말한다. 그렇지만 어쨌든 증서들이 나돌았지.

무슨 증서 말입니까?

하느님의 개입을 확인하는 증서들이지.

어느 손이 서명한 겁니까? 장이 묻는다.

하느님의 손이지.

선생님은 아무 관련 없으신지요?

하느님의 손이라고 하잖나.

장은 경악했다. 그러니까 하느님의 존재와 전지전능을 인증하는 서류가 있단 말인가. 어느 펜이 그것을 독피지 위에 기록했다.

하느님은 존재한다. 하느님은 기적을 일으킨다. 하느님은 학문을 초월하고 모든 지식을 쥐고 있다. 게다가 하느님은 기록한다. 장은 흥분했다가 돌처럼 굳는다. 그는 노트 위를 나아가는 펜의 움직임을 따라가다가 펜촉이 딱딱해지더니 마치 가시가 보드라운 살갗을 뚫듯이 종이를 뚫는 걸 느낀다.

아몽이 그에게 하느님의 기적에 관해 얘기할수록 아몽에 대한 소문은 커져간다. 그는 이제 접수계 수녀를 동반해야만 수도원 문을 넘어설 수 있고, 정원에서 경비원을 보게 되는 일도 점점 잦았다. 사람들은 그가 왕에 대적하는 행동을 선동할까봐 겁낸다. 장은 아몽에 대한 걱정이 커져 고모의 면회를 신청한다. 그는 여느 때처럼 면회실의 희끄무레한 빛 가운데서 하느님의 사랑 속에 둥지를 튼, 보름달처럼 완벽하게 동그란 고모의 얼굴을 본다. 언젠가 그녀는 그에게 이렇게 말했다. 사람들이 우리의 고결한 정신을 시기해. 우리에 대한 적의가 엄청나. 네 행운을 헤아려보아라. 그런 자리에 있게 해주신 하느님께 감사드려. 어쩌면 오래 가지 않을지도 몰라…….

이날 장은 자신의 불안을 더욱 키운 고모를 원망한다. 그가 고모를 불쾌하거나 부끄럽게 했던가? 대체 누가 수도원에 그런 불행을 바라겠는가? 그는 그랑주 쪽으로 다시 올라가면서 슬픔을 거슬러 올라가는 느낌이, 그의 발목과 장딴지 둘레로 가시넝쿨이며 불행의 나뭇잎들이 스멀스멀 기어오르는 듯한 느낌이 든다. 그는 금지된 것을 읽고 싶은 마음을 얼마든지 품을 수 있다. 이 장소는 그의 가족이고 그의 심장이고 그의 울타리다. 그는 고모의 어두운 예언을 저주하고, 고모가 철책에 얼굴을 댈 때 풍기던

살냄새를, 맛없는 빵의 속살처럼 시큼하고 자극적인 냄새를 저주한다.

다행히 새로운 책이 그의 삶에 들어와 두려움을 잊게 한다. 퀸틸리아누스의 『수사학 교육』이다. 그는 고맙게도 스승 르메트르가 빌려준 그 책을 펼친다. 그리고 그의 눈길 이전에 놓였던 스승의 눈길, 그의 눈길 이전에 놓였던 모든 눈길의 흔적을 좇고, 같은 책장을 넘기고, 같은 종이를 어루만질 생각에 감격한다. 판관은 증거와 추론을 다룰 줄도 알아야 하지만 청중을 감동시키는 법도 터득해야 한다.

퀸틸리아누스의 모든 조언은 인간의 정신에 파고들어 그 주름 속에서 저의를, 부차적인 의도를, 감춰진 동기들을 들춰내는 방식이다. 장이 예상한 바는 아니었다. 법은 웅변술 말고도 그에게 영혼을 해독하는 법을 가르쳐줄 것이다.

르메트르는 데샹 수도원에서 은둔하기 전에는 명예로운 변호사였다. 사람들은 그가 장에게 큰 야심을 품고 있으며, 그를 장차 포르루아얄의 수호자로 만들고 싶어할 뿐 아니라 아들처럼 사랑한다고 말한다. 그는 학생들에게 모든 수사법과 효과들을 가르치고, 활기차고 열정적으로 학생들을 훈련시키며 자기 시간을 계산하지 않는다. 그는 삼단논법을 특히 좋아한다. 그래서 현란하고 장난스런 말투로 세 명제를 쏟아낸다. 학생들은 열광하며 그를 흉내 내고, 밤늦도록 경합을 벌인다. 그러나 장은 선생이 즐기는 또 다른 수사법인 활사법(생생하게 묘사하는 방법)을 더 좋아한다.

선생은 설명한다. 사물들의 이미지가 말로 너무나 잘 표현되어서 청중은 그걸 듣기보다는 본다고 믿는다. 그런데 눈은 우리 영혼에 엄청난 힘을 행사한다.

선생이 제시한 모든 예시 중에 장은 카이사르의 피 묻은 옷을 기억한다. "피가 뚝뚝 흐르는 옷"이라고 선생은 힘주어 말한다. 빨갛게 젖은 이 옷이 그 어떤 서두보다 로마 군중의 복수 열망을 자극하지.

장은 더 귀 기울여 듣기 위해 눈을 감고, 어둑해져가는 무렵의 묘한 분위기 속으로, 낮도 밤도 아니고 잠든 것도 깨어 있는 것도 아닌 순간 속으로 빠져든다. 여러 정신들이 횃불처럼 뜨겁게 타오르는, 공생적인 평온한 환각 속으로. 비극과 살육이 번득이는 어둠, 거대한 그림보다 더 생생하게 붉은 불꽃이 타오르는 캄캄한 어둠. 아연실색을 얘기하는 조용한 목소리 하나가 올라와 인간들 사이에서 벌어지는 잔혹 행위를, 파렴치한 행위를 박자 맞춰 얘기한다. 장은 박수 치지 않기 위해 종종 등 뒤에서 양쪽 엄지를 걸어 잠가야 했다. 그만큼 선생의 목소리가 아름답고 강했던 것이다. 그는 혼자 있게 되자마자 선생을 흉내 낸다. 말은 만지고 붙들어 변형하는 재료가 된다. 그는 생각한다. 언어가 정신 속에서 형성된다 해도 거기 갇혀서는 안 된다. 밖으로 나와 공간 속에 뛰어들어 대기 속에서 진동해야 한다.

어느 날 선생은 퀸틸리아누스가 연설가 교육에는 비극이 반드시 필요하다고 생각했다고 설명한다. 장은 놀란다. 수도원에서는 연극을 정말 싫어하기 때문이다. 선생은 잠시 당황했다가 물론 그러는 데는 이유가 있다고 응수한다. 퀸틸리아누스가 작가들을 활용하는 건 오직 그들을 비판하고 자신들의 재능을 다스리기보다는 재능에 몸을 내맡기는 그들의 방식을 개탄하기 위해서다.

그러니 오비디우스의 이 시구를 들어보라. "*Servare potui, perdere an possim rogas.*"

한 학생이 번역한다.

지킬 수 있는 자는 잃을 수도 있다. 그런데 나는 너를 지킬 수 있었다. 따라서 너를 잃을 수도 있을 것이다.

장은 웃음을 참는다. 번역이 정말 형편없었던 것이다.

맞네. 하지만 자네는 간결성을 고려하지 않았어. 선생이 말한다.

장은 이렇게 제안한다. 나는 너를 지킬 수 있었다. 따라서 너를 잃을지 모른다.

한 대목이 빠졌어. 앞의 학생이 항의한다.

아냐. 모든 게 들어 있어. 선생이 판결한다. 시적인 특성도 있고, 엄밀한 논리도 갖추고 있어. 시가 아름다운 건 논리가 있기 때문이지.

학생은 주위를 둘러보며 지지자를 찾는다. 하지만 누구도 선생에게 감히 대항할 생각을 하지 못한다.

이 시는 어디서 발췌한 겁니까? 장이 묻는다.

오비디우스가 쓴 유일한 비극 작품에서 발췌했지.

우리도 그 작품을 읽을 수 있습니까?

아니. 이건 사라진 작품이야. 단 한 줄 시구밖에 남아 있지 않네.

장은 모든 것이 당혹스럽다. 선생이 고른 예, 그토록 위대한 시인의 작품이 사라질 수 있다는 사실, 그 작품에서 단 한 줄밖에 남아 있지 않을 수 있다는 사실. 그는 놀란 심경을 커다란 노트에 기록한다. 자기 방을 갖게 된 뒤로 낮 동안 일어난 일을 그 노트에 적는 습관이 생겼다. 그는 자신이 정기적으로 써온 논평 여백에 다른 논평들을 적는다. 훨씬 일관성 없고 시의적절하지 않은 논평들, 어쩌다 낯선 눈길에 포착되면 흐트러진 시트만큼이나 정숙하지 않아 보일 논평들이다. 그는 당위를 따르지 않고 주석과, 퀸틸리아누스, 타키투스, 베르길리우스, 플루타르코스의 글귀들을 적절성 따위는 개의치 않고 마치 이들이 기독교인이라도 되는 양 하느님을 내세우고 은총을 빌며 해석한다. 그는 해부하는 법을 배웠으므로 해부한다. 하지만 그의 글은 판결문이라기보다는 거의 그도 모르게 다른 문장들을 촉발하는 문장들이다.

그는 페이지를 넘기면서 언어를 바꿔, 미처 자각하지 못한 채 그리스어에서 라틴어로 넘어간다. 이제 그는 랑슬로 덕에 에스파냐어와 이탈리아어도 알게 되었다. 오직 그만이 다섯 가지 언어를 구사한다. 그는 살아 있는 그 모든 언어들을 품고 국경을 밀어내고, 정상을 벗어난 새로운 지리학을 마음껏 창조한다. 반 친구들에 비해 그의 흉곽은 그가 받아들여 조바꿈한 온갖 음으로, 그가 반사하는 모든 메아리로 풍성해져 더 넓고 더 자랑스레 열린다. 암송하거나 낭독할 때 그는 갈비뼈의 봉기를 느낀다. 그의 흉곽이 들썩이면서 내면에서 불협화음 없이 세워지는 바벨탑 아래 진동하는 걸 느낀다. 저녁 식사 후에 학생들은 종종 큰 지도 주위로 모여들어 나무 막대로 산과 대양들을 짚어가며 얘기한다. 장도 가끔은 그 무리에 합세하지만 자기 노트를 펼치고 일행 없이 그곳을 여행하며, 가장 위대한 작가들이 초대받는 그 방주를 홀로 운전하는 편을 더 좋아한다.

어느 날 아침 예고 없이 학생들에게 새 펜이 제공된다. 회색을 띤 금속 펜이다. 선생은 책상 사이를 지나다니며 설명한다.

펜은 깃보다 덜 유연하지만 더 오래, 더 많이 쓰게 해줄 것이다.

학생들은 사용할 엄두를 내지 못한 채 서로를 쳐다본다. 물에 뛰어들듯이 쓰기 시작하는 장만 예외다. 그의 펜은 종이 표면에 매달리지만, 그의 필치는 꺼칠꺼칠함을 길들이고 점점 더 강한 영향력을 행사한다. 장이 벌써 반 페이지도 넘게 쓰고 나서야 다른 친구들은 마침내 써보기로 마음을 먹는다. 철제 뱃머리를 단 그는 더없이 거친 물살을 헤치고 나아갈 수 있을 것만 같은 기분이다.

학생들에게 암기 훈련을 북돋울 수 있도록 암송 대회가 개최된다. 장은 쉽게 외우지만 최고에 속하지는 못한다. 그는 종종 자신의 기억력이, 빨아들인 만큼 내놓지 못하는 스펀지 같다고 생각한다.

어느 날 아침, 그는 목구멍의 통증이 심하다는 핑계를 대고 아몽을 찾아가 속마음을 털어놓는다.

의사가 그를 진찰하더니 말한다. 심각할 건 없어.

사실은 드릴 말씀이 있어요…….

나한테?

어떻게 하면 기억력을 높일 수 있을까요?

외우고 외워. 텍스트들을 목구멍까지 채워. 근육을 단련하듯.

선생님도 그렇게 하셨어요?

그래. 나는 읽고, 외우고, 많이 들었지. 의사 한 사람이 모을 수 있는 온갖 이야기들을 넌 상상도 못할 거야.

왜 그 이야기들을 기억하고 싶으세요?

그 모든 이야기는 주님께서 아무것도 아닌 사람들에게 축복과 은총을 나눠 주신다는 걸 입증해주기 때문이지.

진찰실을 나오면서 장은 도취감을 느낀다. 자연은 인간에게 이 같은 행운들을 나눠 주지 않는다. 그의 몸의 일부는 다른 사람들보다 우수해서 그를 위대한 사람으로 만들어준다. 그의 기억력은 자신만만한 승리의 징표가 될 수 있다. 성性은 말할 수 없는 것이지만 기억력은 어떤 금지도 겪지 않는다. 그는 들뜨고 가벼운 걸음으로 자기 방으로 돌아간다. 그의 기억력은 그의 제국이 될 것이다.

이런 경쟁심은 때로는 성실한 정신에 어긋나지만, 선생들은 학생들이 하는 대로 내버려둔다. 장은 자신이 느끼는 즐거움이 싫지 않다. 매일매일 자신의 발전을 확인하고, 이제는 명백히 최고의 학생들 가운데 속하게 된 것이다.

랑슬로는 소포클레스와 에우리피데스 같은 새로운 작가들을 활용하는 그리스어 교본을 막 써냈다. 듣자 하니 오직 그만이 이 작가들의 작품을 직접 안다고 한다. 게다가 이 작가들은 위험하다고 한다. 더없이 고귀한 언어부터 더없이 저속한 언어까지 다양한 언어로 인간의 결점과 과도한 오만을 폭로하기 때문이다. 이 작가들의 작품 속 인물들은 절망에 빠져 자신들의 폐를, 몸을, 피를 언급한다. 베르길리우스의 작품보다 훨씬 더 노골적이다. 왜냐하면 인물들이 연극 무대 위에서 직접 쏟아내는 말이기 때문이다. 수업 때마다 선생은 침착하고 진지한 목소리로 어조를 가라앉히고는 그저 이미지이고 수사법일 뿐이라고 말한다. 그러나 장은 떨리는 살갗 아래 감춰진 뜨거운 숨결을, 격렬한 체액을 짐작한다.

그는 습관대로 한다. 습득하고, 점점 더 길게, 점점 더 빨리 암송하고, 수업에서나 밖에서 열리는 모든 시합에서 이긴다. 그러나 몇 주가 지나자 작은 시합들이 지겨워진다. 다른 학생들의 목소리와 낭송법이 귀에 거슬리기도 하고, 혼자서 이 새 텍스트들을 마주하고 싶은 마음에도 방해가 된다. 그는 최고 적수인 토마마저 버리고 숲속에 홀로 틀어박힌다. 연못 주위를 걷거나 물가에 앉는다. 그리고 읽고 또 읽으며 억양을 바꾼다. 문장들은 허세 없이 단순하지만 호통을 쳐서 그의 머릿속에는 비바람이 몰아치고, 인간과 신들의 격노로 하늘에 번개가 번쩍인다. 여자들의 분노는 말할 것도 없다. 여자들에 관해서라면 하얀 얼굴빛과 감미로운 축복의 말과 옷 아래 감춰진 몸밖에 알지 못하는 장에게는 엘렉트라, 안티고네, 이오카스테가 디도 여왕보다 훨씬 더 격렬해 보인다. 이 여자들이 그의 기후를, 위도를, 공간을 바꿔놓는다. 이 새로운 세상에서는 나무조차 울부짖을 것만 같다.

그의 친구 토마가 이따금 그의 은신처로 불쑥 찾아온다.

이것 좀 봐, 금지된 책이야. 그가 던지듯 말한다.

참나무에 기대앉은 장은 소스라치며 놀란다. 그의 눈길은 토마의 얼굴까지 채 올라가지 못하고 친구의 손에 들린 갈색 장정을 본다.

보여줘봐.

그는 책을 낚아채 뒤적이더니 큰 소리로 읽기 시작한다.

"두 청춘은 보자마자 사랑에 빠졌다. 마치 그들의 영혼이 첫 만남에서 동족을 알아보고 서로 자신에게 속해야 마땅한 것을 향해 달려드는 것 같았다."

그만! 너무 크게 읽지 마! 토마가 주의를 준다.

장이 이어 읽는다.

"그리고 그들의 눈은 오래도록 서로를 응시했다. 마치 서로가 상대를 이미 알고 있지는 않았는지, 혹은 이미 본 적이 있지는 않은지 기억을 더듬는 것 같았다."

두 친구는 도전하듯 서로를 쏘아본다. 장은 목구멍이 죄어드는 느낌이 들지만 계속 읽는다.

"금세 그들은 이제 막 일어난 일이 부끄러운 듯 얼굴을 붉혔다. 그러나 곧 마음속에서 열정이 거센 물결처럼 밀려들었는지 두 사람의 얼굴은 일순간 창백해지더니 온갖 다양한 양상을 띠었는데, 그 색채와 표정의 변화는 그들 영혼의 동요를 드러냈다."

이건 부도덕한 책이야. 돌아가자. 토마가 말한다.

열정에 얼굴이 하얗게 질리다니, 벼락 맞은 나무 같아.

벼락 맞은 나무는 까매.

하얗다 까매지는 거야.

난 그렇게 생각하지 않아.

어쨌든 난 저 인물들을 그렇게 상상해. 장이 고집스레 말한다.

돌아오는 길에 그들은 말을 하지 않는다. 새로운 생각이 장의 머릿속에서 포효한다. 하느님의 피조물들은 도시와 왕국을 차지하려고 서로 싸우고 죽이지만, 마그네시아 섬의 자철석처럼 격렬하게 서로를 끌어당길 수도 있다.

건물 근처에 이르렀을 때 토마가 묻는다.

너 부끄럽지, 안 그래?

그래. 장이 그를 안심시키려고 대답한다.

이틀 뒤 랑슬로는 장의 소지품 가운데서 금지된 소설을 발견한다. 소설이라니! 소설! 그가 복도에서 외친다. 장은 그러는 그가 우습지만 아무 말도 하지 않는다. 학교는 그 소설을 압수하고 공개적으로 그에게 훈계한 뒤 헬리오도로스(고대 그리스어 소설을 쓴 3~4세기의 시리아 작가)의 책을 불태우기로 결정한다. 모든 학생들은 그 광경을 지켜보아야 한다.

장의 뺨이 벌겋게 달아오른다. 이마 한가운데 자리한 그의 흉터가 금속조각처럼 하얗게 달궈져 녹아내릴 듯하고, 얼굴도 흘러내릴 것만 같다. 토마는 바로 그의 맞은편에 서 있다. 그의 넓은 뺨 위로 불꽃의 그림자가 널름널름 춤을 춘다. 장은 그 오렌지빛 그림에서 푸근한 느낌을 받는다. 그는 앞으로 금지된 건 아무것도 읽지 않을 것이고, 토마처럼 수도원의 규칙을 엄격하게 따를 것이다. 이제는 오직 하느님의 사랑에만 헌신하며 얌전하고 고분고분한 삶을 살 것이다. 누구에게건 무엇에건 맞서지 않을 것이다. 그러나 그는 이날 저녁, 잠자리에 들기 전에 극심한 구토 증세를 보인다.

장은 아몽이 시트 위에 놔준 그릇을 턱 아래 받친 채 말한다. 그의 힘없는 목소리가 그릇의 유약에 부딪쳐 울린다.

제가 이러는 건 영혼과 몸의 동요가 일치한다는 증거예요.

물론이지. 독서로 지은 죄로 넌 극도로 충격받았을 거야.

소설 속 인물들의 사랑과 마찬가지죠.

그 소설은 부적절해.

여자의 얼굴이 사랑 때문에 붉어지거나 하얘질 수 있다고 생각하지 않으세요?

물론 하느님의 사랑이라면 그럴 수 있지.

제 고모님의 얼굴이 갑자기 꽃처럼 빨갛게 변할 수 있다고 생각하세요?

그분의 기도가 열렬하다면 피가 뺨으로 쏠리겠지.

하느님의 두 피조물이 서로를 열렬히 사랑할 수 있다고 생각하지 않으세요?

그런 열정은 속임수야. 오직 하느님의 사랑만이 사랑이라 불러 마땅해. 그 피조물들은 하느님 안에서만 서로 사랑할 수 있어.

장은 기진맥진해서 눈을 감고 만다. 그는 다시 한순간 방 안에서 아몽의 움직임과 그가 조작하는 도구들이 내는 소리를 지각한다. 그러는 동안 헬리오도로스의 문장들은 점차 꺼져간다. 하느님은 분명 그 문장들을 잊을 힘을 그에게 주실 것이다.

그는 일주일이 지나도 그 문장들을 기억할 뿐 아
니라 노트에 새로운 유형의 메모를 기록하기 시작한다. 이해하려
고도 추론하려고도 애쓰지 않고, 풍경을, 변화하는 하늘을, 때로
는 눈부시고 때로는 구름이 드리운 태양을 묘사하는 문장들이
다. 하지만 그는 헬리오도로스처럼 담대하지 못해서 사람들의 얼
굴도 몸도 감히 언급하지 못한다. 그저 날씨 변화만 다룬다.

장은 차츰차츰 자기 안에서 이야기하고 싶은 욕구를 발견한다.
활사법과는 전혀 무관한 욕구다. 전투도 살인도 아니고 꽃핀 계
곡이나 과수원의 열매, 정원, 새, 연못을 이야기하려는 욕구이기
때문이다.

자연의 경이를 너무 찬양하다 보면 결국 그걸 즐거움으로 삼게
된다고 랑슬로는 경고한다.

그래서 장은 침묵을, 묵상을, 장소에 대한 경건한 마음을 강조
한다. 그러나 선생들은 여전히 그의 글을 비판한다. 그들은 모여

서 토의한 뒤 판결한다. 그가 노래하는 내용이 아니라 노래하는
방식이 문제라는 것. 다시 말해 그저 시를 피하는 게 좋겠다는
것이다. 랑슬로는 최선을 다해 그를 설득하기 위해 그에게 상처
주는 일도 마다하지 않는다.

자네는 시에 재능이 없어.

장은 거만하지만 분한 마음을 감출 줄 안다.

이건 시가 아니라 그림입니다.

말장난하지 말게.

장난이 아닙니다. 제가 좋아하는 건 관찰입니다.

그의 말은 매우 적절했다. 그로부터 며칠 뒤 그는 정원에서 무
릎 위에 커다란 책을 펼친 채 앉아 있는 웬 아이를 본다. 다른 학
생들보다 월등히 잘생긴 신입생이다. 그가 묵고 있는 보뒤리에 성
의 복도에서 본 듯한 아이였다. 장은 다가가서 책 페이지의 판화
를 알아본다.

낯선 학생이 말한다. 나는 알베르 후작이야. 1642년부터 도처
에서 얘기하고 있는 이 그림을 알아?

물론 모르지.

이건 어느 네덜란드 화가의 그림인데, 사람들 말로 그 화가는
누구보다 밤을 잘 그렸대.

장은 몸을 숙이고 그림을 바라본다. 그리고 풍부한 표현 효과
앞에서 고개를 끄덕인다. 인물들은 어둠 속에서 빛의 길을 트며
노를 저어 나아간다. 그러나 그는 판화에 눈을 고정한 채 이미
자신이 보는 것을 생각하고 있지 않다. 그는 생각한다. 저 바깥,
다른 나라 사람들은 자유롭게 창작하고, 글을 쓰고, 그림을 그리

고 있구나.

그는 말한다. 골치 아픈 일을 겪고 싶지 않다면 이 책을 포기하는 게 좋을 거야.

나는 내가 원하는 모든 책을 들여올 수 있어. 아이가 뻐기듯 말한다. 그래도 나는 골치 아픈 일을 겪지 않을 거야. 두고 봐.

장은 머뭇거리다가 아이에게 헬리오도로스의 소설 한 권을 주문한다. 그의 목소리에서 양심의 가책이 묻어난다. 하지만 그가 이 지경이 된 건 그의 선생들이 보인 모순 때문이다. 왜 학교에서 가르치는 것을 그에게 금지한단 말인가?

이어지는 며칠 동안 장은 매일 아침 신입생과 함께 성과 학교를 가르는 길을 걷는다. 신입생은 자기 가문의 영화와 인척 관계에 대해 얘기한다. 그의 말대로라면 그는 명석하고, 독특한 정신의 소유자요, 매우 재능 넘치는 학생이다. 그의 경계심을 누르고 아첨이 앞선다. 장은 그를 자기 방으로 몰래 한 번 두 번 초대하다가, 결국 매일 저녁 초대해 자신의 독서와 번역을 보여준다. 그는 형처럼, 조교처럼 자기 생각을 말해주고, 더 잘, 더 정확하게 번역하기 위해 알아야 할 책략과 효과들을 알려준다.

그런데 전체를 번역하지는 않나보네. 후작이 말한다.

하지, 여기 다 있어.

이따금은 네 생각을 따라가기가 힘들어.

일부러 그런 거야. 장이 웃으며 말한다.

두 남학생 사이에 암묵적인 계약이 자리한다. 한쪽의 지식과 다른 쪽의 고결한 신분을 두고. 그런데 장이 갖는 우위는 두 사람을 갈라놓는 7년의 세월로 충분히 설명할 수 있지만, 후작이 갖는 우위는 시간과는 결코 무관한 것이다. 그렇기에 아이는 그 사실을 알고서 흡족한 표정을 버리지 않은 채, 혈통이 천재를 낳는다는 확신에 찬 표정을 버리지 않은 채 장의 말을 마시듯 빨아들인다.

어린 후작이 그리스 소설을 다시 한 권 구해주자 그는 몰래 숨겨두고 시간이 날 때마다 들춰본다. 그리고 그 소설의 원본으로 혹은 프랑스어로, 존재하는 번역본으로, 그가 수정하고 다시 쓰고 지어내는 번역본으로 여러 페이지를 외운다. 두 주인공에게는 서로를 보고 사랑하는 일이 한가지다. 장은 줄곧 자문한다. 하느님은 아무에게도 모습을 드러내지 않는데, 우리가 얼굴을 보는 누군가를 열정적으로 사랑할 수 있을까? 그는 성찰과 의문을 거듭하며 주인공들의 모험을 좇고, 스스로 그 주인공들이 된 듯 생각하는 데서 광적인 기쁨을 맛본다. 그러나 그의 선생들은 거듭 말한다. 여러분의 위치를 지켜라. 비판적인 감각을 유지하라. 비극과 서사에 넘어가지 말라. 그러나 장은 넘어간다. 열여섯 살이기에. 게다가 무엇보다 그 사건들이 누구도 그에게 말해주지 않는 진실한 감정들에 토대를 둔 것처럼 보이기 때문이다. 그 결과 열흘 뒤 수업 중에 장의 목소리가 양심의 가책으로 여러 차례 흔들리는 걸 알아챈 랑슬로가 수업이 끝나고 엄한 얼굴로 그를 부른다. 장의 얼굴이 붉어진 걸 보고 선생은 그에게 즉각 고해를 하라고 명령한다.

고해소에서 장은 독서의 기쁨과 교만의 죄를 털어놓는다. 그는 자신이 이야기에 매료되었으며, 선생들의 금지는 더욱 그에 빠져들게 만들 뿐이라고 털어놓는다. 그러나 진짜 중요한 사실, 다른 종류의 사랑의 가능성에 대해서는 말하지 않는다. 고해신부는 그의 죄를 사해준다.

고해소를 나오면서 그는 홀가분한 기분이 들지만, 방으로 돌아와 누군가 또다시 그의 물건들을 뒤졌다는 사실을 확인하자마자 그 느낌은 이내 사라진다. 소설의 두 번째 사본도 첫 번째 것과 마찬가지로 불꽃 속으로 사라지고 만다.

장의 자존심은 분노 상태로 치닫는다. 그는 처벌이 끝나자마자 즉각 새 친구에게 세 번째 사본을 주문해달라고 부탁한다. 그러나 더 이상은 가만히 당하고 있지 않을 작정이다. 금지된 물건을 선생에게 직접 가져갈 것이다.

언제? 후작이 묻는다.

완전히 외우고 나면.

어린 후작은 저녁마다 그에게 몇 페이지를 통째로 암송하게 한다. 장이 주춤거리면 후작은 그를 들쑤시고 꾸짖고 도발한다. 그는 장의 실수와 망각을 재밌어하지만, 기를 쓰고 뱃머리를 좇아 앞으로 나아가면서 장은 조금도 불쾌해하지 않는다. 목표를 달성하자 그는 그저 이렇게 말한다.

내일 아침에 나를 고발하러 갈 거야.

정말?

우리가 이 모든 걸 괜히 한 게 아니잖아.

장의 대답은 우정을 확인해준다. 안과 밖, 그들과 다른 사람들,

투명성과 비밀의 차이를 아주 명료하게 밝혀주는 우정이다.

책을 태우는 세 번째 불을 마주하고 스승과 학생이 노려본다. 그러나 장은 눈을 내리깔지 않는다. 랑슬로의 얼굴 너머로 그는 어떤 고해도, 어떤 사면도 그의 육신과 영혼을 결코 꺼뜨리지 못할 미래를 내다본다.

그날 저녁 그가 그런 시련을 겪고도 치료실에 나타나지 않자 놀란 아몽이 그의 방으로 찾아온다.

괜찮아? 그가 묻는다.

괜찮고말고요.

고해로 마음이 진정되었나?

아뇨.

무슨 말인지 모르겠군.

혼자 있고 싶어요. 피곤해서요. 장이 말한다.

고집하지 않고 돌아서는 의사를 장이 불러 세운다.

하느님께서 모든 피조물을 만드신 것 맞죠?

그렇지.

신체 기관과 내장을 우리에게 붙여준 것도 하느님이죠.

물론 그렇지.

그러면 왜 그런 것들에 대해 아무것도 써서는 안 되는 거죠?

의학 교재에 쓰고 있지.

그렇지만 다른 데다 쓸 수 있는 권한이 없잖아요?

그런 건 불온한 일이 될 거야.

베르길리우스와 아이스킬로스는 줄곧 쓰지 않았습니까.

너도 알다시피 베르길리우스와 아이스킬로스는 기독교인 저자가 아니잖니.

그렇지만 위대한 저자들이 아닙니까?

물론 그렇지.

저도 그들처럼 라틴어나 그리스어로 글을 쓰겠어요.

사람들이 네게 기대하는 건 그런 게 아니야. 선생들은 모든 글을 프랑스어로 쓰도록 권장하고 있어.

또다시 선생님들은 제게 가르쳐놓고는 금지했어요. 이번에는 절 그냥 내버려두세요. 너무 지쳤어요.

의사는 머뭇거린다. 불끈 솟아난 애정이 그의 눈길은 들어 올렸으나 팔까지 들어 올리지는 못한다.

세상이 부여하는 지위들을 믿지 말라고 그는 배웠다. 그러나 후작이라는 명칭을 듣기만 해도 귀에서 오래도록 윙윙거리는 소리가 났다. 윙윙거리는 가운데 그는 성의 축연들, 궁의 마차들, 쩔그렁거리는 재산을 지각한다. 그 소리는 흐릿하고 아득하지만 그가 듣는 모든 것과 반대로 그것은 현재 시간의 소리다. 장은 고아이고, 그의 유일한 집은 여기다. 친지들, 사촌들이 생활비는 대줄 테지만, 이 사막을 떠나 바깥에서 자리 잡고 싶어한다면 그가 정착하도록 누가 충분히 도와주겠는가? 자리 잡고 클 수 있도록. 장은 정원의 나무들처럼 자라고 싶다. 곧게 자라 명예를 떨치고, 프랑스 왕국의 땅에 깊이 뿌리 내린 채 하늘에 도달하고 싶다. 그는 변호사나 서기 같은 자리를 쟁취할 수는 있겠지만, 그중 어떤 일도 그를 평민 이상의 존재로 만들지는 못할 것이다.

그는 왕에 대한 충성밖에 알지 못하고, 그의 흉터가 그 충성의 흔적이다. 그런데 어린 후작의 이야기들이 그의 눈앞에 새 깃발들을 들어 올리기 시작한다.

아버님은 말씀하셨지. 왕께서 계신 자리에서는 사람들이 스스로 빛을 발하게 된다고.

라거나,

아버님은 말씀하셨지. 왕께서 그대에게 눈길을 줄 때는 태양이 그대를 밝히는 것과 같다고.

또는,

왕께서 루브르의 뜰로 내려와 왕실 마차에 올라타시는 걸 보는 것보다 더 멋진 구경거리는 없어.

처음에 장은 그저 왕이 그보다 한 살밖에 더 많지 않다는 사실만 짚는다. 그러다 그런 말마저 그만둔다. 하느님이 노여움으로 포효하지도 않고 고행의 명령도 내리지 않는 신탁처럼 울리는 후작의 문장들에 비해 그의 말은 너무도 밋밋하다. 이따금 두 청년은 고개를 연신 조아리며 굽신거림을, 찡그린 인상을, 과장된 절을 흉내 내며 웃음을 터뜨린다. 장의 방에서 그들은 기분에 따라 라틴어나 프랑스어로 우아한 시구를 읊으며 즐거운 시간을 보낸다. 대개는 장이 후작 앞에서 낭독하고, 후작은 제자리에서 펄쩍 뛰며 박수갈채를 보낸다. 모든 소재가 거쳐간다. 궁을 지키는 개 라보탱, 겨울, 정원 위를 날아다니는 작은 새들. 장은 여전히 세 스승에게 가르침을 받고, 그들을 존경하면서 세상의 거품을, 입가를 하얗게 덮는 웃음을, 말들이 사물 주위에 만들어낼 수 있는 가벼운 거품을 발견한다.

잠들 무렵 때때로 그는 후작과 함께한 놀이로 흥분 상태에 빠진 걸 후회하고, 위대한 파스칼을 생각한다. 듣자 하니 파스칼도 한때 갈랑트리(여성을 상대로 한, 상냥하고 정중하며 세련된 사교계 예절 또는 그런 문학적 취향)에 빠졌다고 말한다. 랑슬로의 마음에 들진 않겠지만. 인간의 삶은 바람처럼 바뀔 수 있다. 시시각각 달라지는 그만 봐도 알 수 있다. 때로는 열정적이고, 때로는 정중하고, 베르길리우스의 근엄한 언어에 열광했다가 곧 가벼운 서정시에 열광하니 말이다.

그가 다시 일어선다. 그리고 금속 펜을 힘주어 눌러가며 판결문들을 쓰고는 다음 날 불에 던져버린다. 그러나 아무러면 어떤가. 명료한 글쓰기는 그의 마음을 가볍게 해준다. 이곳에서 보낸 모든 세월에서 단 한 가지만 간직해야 한다면 바로 이것이 될 것이다. 명료성은 인간이 하느님에게 빚진 것이라는 사실. 어떤 날 저녁에는 자신이 쓴 글을 다시 읽고, 자신의 문장이 세련되지 못하고 표절한 것이라는 생각에 펜을 거칠게 내동댕이치기도 한다. 그럴 때면 랑슬로의 판결이 떠오른다. "자네는 시에 재능이 없어." 그런데도 매일 아침 기도를 끝내고 나면 그는 똑같은 충동으로 자신을 기다리는 일을 향해 몸을 일으킨다. 바윗덩어리 같은 언어를 깎는 일이다. 이 일은 습관이 되고 훈련이 되어서, 그는 인내심을 갖고 열심히 끌로 새기듯 시를 쓴다.

그는 롱사르를, 또 다른 세속 시인들을 모방한다. 이 시인들은 그가 다른 장소를 알지 못한다는 사실을 잊기 위해 가능한 온갖 이름을 붙인 이 성소, 때로는 사막 같고 때로는 항구 같은 이 성스런 장소를 찬미하는 데 쓰인다.

침묵의 성소
매혹과 매력이 가득한 곳
평화의 품속에서
은총과 무구無垢가 지배하는 항구

이건 지겨워. 그의 친구가 말한다. 다른 걸 찾아봐.

장은 갑작스런 그 혹독한 말에 놀란다. 이때까지 후작은 그에게 최고의 청중이었고, 가장 소중한 동맹이었다. 그의 사촌 앙투안을 제외하고는.

사촌이 파리에서 철학 공부를 하게 된 뒤로 장은 그와 편지를 자주 주고받는다. 종종 그는 성의 산책로를 걸으면서 편지를 읽고 열렬히 답장을 보낸다. 그러는 동안 후작은 그의 등 뒤에, 때로는 심지어 바로 앞에 앉아 있다.

무슨 얘기를 하는 거야?

네 새들, 반짝이는 물 말이야! 제발 다른 걸 좀 찾아보라고. 후작이 거듭 말한다.

그러나 장은 아무리 찾아도 자신이 이미 읽은 다른 사람의 글, 자신이 만든 게 아니라 수집한 이미지와 수사법들밖에 떠오르지 않는다. 적어도 정말로 그의 마음에 와 닿았던 것, 예전에 그토록 소름끼치는 느낌을 주던 이 정원의 아름다움, 아몽이 감탄하던 아름다움에 대해서는 말할 수 있을 것이다.

내 눈을 내가 믿을 수 있을까?
내가 깨어 있는가? 내가 보는 것이 정원인가?

덧없는 꿈은 아닌가

이 찬란한 장소에 누가 나를 데려왔을까?

그러나 후작은 이것도 하품을 하며 듣는다. 어느 날 저녁 그는 용기를 내어 우선 연습을 할 필요가 있으며, 네 마음에 들려고 애써서는 안 된다고 말한다.

뭘 하기 위한 연습이지? 그런 서정시는 어떤 결과에도 이르게 해주지 않을 텐데!

모르겠어. 난 산문이 시로 바뀌는 걸 보고 싶어.

시가 단지 그런 거라면 난 시에 별로 기대를 걸지 않겠어.

그는 살짝 기분이 상한 얼굴로 곰곰이 생각한다.

그리고 해명한다.

하지만 내가 처음에 썼던 걸 보라고. 이 정원은 꿈일까 아니면 현실일까? 내가 어떤 결과에 이르렀는지 보이잖아!

그렇다고 치지. 후작이 무성의하게 대답한다.

그러나 장은 고집하지 않는다. 며칠 동안 그는 여섯 편의 서정시를 쓴다. 하나같이 전원시다. 그는 친구를 즐겁게 만들지는 못하지만 혼자서 한껏 즐긴다. 무얼 하건, 무얼 쳐다보건 시가, 운율이 떠오른다. 그는 모든 편지를 시로 장식한다. 고모를 찾아가 방문하면서도 운율을 맞추며, 거의 노래하듯 대화를 한다. 그녀는 그가 활용한 미학적 효과들에 미소 지으며 하느님에 대한 존경과 진지한 정신은 결코 잃지 말아야 한다고 말한다.

저는 주님에 대한 찬양을 노래하는 것이 너무도 기뻐요. 장이 대답한다.

기쁨 얘기가 아니라 존경 말이다, 얘야.

그러나 창살 너머에서 뱉어지는 건조하고 딱딱한 말들은 예전처럼 그에게 와 닿지 않는다. 면회소를 나서자마자 그의 머릿속에서 시의 요동이 다시 시작된다.

어느 날 저녁, 사촌 앙투안 때문에 장과 사이가 소원해져 기운이 빠진 후작이 그의 편지 가운데 하나를 가로챈다. 그 편지에서 사촌은 모험 정신을 발휘해 파리와 산책, 금지된 비방문들에 대해 얘기한다. 나이가 어린 후작은 장에게 그 같은 영향력을 발휘할 가능성이 전혀 없으므로, 그의 관심을 유지하려면 다른 무언가를 찾아내야만 할 것이다.

그는 나무둥치에 맞서 싸우며 자기 분노를 제 뿔 속에 모으는 법을 터득하려고 애쓴다. 주먹질로 바람을 공격하고, 모래를 날리며 싸움을 준비한다. 그러다 기운을 끌어모으고 힘을 되찾자, 그는 전쟁에 돌입해 고개를 숙이고 그를 잊은 적에게 달려든다. 먼바다 한가운데서 하얗게 부서지기 시작하는 파도처럼. 그 파도는 먼바다에서 멀어지면서 점점 더 커지며 육지를 향해 달려가, 무서운 소리를 내며 바위에 부딪치고 부서진다. 그러는 동안 물결은 소용돌이 바다까지 부글부글 끓어서 그 심층에서 검은 모래가 인다.

이것은 랑슬로가 어느 날 아침 학생들에게 읽어준 베르길리우스의 『농경시』 중 한 대목이다. 모래의 검은색이 장에게 깊은 인상을 남긴다.

그러니까 정원에 황소 한 마리를 넣어! 후작이 웃으며 제안한다.

장은 퉁명스런 어조로 대답한다. 그럴듯해 보이지 않을 거야.

그래, 그렇지만 적어도 재미는 있을 거야.

시에는 의미가 담겨야 해, 안 그래? 우리가 있는 곳에 황소가 와서 뭘 하겠어?

내가 알기로 우리 암소들에게는 늘 황소가 필요할걸.

그건 우리가 말할 수 없는 욕구야.

베르길리우스는 잘만 하잖아…….

선생은 베르길리우스에게는 로마의 활력을 고양시키기 위해 땅의 작업을 예찬해야만 했다는 좋은 이유가 있었다고 그들에게 설명했다. 장은 너무 자신만만한 후작의 조언을 계속 들어야 할지 자문한다. 기분이 달라지고 마음이 뒤숭숭해지자 그는 느닷없이 후작에게 혼자 있게 해달라고 청한다.

나는 가지만, 내일은 시에 황소를 넣어 읽어줄 거지? 그가 고집스레 말한다.

몇 시간 동안 장은 썼다 지우고, 조롱거리가 될까봐 걱정하지 않고 수도원에서 길을 잃고 헤매는 커다란 맹수의 운명을 상상하려고 애쓴다. 그러나 좋은 생각이 떠오르지 않는다. 이튿날 아침 그는 친구의 눈길을 잘 마주치지 못한다. 그리고 이어지는 사흘 동안도 마찬가지다.

나흘 밤을 하얗게 지새우고 나서야 마침내 그는 무언가를 손에 쥔다. 그는 구내식당에서 식사를 마치자마자 후작에게 따라오라고 손짓한 뒤 머뭇거리는 목소리로 시작한다.

진흙탕에 빠진 네 개의 발

　　검은 발이 더욱 시커멓게 번득인다

　　그의 깊은 노여움의 피처럼

　　강렬한 붉은빛이 날카롭다

　　음산해. 차라리 작은 새들이 더 나은 것 같아! 후작이 외친다. 좀 더 비극적으로 만들어봐.

　　넌 날 피곤하게 해. 장이 탄식한다. 네가 직접 써봐!

　　나도 너처럼 시인이 되길 바라는 거야?

　　물론 그건 아니지.

　　어쩌면 나쁜 생각이었는지도 몰라. 그 황소 이야기. 너무 투박한 생각이었나봐.

　　후작의 결론에 장은 안도한다. 그러나 그날 저녁 『농경시』의 다른 페이지에서 우연히 그는 이런 글귀를 만난다.

　　이 땅의 모든 종과 인간과 짐승, 그리고 바다의 종, 가축 떼,

　　오만 가지 색채를 띤 새들이 이 격정과 이 불길에 달려든다.

　　사랑은 모두에게 똑같다.

　　그리고 그는 베르길리우스가 결코 투박하지 않다는 사실을 깨닫는다. 그는 방식을 바꾸기로 결심한다. 자신의 서정시를 더 이상 후작에게 보여주지 않고 사촌에게 보내는 편지에만 쓸 생각이다. 그렇다고 그와의 대화를, 그의 발랄함을 포기하지는 않을 것이다. 앞으로는 그저 그의 말에 응답만 하지 않고 얘기를 나누

고, 위협적인 화살 같은 말들을 구사할 것이기 때문이다. 그 말들을 조합해서 쏘는 방식이 그것들을 기포보다 더 가볍게 만들수 있기라도 한 듯이. 앙투안은 편지에서 점점 더 자주, 파리 귀부인들에게 붙이는 감미로운 별명들을, 신랄한 조롱과 전원시에 대한 취향을 언급한다. 남자와 여자들이 밤늦게까지 함께 있고, 하느님은 결코 언급되지 않고, 달콤한 당과류가 등장하는 작품들을 얘기한다. 골목길, 살롱, 호텔. 장은 그 이야기들에서 소재를 길어 자신의 비밀 작품들을 살찌운다. 때로는 머리가 핑 돌아 그는 갑자기 교실을 떠나지 않을 수 없다.

무슨 일인가? 아몽이 묻는다.

모르겠어요. 시를 너무 많이 썼나봐요. 머리가 어질어질해요.

너에 관해 내가 들은 말도 그래. 논리와 엄격함을 되찾고, 스승들의 조언을 따라.

저는 파리로 가서 살고 싶어요.

의사는 앞쪽 벽에 손을 기댄다. 그리고 대답한다.

장소에 대한 권태는 사물에 대한 권태로 이어져. 하느님 안에서 살아.

아몽은 가까이 다가와 물에 적신 천을 그의 이마에 올리고, 향내 나는 액체 몇 방울을 천에 떨어뜨린다.

나도 종종 여기가 아닌 다른 곳에서 더 속죄하는 은둔 생활을 하고 싶은 마음이 들어.

그 생각에 장의 얼굴이 어두워진다. 그는 아몽의 부재를 견딜수 없을 것이다. 그는 자신의 아픔을 통해 자신이 방금 아몽에게 안긴 아픔을 상상한다. 그는 눈을 감아보지만 그의 자책도 의사의 몸짓을 더 부드럽게 만들지는 못한다. 처음으로 그는, 자기 몫을 가난한 이들에게 주려고 물과 밀기울 빵만 개밥 그릇에 담아 먹는 깡마른 늙은이를 보듯 아몽을 바라본다. 트라피스트 수도 원에나 가라지, 악마에게나 가라지. 나는 파리로 갈 거야! 아몽은 그가 화난 걸 느끼지 못한다. 그의 손은 손가락을 벌린 채 살짝 떨며 한동안 장의 얼굴 위에 머문다.

이야기 하나 해줄 테니 들어봐. 그가 말한다.

그의 시큼한 숨결에 장은 질식할 것만 같다. 애써 구역질을 참는다.

내가 어렸을 때 갑자기 집의 박공이 무너지더니 집 전체가 와르르 내려앉았어. 난 다섯 살도 채 안 되었을 때였지. 그런데도 매일 그 재앙의 이미지가 나를 에워싸. 완전히 망가진 내 침대의 이미지가. 내 주위의 모든 것이 부서졌고, 나는 죽을 뻔했지. 하늘이 도운 내 삶을 나는 언제나 하느님께 빚지고 있어. 난 오직 하느님 안에서만 살 수 있지. 그런데 중요한 건 그게 아니야. 중요한 건 내가 그날 아침 죽었다면 죄인으로 죽었을 거라는 점이야.

죄인이요? 무슨 죄 말입니까?

그 비극은 주현절에 일어났어. 전날 나는 맛있는 걸 너무 과식했지.

아, 장이 아연해서 말한다.

아몽이 그에게 들려주는 이야기들에서 그가 좋아하는 건 인간에게 일어나는 변신이다. 신화 속처럼. 다나에가 황금 빗물로 변신하듯이 그는 아몽의 깡마른 몸이 갑자기 포동포동한 살로 뒤덮이는 모습을 상상한다.

하느님은 내게 기회를 주셨어. 난 네게 다른 많은 이야기들을 들려줄 수 있을 거야.

압니다. 성스런 가시 같은 이야기 말이지요. 그렇지만 그건 이미 이야기해주셨어요.

그렇게 버릇없이 굴지 마라.

용서하세요. 장이 사과한다.

그의 삶에는 이 명백한 신의 섭리를 닮은 건 아무것도 없다. 그는 아직 어떤 변신도 겪지 않았고, 아직 하느님을 발견하지 못했다. 문득 왼편에서 털실 뭉치와 나무 바늘을 발견하고 그는 눈에서 검은 눈동자가 튀어나올 듯 놀란다.

여기 우리 말고도 누가 있습니까? 그 물건들이 누구의 것일까 생각하며 그가 묻는다.

무슨 소리야? 의사가 더듬거리며 말한다.

저기 뜨개질…….

저건 내가 정신을 흩뜨리지 않고 손으로 할 수 있는 소일거리로 찾아낸 거야. 그래야 계속 성서를 읽을 수 있어.

그러면 선생님이 만드는 소품들은 어떻게 하세요?

그게 문제가 아냐.

장은 이해하기 힘든 이 대화를 몰아내기 위해 다시 눈을 감는다. 물론 그는 아몽이 뜨개질한 소품들을 어떻게 가난한 이들에게 나눠 주는지 알려는 게 아니라, 어떻게 한 인간 안에 이토록 많은 부조화가 깃들 수 있는지 이해하고 싶은 것이다. 적어도 글을 쓸 때 장은 자신의 눈과 손이 하나가 되는 느낌을 받는다. 등을 구부린 채 뜨개질을 붙든 의사의 이미지가 그의 눈꺼풀 아래 집요하게 각인된다. 달가닥거리는 뜨개바늘, 까슬까슬한 털실, 손이 하는 일을 보지 못하는 눈. 그의 안에서 모든 것이 그 초라한 이미지에, 하느님의 섭리를 꿈꾸며 사팔눈을 뜨는 시골 아낙 꼴에 짜증을 낸다. 이날 저녁 후작이 방문을 두드릴 때 장은 세상 전체에 대한 경멸에 사로잡힌 듯 그 어느 때보다 꼼짝 않고 침묵을 지킨다.

며칠 뒤 르메트르가 예외적으로 그를 방문한다. 르메트르는 한동안 수도원에서 멀리 떠나야 하지만 물론 다시 돌아올 거라고 설명한다. 그동안 그에게 자신의 책들을 지켜달라고 부탁한다.

이 책들은 내가 가진 유일한 자산인데 자네에게 맡기네. 그가 자세히 말한다. 책들이 습기에 노출되지 않도록 여기 성에 맡겨둘 테니 자네가 개인적으로 살펴주겠나? 쥐가 갉아먹지 않도록 사발에 물을 담아 여러 군데 놔두고 이따금 청소도 좀 해주게.

장이 고개를 끄덕이며 묻는다.

그런데 어디로 가십니까?

파리로.

르메트르가 파리를 자신의 신앙과 평안을 위해 더 안전한 장소처럼 소개하는 동안 장은 그의 말에 사촌의 경쾌한 이야기들을 포갠다. 그의 머릿속에서 파리의 윤곽이 흐려진다. 장은 일순간 선생이 사막에서 사는 게 지긋지긋해져서 세상과 다시금 관계 맺고 싶어하는 건 아닌지 의심한다.

선생님…… 오래전부터 묻고 싶은 게 있었는데…… 감히 묻지 못했습니다…….

뭔가?

선생님은 변호사로서 누구보다 눈부신 경력을 쌓을 수 있었잖습니까?

그랬지.

선생님의 웅변 재능도 모두가 인정했잖습니까…….

그랬지.

선생님이 변론을 펼치는 날에는 다른 설교자들은 물러났다고 하던데요…….

그건 과장이야.

리슐리외 추기경이 선생님을 각별히 생각했다지요…….

그래서 나를 책망했지.

왜 그러신 겁니까?

뭐가 왜 그렇다는 건가?

왜 그런 영예를 포기하신 겁니까?

난 야망을 바꾸고 싶었던 게 아니라 야망이 전혀 없었어.

그건 있을 수 없는 일이에요! 장이 외친다.

아들아, 사람들에게는 광기처럼 보이는 것이 하느님 앞에서는 그렇지 않다.

그 결정을 결코 후회하지 않으십니까?

후회하지 않아. 아들아, 결코.

침대에 누운 채 장은 이 대화를, 절박하고 대담했던 자신의 질문들을, 자신의 의심을 없애준 스승의 확신을, 그리고 무엇보다 놀라운 호칭, '아들아'를 떠올린다. 열일곱 살 나이에 그는 엄지손가락을 빨듯이 그 생각을 하며 잠이 든다. 이날부터 그는 자신의 위대한 임무를 즐기며 맡은 책들을 보살핀다. 이따금 스승은 그에게 편지를 보내 책 발송을 알린다. "위대한 타키투스의 작품 하나가 곧 자네에게 도착할 거야. 자네가 내 제자이듯 그가 퀸틸리아누스의 제자였다는 사실을 절대 잊지 말게." 혹은 반대로 자신에게 키케로의 2절판 책을 보내달라고 그에게 부탁하기도 한다.

스승이 떠나고 몇 주 뒤, 왕의 위임을 받은 민사 대리관이 그곳을 사찰하고 음모의 위험이 있는지 살피기 위해 온다. 그들은 모든 걸 검사하고, 심지어 수녀들의 독방까지 뒤진다. 이날 장은 세상이 종말하는 듯한 두려움을 느낀다. 그는 온종일 책상 밑에 숨어서 소리가 날 때마다 납치 위협처럼 느끼고, 약탈당한 정원을, 흙에서 뽑힌 나무뿌리가 사방에 널리고 그랑주의 벽이 피로 물든 광경을 상상한다. 그래서 타키투스의 독서에 몰입한다. 권력욕은 인간을 격노하게 하고 미치게 만드는 것 같다. 그는 스승이 보내준 책의 여백에 평온한 손으로 적는다. '분노'를, 그리고 '로마/사랑'을. 이날 저녁 그는 민사 대리관이 그랑주가 완전히 비었으며 수녀들이 기도에 몰두한다는 사실을 확인한 뒤 올 때처럼 다시 떠났다는 걸 알고서 안도한다.

우리에게 성이 있는 게 천만다행이야. 모든 걱정거리를 떨쳐낸 듯 어린 후작이 자축하며 말한다. 그런데 왜 그런 얼굴을 하고 있어?

난 걱정이야.

너는 걱정이 제2의 천성이 된 것 같아. 재미없어.

난 너처럼 좋은 천성을 갖지 못했어.

너한테 할 말이 있어.

뭔데?

여기선 안 돼. 오늘 저녁에 식사를 한 다음 은거지에서 만나.

모르겠어.

오라니까. 후작이 말을 맺는다.

두 청년은 서로 마주 보고 앉았다. 조각달 아래 부피가 거의 같은 두 사람의 그림자가 7년이라는 세월의 차이를 감춰준다. 후작의 그림자가 살짝 커 보이는 듯하다. 그들을 둘러싼 나무들이 거대해 보인다. 장은 고개를 들다 현기증이 나자 이내 숙인다. 그는 돌 벤치를 붙들고 어지럼증을 가라앉힌다. 후작은 그의 상태를 보지 못한다.

'쪽문의 날' 이야기를 해줄게. 그가 말한다.

그 이야긴 달달 외우고 있는걸. 우리가 여기 왔을 때 처음 들은 이야기잖아.

아냐, 아냐, 넌 이런 식으로는 절대 들었을 리 없어.

후작은 원을 그리며 돌기 시작한다.

앙젤리크 수녀원장의 실제 이름은 자클린이야. 스무 명의 자식을 둔 가정의 셋째 딸이었는데, 아버지도 어머니도 그녀를 특별히 사랑하진 않았어. 그러나 자클린에게는 할아버지가 있었고 그와 가깝게 지냈지. 수많은 형제자매 틈에 낀 손녀의 앞날을 걱정한 할아버지는 손녀를 수녀원에 보내기로 작정했어. 열한 살에 그녀는 바로 여기서 수련수녀의 옷을 입게 되었는데, 좋아하진 않았대. 그녀는 아주 명민했고 또 아주…… 장난기가 많았지.

어떻게 그런 소리를 해?

이건 수녀원장이 직접 한 말이야. 그녀는 바깥 산책을 하고, 소설과 로마 역사책을 읽으며 시간을 보냈지. 그러다 모뷔송 수녀원으로 옮겨가, 그곳에서 아름다운 가브리엘(프랑스 왕 앙리 4세의 총애를 받은 가브리엘 데스트레)의 여동생이자 그곳 수녀원장인 앙젤리크 데스트레에게 각별히 보호받는 인물이 되지. 그러다 자클린은 포르루아얄의 수녀원장으로 임명되지만, 수녀원 생활을 여전히 싫어해서 기도하는 데 시간을 거의 할애하지 않았어. 이제는 되돌리는 것이 불가능해지자 그녀는 시들시들 쇠약해지고 병이 들었지. 열여섯 살에 자클린은 기운을 회복하기 위해 집으로 잠시 돌아가지만 가족들의 적의와 냉대만 느끼게 돼. 그녀가 침상에서 시름시름 앓자 그녀의 아버지는 그녀의 직무에 대해, 그리고 그가 수녀원에 쏟아부은 재산에 대해서만 걱정하지. 그는 딸에게 서류에 다시 서명하게 했어. 자클린의 손을 쥐고 강제로 서명하게 한 거지. 그녀는 눈을 반쯤 감은 채 잘 보지도 못했고.

이건 너무 심하잖아. 넌 이야기를 지어내고 있어! 그리고 자클린이라고 그만 좀 불러!

자클린은 수녀원으로 다시 돌아와 자기 직무에 전념했어. 그녀가 드디어 준비가 되었나보다고 생각할 수도 있었지만 그게 아니었지! 5년 뒤 그녀는 다시 라로셸로 달아나려고 했어. 그러나 다시 병들어 그러지 못했지. 그때가 1607년이야. 그 유명한 쪽문의 날이 있기 2년 전이지.

그래서?

내가 무슨 말을 하려는지 모르겠어?

몰라. 장이 퉁명스레 말했다. 1608년에 그녀는 어느 프란체스코 수도사의 강론에 깊이 감명받고 하느님께 완전히 귀의했지.

난 그 강론에 대해 다른 얘기를 들었어. 그렇지만 그건 내버려 두자고. 1609년 9월 25일, 그녀의 아버지와 어머니가 수도원을 찾아왔지. 11시였고, 수녀들은 구내식당에 있었어. 안뜰에서 마차 소리가 들렸지. 그러나 새벽에 이미 열쇠를 모두 압수한 상태였어. 아버지가 문을 두드리자 자클린이 직접 나갔어. 그녀는 쪽문을 열고, 작은 면회실에서 철창을 사이에 두고 만나겠다고 아버지에게 제안했어. 아버지는 격분해서 더욱더 크게 호통쳤지만 자클린은 꿈쩍도 하지 않았지. 어머니는 그녀를 배은망덕한 딸로 취급했고, 아버지는 부모 살해범으로 취급했어! 그들의 고함 소리가 온 수도원에 쩌렁쩌렁 울려 수녀들이 질겁해서 달려왔어. 아버지는 수녀들에게 욕설을 퍼부으며 모욕했지. 자클린은 졸도하지 않으려고 문에 이마를 기댔어. 그녀의 부모는 끝내 수도원에 들어오지 못한 채 날이 저물 무렵 다시 떠났지. 이게 끝이야.

후작은 다시 앉아서 기다린다.

그래, 어떻게 생각해?

장은 경악했다. 그를 둘러싼 공기가 절망적으로 꼼짝 않는 것 같다. 그는 일어서서 슬프고 난감한 얼굴로 맴을 돌며 걷는다.

뭐라도 말해봐!

사람들이 네게 얘기해준 건 그저 악의 어린 허구일 뿐이야. 특히 이럴 때일수록 얼마나 경계해야 하는지는 너도 알 텐데.

정말이지 너는 내가 너한테 뭔가를 가르쳐주는 걸 싫어하는구나. 만약 네 사촌이 말했다면……

내 사촌은 이런 얘긴 절대 하지 않을 거야! 그만 돌아가자.

이건 우리끼리 비밀로 할 거지?

돌아가자니까.

후작의 이야기가 여러 생각을 불러일으켰는데, 장은 그 생각들을 단단히 묶어두려고 애쓴다. 그래도 생각들은 부풀어 오른다. 그는 말없이 뒤에서 달려오는 후작보다 빠르게 백 개의 계단을 다시 오른다. 설립자 수녀원장은 상스런 슬픔 위에 이 교회를 세웠을까? 슬픔은 상스러운 걸까? 믿음을 위해 슬픔보다 더 나은 이유가 있을까? 그가 한 걸음 한 걸음 내디딜 때마다 돌 사이에 숨은 휘파람 소리를, 벌꿀 방에 빠진 독의 파동을 일깨우는 것만 같다. 그는 후작도 그 소리를 들을까 하고 생각한다.

그날 밤 그는 잠을 이루지 못한다. 그의 손가락들은 스승의 책들 제본 위를 달리다가 다른 것들보다 훨씬 섬세한 제본 위에서 멈춘다. 그는 책 더미에서 그 책을 끄집어낸다. 수기 메모가 가득한 노트다. 그의 스승이 실수로 남겨둔 모양이다. 장은 망설인다. 적혀 있는 건 잡다한 메모로, 라틴어와 그리스어 번역 일부, 스승의 입에서 결코 들어본 적 없는 해설들이다. "문학 번역은 영혼 없는 몸이다. 몸이 하나의 언어라면 영혼은 또 다른 언어다." 혹은 "지나치게 충실하다 보면 죽은 사람과 산 사람을 혼동하게 된다." 스승은 장이 알지 못하는 격렬함을 드러내며 표현한다. 장은 읽고 다시 읽으며 촛불을 가까이 댄다. 스승은 마치 사람에 대해 말하듯, 인간이 대면해야 할 복잡한 피조물에 대해 말하듯 언어에 대해 말한다. 그뿐 아니라 언어의 매력과 아름다움을 줄곧 환기한다. 장은 점점 더 천천히 페이지를 넘긴다. 얼마 지나자 단락이 길어져 다른 것들보다 훨씬 긴 텍스트를 이룬다. 이건 디도의 노래잖아. 장이 아연해서 말한다. 삭제한 글들 주위로 프랑스어 단어들이 포개져 몰려 있다. 같은 시구가 연거푸 두세 번 다르게 번역되어 있다. 장은 소리 내어 읽어보지만 어느 것도 마음에 들지 않는다. 문장은 너무 길고 전환은 너무 도드라진다. 그는 가구 깊숙이 숨겨둔, 자신이 보베에 있을 때 채운 노트들을 가져와 자신의 번역문과 스승의 번역문을 한자한자 비교한다. 자신의 번역이 더 좋다. 그는 읽는다. "세 번이나 다시 몸을 일으켜 팔꿈치를 대고 그녀는 힘겹게 일어섰고, 세 번 다 침대 위로 다시 쓰러졌으며, 방향 잃은 눈으로 저 높은 하늘에서 빛을 찾았고, 빛을 발견하자 신음 소리를 냈다." 장은 생각한다. 아름답지만 너무 장중해. 팔의 살갗이 느껴지지 않아. 눈앞에 그려지지 않아. 그는 펜을 쥐고 스승의 글 위에 적는다. "세 번이나 그녀는 몸을 일으켜 팔꿈치를 누르고 일어서지만 세 번 다 침대 위로 쓰러지고, 광기 어린 눈으로 저 높은 하늘을 뒤져 빛을 찾고, 빛을 발견하자 단 한 번 신음 소리를 낸다." 그는 방금 쓴 것을 성이 나서 지우며 혼잣말을 한다. 내게는 이럴 권리가 없어. 그는 펜을 던지고, 조금 더 아래에서 다른 번역을 찾는다. 그리고 마치 자신이 쓴 것처럼 단어 하나하나를 알아본다. 실제로 그가 썼기 때문이다. 그는 그 글을 스승에게 제출했고, 스승은 모두가 보는 앞에서 그의 번역을 가차 없이 거부했었다. 장은 그 불손의 증거들을 보고 당혹해서 자리에서 일어선다. 자신의 불손과 스승의 불손 말이다. 그는 안절부절못하고 방 안을 서성인다. 그러다 다시 책상에 앉아 노트의 다른 페이지들을 뒤적이다가 이 마지막 주석만 보기로 결심한다. "라틴어와 그리스어의 간결성은 번역을 너무 모호하게 만들 것이다. 따라서 번역을 길게 늘일 수는 있지만 적절한 길이를 찾아야만 한다." 장은 펜을 다시 들고, 자기 노트에 이 고찰을 담담히 적는다. 그는 심란하지만 적어도 한 가지 행동 지침은 지켜야겠다고 생각하며 촛불을 불어 끈다. 그는 눈을 감으며 혼잣말을 한다. 따지고 보면 우리는 의견이 일치한다. 하지만 그의 눈꺼풀은 신경 작용으로 오래도록 파르르 떨린다.

후작과 그의 사이가 어딘지 달라졌다. 마치 앙젤리크 수녀원장이 갑자기 구내식당에서 그들을 쏘아보는 엄격한 초상화가 아니라 그들의 대화에 끼어들 수도 있을 열여섯 살의 젊은 소녀라도 된 것 같다. 저녁 식사 시간에 두 사람의 눈길이 이따금 그림 위에서 마주친다. 그들은 얼핏 미소를 지을 뿐이다.

어느 날 아침 장은 긴 복도를 올라가면서 여행 가방 하나를 본다. 후작은 파리로 다시 떠난다고 알린다. 그의 가족이 그렇게 결정했다는 것이다. 그는 장에게 최대한 빨리 자신이 있는 곳으로 오라고 간청한다. 장은 평온한 표정을 짓지만 내심 절망한다. 여행 가방이 마차 위에 실린 걸 보는 순간 그의 몸속에서 동맥 하나가 끊어지는 것 같다. 그는 이제 아무 의욕이 없다. 한낮에도 침대에 누워 있고, 수업을 빼먹고, 인간이 된다는 건 파도 속에 세워진 나무 말뚝처럼 시간 한가운데 남아 있는 거라는 생각을 하며 천장만 바라본다. 장은 예전에 자클린도 자신과 똑같이 느끼지 않았을까 하고 생각한다.

그는 이제 먹지도 않고, 공부도 기도도 하지 않는다. 그의 선생들이 그가 걱정되어 그의 침대 머리맡으로 번갈아 찾아온다. 랑슬로는 방 한쪽 구석에서 아몽과 의논한다. 그들의 중얼거림에서 장은 분노도 초조함도 분간하지 못한다. 이따금 의사의 손이 그의 손을 쥐고 기도 시간에 묵주를 헤아리듯 손가락뼈를 헤아린다.

자신도 파리로 가게 되었다는 소식을 듣고 장은 다시 눈을 뜬다. 그의 몸은 며칠 걸려서 그 소식을 받아들였고, 그러고 나서야 다시 먹기 시작한다. 그는 활력과 미소를 되찾고, 사촌의 편지와 후작의 편지를 읽는 기쁨도 되찾는다. 어느 날 아침, 드디어 다시 책상에 자리할 수 있게 되자 그는 후작에게 이렇게 쓴다.

네가 떠나고 날이 갈수록 나는
네가 돌아오리라는 희망을 잃었지
그런데 소식이 들려왔어
내 영혼에 불씨를 심어준 소식
마침내 이 사막을 떠나
드넓은 땅을 접하게 되리라는 소식
감미로운 말로
꽃핀 나무들을 얘기하는 곳
그대들 곁에서 나는 노래하리
변두리와 거리에서
우리의 우정 어린 마음이
파리 한복판에서 다시 모이도록

벌써 몇 주째 시를 짓지 않았기에 그는 이 시가 보잘것없고 형편없는 것일지라도 그를 면회소로 내모는 새로운 바람에 휘감기는 기쁨을 만끽한다. 그는 고모에게 떠난다는 사실을 알린다. 그녀는 그를 차갑게 맞이하며 정말로 조심해야 한다고 조언한다. 그는 내친 김에 아몽도 만나러 간다. 고모도 아몽도 그의 초조함과 기쁨을 이해하지 못한다. 그래도 활력을 되찾은 느낌은 그를 떠나지 않는다. 그들의 경험과 지혜를 믿을 수도 있겠지만, 그의 내면에서 흐르는 활력을 더 이상 느끼지 못한다면 기도하고 공부하는 게 다 무슨 소용이겠는가? 그는 의사를 오래도록 바라보며 메마르고 밀랍 같은 그의 얼굴 아래 무엇이 흐를 수 있을까 생각한다.

장은 파리로 향하는 마차에서 창밖을 내다보며 감정들이 우리를 가로지르듯 우리가 공간을 가로지를 수 있음을 깨닫는다. 친근한 풍경들이 뒤로 물러나고 새 풍경들이 몰려온다. 그의 기억이 희망과 뒤섞인다. 아마도 아직 얼굴 없는 것을 구현하려는 듯하다. 그는 슬프면서도 도취되었다. 그러나 그에겐 재산도 사회적 지위도 없다. 가진 건 오직 한 가지 야심, 사람들의 마음을 사서 길이 남을 시를 짓겠다는 야심뿐이다. 그는 출생이나 신의 섭리 같은 생각을 경력이라는 생각으로 결연히 대체해야만 한다. '마음을 사다'라는 표현이 그의 어휘 속으로 들어온다.

후작이 저택 뜰로 그를 맞이하러 왔다. 둘은 이제 키가 같다. 장은 뭐가 더 기쁜지 모르겠다. 친구를 다시 만난 게 더 기쁜지, 아니면 강 근처에서 살게 된 게 더 기쁜지.

나를 보는 게 그다지 기뻐 보이지 않네?

물론 기쁘지!

나만큼은 아닌 것 같지만 괜찮아. 너와는 익숙한 일이니까. 미리 말해두지만 앞으로는 나를 샤를이라고 불러. 난 장이라고 부를게.

장은 고개를 끄덕이다가 포석에 발부리가 걸려 비틀거린다. 샤를이 그를 붙잡는다. 장은 생각한다. 끝났어. 여기 파리에서는 그가 선생이야.

저녁에 장은 앙투안의 편지를 통해서만 알았던 사촌들을 만난다. 나이가 제일 많은 니콜라는 후작의 아버지인 공작의 집사가 되었다. 샤를은 장과 자신이 매우 친밀한데 반해, 아무것도 나눈 것 없이 이어져 있는 장의 사촌들이 장을 어색하게 여기자 몹시 좋아한다. 장에 대해서라면 그는 거의 모든 걸 보았다. 잠 깰 때와 잠잘 때의 모습, 두려움, 반항, 수치심, 웃음까지. 그런데도 장은 샤를이 다가가면 매번 두 형제 중 한 명 쪽으로 옮겨간다. 때로는 앙투안에게, 때로는 그에게 줄곧 찬사를 늘어놓는 니콜라에게.

내 사촌은 정말 다재다능해. 선생들이 그의 그리스어와 라틴어를, 그의 낭송을 무척이나 칭찬했지. 누구보다도 아이스킬로스를 잘 암송하는 모양이야.

아이스킬로스라면 그다지 재미있지 않은데! 웬 여자가 외친다.

장은 미소 지으며 고개를 숙이고, 몸을 어디다 둬야 할지 모른다. 샤를은 그에게 전혀 도움을 주지 않는다. 그는 뭔가 말하고 대답하고 감사하고 싶지만 아무 생각도 떠오르지 않는다. 그는 그런 광경을 처음 보았다. 그 모든 미소 띤 얼굴들, 줄곧 장작이 들어가는 거대한 불, 의자들, 계속 내오는 음식과 음료. 그리고 무엇보다 여자들과 남자들이 함께 새 언어로 이야기를 주고받는다. 샤를이 그를 방까지 데려다주겠다고 제안한다. 장은 벽을 살짝 붙들고 앞으로 나아간다.

여행 때문에 피곤한 것 같은데?

그런가봐.

그리고 저 많은 사람들 때문이기도 하지?

난 익숙지 않아서.

우리의 아몽 신부님께서는 뭐라고 생각하실까?

장은 성난 눈을 부릅뜨고 멈춰 선다.

벌써 후회한다고 말하려는 건 아니지? 샤를이 묻는다.

물론 아냐.

곧 익숙해질 테니 겁내지 마. 넌 많은 언어들을 배웠듯이 이 언어도 배우게 될 거야.

장은 자기 방으로 들어가자 포만감을 느끼며 눕는다. 이건 너무 기름지고, 너무 감미롭고, 너무 빠른 언어다. 생각할 시간이 무시되는 언어다. 그는 토하려고 다시 몸을 일으킨다.

몇 주 만에 그는 새로운 습관을 들인다. 잠에서 깨자마자 퀸틸리아누스나 타키투스에 빠지는 대신 앙투안의 조언에 따라 사랑의 지도(17세기 살롱 문화를 주도한 마들렌 드 스퀴데리가 상상한 '사랑의 나라'의 지도. 그가 여는 '토요회'라는 살롱 모임에 참석하는 사람들은 사랑의 지도를 숙지하고 역할 놀이를 하며 즐겼다)를 탐사하기로 결심한다. 그는 그 지도의 깊이를 다 파악하지는 못하지만 어휘부의 단어들을 익힌다. 지도 한가운데에는 '이끌림'이라는 이름의 강이 도도히 흐른다. 장은 그 이름을 껍질 벗기고, 억양과 박자, 음절의 길이를 달리해가며 가능한 온갖 방식으로 조음해보고, 자신이 지어내는 문장들에 사용해, 그 이름이 때로는 일반명사로, 때로는 고유명사로 곳곳에서 불쑥 튀어나오는 걸 본다. 그는 자신의 새 삶이 강의 흐름을, 소설의 흐름을, 그리고 고작 몇 미터 정도 흘러가는 센 강의 흐름을 따르게 되리라 생각한다. 예전에는 골짜기 나무들의 수직선에 몸을 맡겼으나 이제 그는 세상 속에서 삶의 구불구불한 곡선 쪽으로 방향을 틀어야 한다. 때로는 이 선회가 그의 심장 속에서 숨통을 끊을 만큼 난폭하게 이루어지지만 그는 안도한다. 중요한 건 방향을 갖는 것이다. 어떤 방향이건. 그는 헬리오도로스의 소설을 기억한다. 두 젊은 연인의 이야기인데, 그 소설의 일부를 암송할 때 그는 화제의 말, 이끌림을 삽입하려고 애쓴다. 그럼에도 매번 그는 생각한다. 아냐, 이 말은 너무 물렁해, 너무 민감해서 인물들이 서로를 향해 내모는 강력한 흐름을 전혀 나타내지 못해. 결국 그는 자신이 사랑의 지도에서 선호하는 건 위험한 바다와 낯선 땅들이라고 샤를에게 털어놓는다.

그런데 이런 것들에 대해선 거의 얘기된 게 없어. 그가 덧붙인다.

열정은 여기서 아무 관심도 끌지 못해. 후작이 잘라 말한다.

장은 빨리 배운다. 2주가 지나자 살롱의 언어가 더 이상 낯설지 않다. 그는 그 언어의 표현 방식, 재치, 생리를 이해한다. 그리고 문장들을 잇기 위해 거의 단어만큼이나 가치 있는 웃음의 폭발을 정확히 예측한다. 웃음은 새로운 소리 재료다. 그는 관찰하고, 모방하고, 임기응변들을 생각해내지만 말하지는 않는다. 아직 자기 목소리를 만들지 못했기 때문이다. 그는 생각한다. 이건 허물 벗기 같은 거야. 장은 후작과 농담을 나눌 때 말고는 포르루아얄에서 웃음소리를 들어본 적이 없었다. 어쩌면 멀리서 몇몇 수녀들의 웃음은 들었을지 모른다. 그러나 그랑주에서는 어느 선생도 웃지 않았다. 그는 잠시 눈을 감고, 랑슬로의, 아몽의, 그의 고모의 웃음을 상상해보려고 애쓴다. 아무것도 떠오르지 않는다.

어느 날 저녁, 놀이를 위해 의자들이 둥그렇게 놓인 가운데 갑자기 장이 그 빛의 원에 '고독'의 원을 포갠다. 한쪽의 열기에 다른 쪽의 습기가 응답하고, 빛에는 희미한 어둠이, 재치 있는 말의 소통에는 황량한 침묵이 응답한다. 그는 생각한다. 모든 삶은 하나의 중심을 둘러싸고 배치될 필요가 있는 것 같군.

무슨 생각해? 우리와 같이 있는 것 같지 않은데? 샤를이 그에게 묻는다.

네가 자클린 이야기를 들려준 저녁이 생각났어. '고독' 속에서.

그 때문에 아직도 날 원망해?

아니. 다만 이 살롱에 자클린이 있다고, 그녀가 다른 삶을 살 수도 있었을 거라고 상상해보는 거야.

그랬더라면 그녀는 더 행복했을까?

아니면 더 불행했을까?

그들은 결론지으려 하지도 않고, 충돌하지도 않고, 그 살롱에서 이루어지는 다른 대화에 맞춘다. 장은 줄곧 미소 짓고 있다. 새로운 템포가, 그의 심장박동의 새로운 박자가 그의 얼굴에 새겨진다. 기도도 작가들도 그의 안에 이런 가벼운 거품을, 계단을 둘씩 오르게 하고 파리 거리를 내달리게 만드는 이 가벼운 거품을 일으킨 적이 없었다. 그는 파도 거품이 바위 위에 얹히는 걸 상상한다. 모든 존재 안에는 언제나 바위와 거품이 있기 때문이다.

　　　　부인, 당신의 섬세함에 비견할 만한 건 당신의 다
정함뿐입니다.

이것은 장이 참으로 상냥하고 그에게 대단히 호의적인 사촌의
아내에게 모든 사람 앞에서 큰 소리로 한 말이다.

샤를은 아연실색한 표정으로 그를 쳐다보고, 다른 사람들은
그가 가진 재능의 다양성을, 그가 플루타르코스에서 더없이 상
냥한 찬사로 쉽게 건너온 것을 치하한다. 그러나 샤를은 벌써 그
자리를 뜨고 없다.

너, 무슨 말을 하는지 알고 한 거야?

마음에 안 들었어?

상대는 웃는다.

장, 너 괴로워하고 있지.

날 내버려둬. 성가셔.

그리고 이날 저녁 장은 멀리하고 싶은 엄숙으로 그를 이끄는

항구적인 회한을 떨구듯 후작을 떨궈버려야 하리라는 걸 깨닫는다. 그는 생각한다. 어쨌든 저 친구에게는 쉬운 일이지. 후작이니 뭐든지 가능하겠지. 후작의 훈계는 그를 뒤로 잡아당기는 무거운 짐일 뿐이다. 후작이 그를 여기로 오게 했지만 더 멀리까지 이끌지는 못할 것이다. 그는 후작을 무시하기로 마음먹는다.

샤를의 눈길 속에 슬픔이 자리 잡는다. 어느 날 아침 그는 장의 방문을 두드린다. 장은 대답하지 않는다.

중요한 일이야.

1시간 뒤에 다시 와.

장, 누가 죽었어.

나를 방해하려고 이젠 뭘 지어내야 할지 모르겠나보군.

장이 화를 내며 문을 연다. 후작은 자신의 아버지가 받은 편지를 내민다. 앙투안 르메트르의 사망을 알리는 편지다. 장은 그 자리에 털썩 주저앉는다.

슬픔은 슬픔으로 시작되지 않아. 얼마 후 그가 샤를에게 말한다. 난 울고 싶지 않아.

온갖 생각들이 몰려온다. 누군가와 자신을 분리하는 공간을 가늠하려면 시간이 필요하다. 우리는 너무 가깝고, 이튿날은 너무 멀다. 정신이 따르지 못하니 그대로 받아들여야 한다. 비가는 오늘의 눈물이 아니라 내일의 눈물이다. 우리는 그날 당장 울지 않는다.

정말이지 넌 늘 나를 놀라게 해. 그를 위로하지 못하자 실망한 후작이 말한다.

나는 다시 일에 몰두해야겠어.

장은 펜을 다시 들지만 손이 떨린다. 그는 생각나는 퀸틸리아 누스의 문장들을, 타키투스의 문장들을 모두 적고, 그가 성에서 몇 달 동안 맡았던 스승의 그 모든 책들을 생각한다. 그는 혼잣 말을 한다. 난 그 책들 안에서 살 거야. 하지만 나는 나를 "아들 아"라고 불러주었던 마지막 사람을 방금 잃었어.

그의 눈에 눈물이 맺힌다. 고통스런 눈물이다. 저항을 뚫고 나오는 눈물이기 때문이다. 그렇지만 이 눈물은 그의 마음을 누그러뜨린다. 마침내 그의 눈은 유동성을 되찾고, 그 소식이 빠뜨린 마비 상태에서 풀려난다. 그러니까 어떤 울음은 그날의 것이군. 그는 인정한다.

살롱의 무리와 합류한 그는 그에게 연민을 표현하려고 애쓰는 모든 눈길을 피한다. 사촌 누이의 눈길마저 피한다. 그는 온종일 퀸틸리아누스의 언어를 다시 붙들지만 여느 때 저녁처럼 행동한다. 오만 가지 생각이 몰려든다. 퀸틸리아누스의 언어는 이곳 사람들이 말하지 못하는 의회의 언어다. 그가 왕족의 요소라고는 갖고 있지 않았음에도 스승은 그가 어렸던 시절부터 그에게 군주의 언어를 가르치고 싶어했다. 사람의 마음을 사려는 게 아니라 이기려고 애쓰는 거칠고 간결한 언어를. 반면에 이 무리의 언어는 콧바람을 내고, 거드름을 피우고, 아양을 떤다. 이곳의 누구도 진짜 주먹질로 쓰러뜨리는 법이 없고, 모두가 다시 일어선다. 이곳 사람들은 논쟁에서 이기려 드는 게 아니라 마음을, 특히 귀부인의 마음을 사려고 애쓴다. 이날 저녁 그는 그의 내면에서 포개지는 두 가지 음색, 검의 묵직한 소리와 사촌 누이의 투명한 웃음소리를 듣느라 지친 채 잠자리에 든다.

이튿날 그는 사촌 니콜라에게 묻는다.

왜 저토록 귀부인들의 마음을 사려 하는 거지?

곰곰이 생각해봐⋯⋯. 혈통이 없을 때 우리에게 남는 건 재산뿐이야. 그런데 재산은 곧 결혼을 의미하는 거야. 너도 달리 선택의 여지가 없을 거야.

장은 며칠 전부터 가까이 다가올 생각조차 하지 않는 샤를의 질투심 어린 눈길을 알아차리고 고개를 끄덕인다. 그는 생각한다. 그래, 저렇게 온갖 매력을 뽐내고 멋을 부리는 건 이득이라는 주된 목적을 감추기 위한 장막일 뿐이군. 돈만 생각하면서 사랑을 말하는 척하는 거야. 하나의 언어 속에 그 모든 게 들어 있어. 온갖 술책과 허세가. 이 새로운 사실을 깨닫자 당장은 어안이 벙벙하지만 날이 갈수록 그는 슬픔에 사로잡힌다. 그의 생각과 행동, 계획과 반대로 작용하는 그 성향을 끊임없이 억눌러야 한다. 한마디 말이, 다른 사람에게서 포착한 몸짓이, 종이와 먼지 냄새가 그를 그의 스승에게로 돌려보낸다. 그럴 때마다 그는 높고 맑은 눈길을 고수하기 위해, 과거가 현재를 흐리게 하지 않으려고 발버둥 친다. 그는 누구에게도 속마음을 털어놓지 않는다. 그가 그래주기만 기다리는 후작과, 아니면 한때 르메트르를 알았던 그의 사촌들과 추억을 나눌 수도 있었을 텐데. 그러나 그는 원치 않는다. 그는 자기 경계를, 장벽을 지킨다. 한편에는 포르루아얄이 있고, 다른 편에는 파리가 있다. 그걸 뒤섞기 시작하면 그는 길을 잃게 될 것이다. 그래서 그는 고모에게 편지를 쓰기로 마음 먹는다. 적어도 그녀와 함께라면 선을 분명히 지킬 수 있다.

"슬픔이 강력한 흐름 속에 몰아넣어 심장의 모든 움직임이 잃어버린 무엇, 죽은 무엇을 되살리려 하는 것 같습니다. 이따금은 제 모든 힘을 거기 쏟아 저도 피 흘리며 죽은 저녁으로 돌아가는 듯싶습니다. 다음 날 다시 싸울 수 없을 정도로. 디도도 다른 말을 한 게 아니었어요."

그는 이 마지막 문장을 지우고, 격분할 고모를 생각한다. 그리고 앞선 문장들도 모두 지운다. 하느님의 사랑은 모든 슬픔을 위로하기 때문이다. 그는 편지를 다시 쓰기 시작해, 자기 슬픔을 표현하고 새로운 생활을 대강 얘기한다. 고모의 대답은 준엄하다. 그녀는 그의 한가함을 질책하고, 그가 몇 달째 수도원에 발을 들여놓지 않았다는 사실을 상기한다. 그녀는 납득하지 못한다. 순간적으로 그는 면회실 창살에 기댄 그녀의 하얀 얼굴을 상상하고, 그의 앞에 나타나는 그 모든 다른 여자들의 얼굴 때문에 더이상 그녀의 얼굴을 그리지 못하리라고 생각한다. 여자들의 색깔, 그들의 머리카락, 그들의 얼굴빛, 이제는 이 모든 것이 결코 스스로 쳐다본 적 없는 그 얼굴, 아마도 죽은 걸 확인하기 위해 사람들이 코밑에 들이밀 거울 외에 다른 거울은 결코 알게 되지 못할 그 얼굴을 가로막는다. 그는 이내 자신의 생각을 후회하고는 펜을 다시 들고, 고모에게 곧 만나러 들르겠다고 약속한다. 그러나 몇 주가 흘러도 그곳을 찾아가지 않는다.

갈랑트리가 나날이 그의 주의를 산만하게 흩트린다. 장은 시대의 경향을 따르고 싶고, 귀부인들의 마음을 사고 싶다. 그는 귀동냥으로 아는 작가들의 작품을 서둘러 읽는다. 부아튀르, 말레르브, 생타망. 앙투안이 그에게 책을 빌려준다. 그는 남몰래 성의 자기 방에서 후작과 함께 연습에 몰두했던 일을 떠올린다. 그리고 시를 쓰고, 운율을 맞추고, 언어를 음악으로 바꾸는 작업의 즐거움을 되찾는다. '셀리멘의 아름다움', '센 강의 깊이', '나르시스의 구두' 등 테마와 이름을 적고 몰두한다. 산문을 몇 토막 쓴 뒤 다듬는다. 주제는 그리 중요하지 않아서, 심지어 무엇에 관해 얘기하는지 알지 못할 때도 있다. 멜로디가 그의 망치를 인도하고, 운율은 그의 손에 들린 가위다. 그는 마무리 작업에 몇 시간을 보낼 수도 있고, 두 단어를 두고 천 번을 망설이고, 예측할 수 없는 무의미한 소리, 순수한 음절의 진동밖에 지각하지 못할 때까지 그 단어들을 낭독할 수도 있다. 그렇게 다른 사람들의 펜이 그리는 모든 형태를 연습한다. 마드리갈(짧은 연애시), 발라드, 촌철시.

아무 의미는 없지만 멋지게 노래하는 말로써 자신을 널리 알리는 데 일생을 보낼 수도 있어. 어느 날 저녁 그가 사촌에게 말한다.

너는 의미도 담고 동시에 노래할 줄 아는 재능을 지녔어. 사촌이 그에게 대답한다.

장은 이 찬사를 요청으로 여기고, 사촌의 첫 아이가 태어날 날이 임박했다는 걸 생각하고는 소네트를 짓기 시작한다. 그는 사촌의 아내가 달이 찰수록 배가 불러오는 걸 보았다. 전에는 한번도 본 적 없는 광경이었다. 심지어 그의 눈에는 오직 옷 아래로 커져가는 그 육신밖에 보이지 않았다. 젊은 여자의 온화한 얼굴을 볼 때마다 번번이 그의 눈이 미끄러져 내려가 그 불룩한 배에 걸려 머무는 걸 막을 수가 없었다. 그는 정중한 얼굴들 아래로 자신이 아는 온갖 단어를 동원해도 묘사가 불가능한 소리 없는 장면들을 상상했다. 그것은 꿈의 기회였지만 그에게는 시간이 단

며칠밖에 없다. 그가 두 번째 4행시를 막 끝낼 무렵, 갑자기 무리 속에 새로운 실루엣이 불쑥 끼어든다. 그것은 정중하고 영적이며, 그보다 조금 나이가 많은, 젊은 사제의 실루엣이다.

프랑수아(프랑수아 르 바쇠르 사제)는 살롱의 영혼이 되어 직접 지은 모든 것을 선보인다. 이건 정말 시 짓는 기계잖아. 장이 부러워하며 혼잣말을 한다. 그러면서도 하느님의 부름과 귀부인들에 대한 사랑 사이에서 그토록 조화로울 수 있다는 사실에 의아해한다. 저녁마다 장은 프랑수아가 곡예사처럼 줄타기하는 걸 바라보며, 그가 결국 어느 쪽으로 떨어질까 궁금해한다. 어느 날 오후 프랑수아가 장을 압박한다.

당신은 절대 아무 말도 하지 않더군요…….

내게 며칠만 더 주세요. 장이 흔들리지 않고 대답한다.

후작도 그 자리에 있다. 그는 그저 장의 침착함에 주목한다. 그는 장의 눈이 자석에 끌리듯 사제의 눈만 좇는다는 사실에도 주목하고, 이 새로운 경쟁에서는 자신이 장의 사촌들과의 경쟁에서 보다 우위를 점하지 못하리라는 걸 깨닫는다. 이틀 뒤 장은 샤를이 기운을 차리기 위해 파리에서 멀리 떠났다는 사실을 알고 놀란다.

사촌 앙투안이 빈정거리는 미소를 지으며 말한다. 네가 그에게 충분히 관심을 쏟지 않았잖아.

무슨 말이야? 내가 그 친구를 앓게 만든 원인이란 말이야?

그렇게까지 말하지는 않겠지만…….

장은 더 고집하지 않고, 결론을 내리지 않는다. 그의 무관심이 병을 초래했거나, 병을 보지 못하게 가로막았을지 모른다. 지금 그가 그 갑작스런 떠남을 두고 내린 결론은, 샤를이 보고 싶지는 않을 것이며 자신의 삶에서 여러 사람들이 사다리의 단처럼 이어지고 뒤를 잇는다는 사실이다. 더구나 모든 삶이 그렇지 않은가? 다양한 시기와 상황들이 연쇄적으로 이어지지만 우리가 그걸 결정할 필요조차 없다. 그는 스승들을, 아몽을, 후작을, 사촌들을 알았다. 그리고 이제는 프랑수아를 알게 되었다. 하지만 누구에게도 충실하지 않을 것이다.

무리 속에서 프랑수아는 모두를 열광시킨다. 평소보다 활기가 한 단계 더 고조되고, 목소리도 더 멀리까지 들리고, 웃음도 훨씬 요란하게 저마다 기량을 뽐낸다. 장의 소네트는 늦어지고 있었다. 책상에 앉을 때마다 정신을 가라앉히는 데 엄청난 시간이 걸리기 때문이다. 이런저런 사람들의 시가 머릿속을 울리며 계속 끼어들어 집중을 가로막는다. 그래서 사촌의 딸이 태어났을 때에도 소네트를 완성하지 못한다.

내가 자네였다면 그런 기회를 놓치진 않을 거야! 프랑수아가 외친다.

장은 감정이 상해서 전력을 다해 작업한다. 며칠 동안 방에 틀어박힌 채 쓰고 지우고, 억양을 바꿔 읽고, 고음을 내지르고 저음을 더 낮춘다.

어느 날 저녁 드디어 그는 무리 가운데 일어선다. 모든 사람의 머리가 그를 향한다. 그는 처음에는 꼼짝 않다가 네 번째 구절에서 걷기 시작한다. 그의 손이 다른 사람의 손처럼 움직이면서 허공에 선을 긋고, 누구를 향한 것이 아닌 몸짓을 어렴풋이 그리며 부피 없는 것에 부피를 부여하는 동작을 한다.

그가 낭독을 끝내자 사촌이 외친다.

브라보! 경이로운 작품이야! 대단한 재능이야!

장이 아직도 떨리는 자신의 손을 바라보고 있는데, 프랑수아가 찬사를 늘어놓으며 다음 날 그가 알지 못하는, 하지만 좋아할 만한 장소로 데려가겠다고 제안한다.

그곳은 탁자들이 꽉 들어찬 협소한 장소다. 그곳에서는 포도주가 말과 함께 흘러넘친다. 아직까지 장은 포도주를 사촌의 거실에서 절제하며 맛보기만 했다. 아주 작은 잔에 따라서. 그는 프랑수아가 포도주를 병째 마시고는 풀린 목소리로 말을 길게 끄는 모습을 바라본다. 시중 드는 여자들의 젖가슴이 그의 눈앞에 도톰한 입술처럼 육감적으로 펼쳐진다. 장이 알지 못하는 새하얀 색에 분홍빛 혹은 노란빛 광택이 감돈다. 프랑수아는 한 여자의 팔을 붙들고 그녀의 가슴골에 적포도주를 길게 따른 뒤 살갗에 입을 대고 꿀꺽꿀꺽 마신다. 그의 혀가 분주히 움직이는 동안 젖은 살갗이 웃음 아래 전율한다. 그러다 웃음이 그친다. 혀는 젖가슴 사이를 오래도록 핥으며 옷을 밀어낸다. 프랑수아는 갑자기 고개를 들고 더 위쪽으로 올라와 입술을 깨문다. 두 사람의 입술 틈에서 하얀 침과 포도주가 뒤섞인다. 다른 사람들은 이미 다른 장면을 보고 있지만 장은 다른 곳을 쳐다볼 수

104

가 없다. 마침내 프랑수아가 몸을 일으키며 웃는다.

이건 난생처음 맛보는 쾌락이야. 넋 나간 얼굴로 그가 말한다.

장은 그가 무슨 말을 하는지 알지 못하지만, 탁자 아래서 자신의 몸이 뻣뻣해지고 너무도 달콤하게 발기하는 걸 느낀다. 스무 살인 그는 이제 막 귀부인들의 마음을 사는 일이 재산을 불리는 만족감과는 다른 만족감을 안겨줄 수 있다는 사실을 깨달았다. 그것은 시간, 권태, 엄격함을 바라보는 우리의 시선을 바꿔놓는 미래 없는 만족감이요, 지금까지 누구도 그에게 말해준 적 없는 만족감이다. 그는 앞에 놓인 포도주 병을 들고 단숨에 들이켠다.

한밤중에 그는 소스라치며 잠에서 깬다. 목이 마르고 머리가 무겁다. 기분이 나쁜 건지 좋은 건지 알 수가 없다. 그가 아는 건 소네트를 읊은 이후로 공간이 또다시 열렸다는 사실뿐이다. 살롱은 이제 충분히 크지 않다. 흐릿한 이미지들이 그의 머릿속을 가로지른다. 여자들의 얼굴, 다른 신체 부위들, 콸콸 흘러넘치던 술. 그는 다음 날 밤 프랑수아를 다시 만나길 간절히 기다린다.

그의 습관이 달라진다. 낮 동안에는 시 쓰는 작업을 하고, 살롱에 나타났다가 프랑수아와 함께 사라진다. 이제 그는 과감하게 뛰어들기 위해 단숨에 술병을 비울 필요가 없다. 술을 홀짝이며 자신의 말에 실리는 술의 효과를 천천히 음미하는 법을 터득한다. 말이 해방되고, 대담한 용기와 조롱이 목까지 차오르자 사람들의 관심이 점점 더 그에게 쏠린다. 사람들 한가운데서 그는 베르길리우스와 오비디우스, 호메로스를 인용하는 걸 포기하지 않으면서 그날의 연구 성과도 내놓는다. 사람들이 그의 방대한 지식을, 모범적인 규율을 평가하고 그에게 도전하지만 그는 두각을 나타낸다. 그의 웅변에 비하면 프랑수아의 웅변마저 밋밋하다.

물론 그도 재기 넘치는 사람이지만 문인은 당신입니다, 하고 사람들은 그에게 말한다.

어느 날 예고 없이 프랑수아는 『오디세이아』의 한 대목을 운율 맞춰 읊어 자리한 사람들을 열광시킨다. 장은 발끈한다. 프랑수아는 나우시카가 아버지 알키노스 왕에게 "사랑하는 아빠papa chéri"라고 부르며 말하는 대목을 골랐다. 우아하고 세련된 어떤 말도 결코 어깨를 견주지 못할 정도로 소박하고 다정하며 경이로운 그리스어 "pappa phile"가 장의 머리를 강타한다. 그는 속으로 되뇐다. 이럴 순 없어. 그는 치미는 화를 억누르다 별안간 술집에서 밖으로 뛰쳐나간다. 오랜 세월 동안 애써왔지만 그는 여전히 진지함에, 완고함에, 분노에 이끌린다. 프랑수아의 시구가 아무리 부적절하다 해도 그를 그런 상태에 빠뜨릴 정도인가?

거리의 신선한 공기에 마음이 가라앉는다. 몇 미터쯤 걷고서 그는 돌아가기로 결심한다. 그는 친구가 자리한 탁자에 다시 앉으며 애써 미소 짓는다. 그때 오른쪽에서 어떤 목소리가 그에게 속삭인다.

호메로스를 읊으면서 저런 식으로 운율을 맞출 수는 없지요. 부적절하지 않습니까?

장은 고개를 돌려 남자를 뚫어지게 쳐다보며 미소 짓는다.

그때 토론이 시작된다. 그가 스승들 곁을 떠난 뒤로 한번도 해 보지 못한 토론이다. 프랑수아가 갈랑트리를 장황하게 늘어놓는 동안 두 사람은 자기 손을, 포도주 병을, 접시 바닥에 남은 고기를, 불그스레한 얼굴들을 바라본다. 그들이 말하는 문장과 그들이 보는 광경이 뒤얽힌다. 그들은 말한다. 호메로스의 언어는 결코 윤색에 만족하는 법이 없고, 삶의 저속한 것들을 자연스럽게 받아들이고도 빛바래지 않죠.

그에 비해 순수한 갈랑트리는 맹목적이지요, 그렇지 않습니까?

그들은 웃음과 가벼운 목소리 틈에서 살롱의 대화를 부풀리거나 자극하거나 미화할 생각 없이 노골적으로 말한다. 상대를 설득하려고도, 상대의 환심을 사려고도 하지 않고 그저 상대와 함께 이해하려 한다. 장은 생각한다. 이 말이 전적으로 사실은 아니야. 난 이 남자가 마음에 들고, 나도 그의 마음에 들고 싶으니까.

칼립소가 오디세우스에게 도끼와 못을 건네는 대목 생각나시죠? 상대가 묻는다.

물론이죠! 키르케가 율리시스와 부하 선원들을 돼지로 둔갑시킨 건 또 어떻고요! 장이 한술 더 떠서 말한다.

도야지죠, 보통 도야지라고 번역하죠…….

저는 돼지가 좋습니다. 장은 여러 번 반복해 말한다. 돼지, 돼지, 돼지.

두 사람은 웃음을 터뜨린다.

당신이나 나나 결코 그런 소박함에는 이르지 못할 겁니다.

방법이 있을 겁니다. 우리는 찾아낼 겁니다. 장이 고집스레 말한다.

장은 재치 넘치는 사람들을 만나는 데 익숙했지만, 이제 막 자신과 똑같은 도전으로 고민하는 듯한 인물을 알게 되었다.

프랑수아는 몇 주 동안 온천으로 떠났다. 두 사람은 편지를 주고받으며 각자의 일상과 만남을 전한다. 장은 새 친구 라퐁텐을, 술자리를, 카바레에서 일어난 자잘한 사건들을 이야기하고는 "그런 장소가 세상에 존재한다는 걸 누가 내게 진작 말해줬더라면." 하고 편지를 기계적으로 마무리 지었고, 이 말에 상대는 즐거워한다. 프랑수아는 열네 살 소녀를 사랑하게 되었다고 말하며 찬사와 양심의 가책을 털어놓는다. 편지가 거듭되고 어조가 고조되면서 장은 사랑이 시의 마르지 않는 원천이라는 사실을 깨닫는다. 그는 다시 한 단계 넘어서서 사랑하는 연인들을 지어내고, 마들롱(Madelon, 여자 이름 마들렌의 변형)과 오리종(horizon, 지평선 또는 수평선), 또는 클리멘(Climène, 여자 이름)과 이뉘멘(inhumaine, 비인간적인)처럼 운율을 맞춰 살롱 회원들을 즐겁게 해주고, 카바레로 여자들을 만나러 가서는 여자들에게 이름조차 묻지 않는다.

그리고 장은 난생처음 즐긴다. 그는 그것을 대문자로 써서 프랑수아에게 보낸다. 그리고 쾌락에서 쾌락으로 건너간다. 때로는 문학적인 쾌락을, 때로는 육체적인 쾌락을 맛보며 기분 좋고 감미로운 감각의 중간 영역을 발견하고, 그 감각들이 인간이 만들어내는 온갖 야망들을 통제할 수 있으리라는 가능성을 본다.

프랑수아는 떠나면서 그에게 라틴어로 된 의학 논문 한 편을 남겨두었다. 예쁜 아이를 갖는 방법에 관해 장난처럼 다룬 논문이다. 장은 온갖 체액과 분비물로 범벅이 된 뜨거운 인체들이 뒤엉켜 나뒹구는 광경을 에둘러 묘사하는 현학적인 표현에 홀딱 빠져든다. 저녁에는 그런 표현을 자신의 우아한 장광설에 가미해 재미를 곁들인다. 그는 이런 세세한 사실들을, 이런 기능들을 알면서 침묵의 산 아래 묻어두었던 아몽의 정신을 생각하곤 한다. 그럴 때면 한쪽 구석에 뜨개질 거리를 놓아둔 늙은 의사 곁에서 진찰실에 누워 있는 자신의 모습을 떠올린다. 그는 자문한다. 그때 나는 어떤 사람이었나? 아몽은 진찰할 때 말고 여자의 몸을 만져본 적이 있을까? 그러나 그의 생각은 오래 이어지지 못하고 가스처럼 증발해버린다.

이따금 그는 친구들에게 산책을 제안한다. 라퐁텐은 나무를 좋아하는 취향을 그와 공유한다. 두 사람은 걷다가 사시나무나 플라타너스 앞에 멈춰 서고, 잠깐 침묵했다가 다시 출발한다. 어느 날 오후, 장은 일종의 계시를 받는다. 나무들은 결코 달라지지 않는다는 사실을, 우여곡절과 상황에 따라 그가 아무리 달라져도, 습관이 바뀌고 우정이 바뀌어도, 그가 어린 시절에 보았던 것은 분명 끝까지 초석처럼, 시간의 흐름에 저항하는 담보처럼 머물 것이라는 사실을 깨닫는다.

내 기분은 지구처럼 돌지요, 라고 라퐁텐은 설명한다. 어느 날 나는 말레르브를 읽고, 내일은 플라톤을, 그다음 날은 라블레를 읽지요.

라퐁텐은 내친 김에 자신에게는 아내와 아들까지 있었다고 장에게 털어놓는다. 그는 눈을 내리깔지 않고 침착하게 말한다.

다른 생에서 말입니다.

나는 다른 생을 산 사람이 나 혼자뿐인 줄 알았지요. 장이 말한다.

착각하지 마세요. 삶은 정말이지 우리 생각과는 다르니까요.

장은 단순하고 당연하고, 거의 천진하다 할 만한 그 말이 좋다. 그에게는 그 말이 모호하면서도 명확하고, 조잡하면서도 틀림없어 보인다.

고모의 불평 섞인 편지가 계속해서 온다. 그는 편지를 건성으로 읽고는 한쪽 구석에 쌓아둔다. 고모는 지칠 줄 모르고 그의 침묵에 대해, 그리고 점점 커져가는, 그에 관한 불경한 소문에 대해 한탄한다. 그러던 어느 날 저녁, 그의 사촌이 그를 붙들고는 곧 파리를 떠나 위제스로 가야 할 거라고 통보한다.

언제? 장이 묻는다.

곧.

장은 뒤숭숭한 마음을 감춘다. 그는 재산이 없기에 내려진 결정에 반대할 수단이 없다. 그날 저녁 그는 왕이 곧 결혼할 거라는 사실을 알게 된다. 그 소식을 듣자 속이 메슥거린다. 그러니까 프랑스 왕국은 곧 확장될 것이다. 그는 가장 수준 높은 서정시

장르인 오드의 고결한 전통에 따라 찬양시를 한 편 쓰기로, 여느 때보다 방대한 영토의 교차로에 선 왕의 몸을 상상하기로 마음먹는다. 이것만큼은 꼭 해야 할 일이다, 하고 그는 생각한다.

그는 20일이 넘도록 카바레에 발을 들여놓지 않는다. 친구들이 그를 찾고 꾀어도 그는 모두에게 일하는 중이라고 답한다. 친구들은 고행을 즐긴다고 꼬집는다. 장은 그 말에 반박하려 들지 않는다. 사실 그가 원하는 건 고개를 꼿꼿이 들고 파리를 떠나는 것이다. 그는 자신의 작업 속도를 결정하고, 적어도 하루에 시구 스무 절은 쓰기로 스스로 의무를 지운다. 일주일 뒤 그는 작업을 끝내지만 다시 뒤로 돌아가, 단어 하나를 굴착하며 끊임없이 수정한다. 그는 생각한다. 이 일은 고행과는 정반대야. 포도주만큼이나 나를 취하게 만들어. 예전에는 글을 쓸 때 혈관에서 피가 느릿느릿 흘렀는데, 이제는 채찍질 당하는 것처럼 빠르고 원활하게 흐른다. 아니 어쩌면 그가 그저 쾌락의 감각을 아직 잘 식별하지 못하는 건지도 모른다. 교감신경이 지나면서 속을 메슥거리게 하고, 다시 가라앉히고, 허리 아래를 뜨겁게 달구는 감각을. 그는 '감각'이라는 말의 음절 하나하나를 발음하던 아몽의 열띤 입술을 떠올린다. 그날 아몽은 평소 같지 않게 흥분해 있었다. 그는 어느 영국인이 정신과 육신의 무한한 관계를 다루는, 의학을 바꿔놓을 신경학이라는 새 학문에 관한 혁명적인 논문을 막 출간했다고 거듭 말했다. 몸속 신경 타래를 설명하는 의사의 말을 들으며 장은 자신을 힘줄과 결절이 가득한 나무 같은 척추로 상상했다. 그뿐 아니라 시인이며 학자이며 모든 위대한 정신의 소유자들을, 인간의 몸을 그리고 조각하고 절개해 그 비밀을 파헤치는 사람들로 상상했다. 그래서 작은 목소리로 용기 내어 뜬금없는 질문을 던졌었다.

영국에도 위대한 시인들이 있습니까?

난 대답할 수가 없어. 라틴어로 쓰는 영국인들밖에 안 읽으니까. 그런데 시인들은 자기 나라 언어로 표현해야 해.

아몽은 다른 사람의 살갗 속에 들어갈 줄 알았다. 자신의 신앙이 기겁해서 가차 없이 내쫓을 때까지.

20일째 되던 날 장은 드디어 자신의 오드를 친구들에게, 그리고 그의 사촌에게 보여주기로 결심한다. 그는 자신의 재능을 알기에 사람들의 얼굴을 두려움 없이 탐색한다. 그에게 아낌없는 박수갈채가 쏟아진다. 마침내 파리로 돌아온 프랑수아에게 장은 자신의 오드가 출간된다는 사실을 자랑스레 알린다.

드디어 뛰어들었군!

프랑수아가 그에게 반말을 한 건 처음이다. 장은 그 친근함이 질투심 어린 호의일까 아니면 애정 표출일까 자문한다. 그는 결론 내리지 않고 활짝 미소 지으며 프랑수아에게 함께 축하해달라고 재촉한다.

그의 오드는 그에게 명성의 시작을 안긴다. 장은 스물한 살이다. 그는 매일 아침 잠에서 깨면서 그 어렴풋한 사회적 지위를 음미하고 그 말 자체를 즐긴다. 눈을 감고 짙은 안개 속에서 그의 흉상이, 그의 두상이, 이따금은 양쪽으로 펄럭이는 긴 외투를 걸친 전신상이 그려지는 걸 본다. 그는 반쯤 잠든 상태에서 센 강에서 올라오는 갈매기 울음소리를 그 이미지에 덧붙인다. 그의 일상은 무명 상태를 쪼개는 그 실루엣의 걸음에 맞춰 시작된다.

그는 자신의 행복을 카바레 동료들과 함께 나누고, 자기 세계를 세우기 위한 최고의 장르에 대해 그들과 함께 논의한다. 라퐁텐은 자신이 선택할 줄 몰라서 이 장르 저 장르로 끊임없이 옮겨 다닌다고 털어놓는다. 때로는 콩트를 썼다가 때로는 단편이나 우화를 쓴다는 것이다. 부알로는 베르사유에서 왕의 공사가 시작되었으며, 그곳은 공연과 오락의 명소가 될 거라고 말한다. 그러기 위해서는 연극이 가장 확실한 방법이며, 비극으로 할지 희극으로 할지 선택이 망설여질 수는 있다고 말한다. 모든 논거가 그의 흥미를 끈다. 길은 눈에 띄게 늘어나지만 그는 번번이 그의 시를 잠식하기 시작하는 음색에 부딪친다. 장중하면서 정중한 음색에. 그는 그 음색이 희극에 결코 도움이 되지 못하리라고 생각한다. 프랑수아는 그의 재능이라면 원하는 모든 것을 할 수 있을 거라고 대답한다.

당신보다 더 침울하고 무거운 몰리에르를 보라고. 하지 못할 것 같지만 훌륭한 희극 작품들을 만들어내지 않나.

나를 그 사람에게 소개해주겠어요? 장이 묻는다.

물론 그러지. 어느 날 저녁에는 분명 그 사람과 마주치게 될 거야. 그는 놓칠 수가 없어. 그 사람은 우유만 마시니까.

우유요?

그 사람은 깊이 병든 사람이야. 그래서 적어도 그 사람이 어디 있는지는 알아볼 수 있지.

장은 연민과 위압감과 희미한 경멸의 감정 사이에서 머뭇거린다. 몰리에르가 젖먹이처럼 산다는 사실이 그를 아프게 하면서 깊은 인상을 남긴다는 것과, 그의 우유 잔이 머리 모양만큼이나 눈에 띄는 기호라는 것은 재능이 자만을 축출하지 않는다는 사실을 그에게 확인시켜준다.

그러나 여러 날이 흐르지만 그는 몰리에르를 만나지 못한다. 밤에도 낮만큼이나 열심히 일하는데, 글을 쓰느라 바쁜 게 아니라 인맥을 짜느라 분주하다. 그는 생각한다. 이것도 별도의 노동이다. 누구나 할 수 있는 게 아니다. 자신을 드러내고, 사람들의 마음을 사고, 분별력 있게 말할 줄 알아야 한다. 발을 헛디디기란 너무도 쉽다. 그의 친구들은 사업 수완도 좋지만 그들에게는 유복한 형제와 지체 높은 인척들이 있다. 그는 그렇지 못하다. 물론 그에게는 사촌이 있다. 사촌 덕에 출판을 할 수 있었다. 하지만 사촌에게는 따로 형제가 있다. 그는 늘 후순위로 밀릴 것이다. 그러니 주의와 노력을 결코 게을리 해서는 안 될 것이다. 사촌에게 편지를 쓰고, 자리를 차지하고, 창작하고, 자신을 보여주고, 모든 영토를 점유해야 할 것이고, 누구도 믿지 말아야 할 것이다. 그는 대중 앞에서 자신에 대해 말하는 법을, 자신이 누구이며, 무엇을 했으며, 무엇을 할 생각인지 말하는 법을 터득한다. 패거리의 동조적인 눈길 아래 자신의 태도를 조정하고 수정하고 가다듬는다. 홀로 그리고 다른 사람들과 더불어 오랫동안 숙고한 끝에, 한동안 겸양을 포기하고 거만한 태도를 취하려 애쓴다. 거만함은 꿀처럼 사람들을 붙들고, 우리가 자신의 일에 던지는 도도한 시선은 다른 사람들이 우리에게 던지는 시선을 감염시킨다. 그 결과 사람들은 자기 자신에 대해 더 흡족해하고 더 자부심을 갖게 된다. 그들의 감사하는 마음은 그들 사랑의 시작이다. 겸손은 득이 되지 않는다. 때때로 그는 예전에 그가 배운 모든 것에 등 돌리는 그의 방식을, 그의 야심을, 그의 배은망덕함을 꼬집는 야유를 듣는다.

질투야! 라퐁텐이 잘라 말한다. 순전한 질투.

이듬해 여름, 장은 위제스로 떠난다. 그는 빚투성이다. 가진 걸 모두 옷과 술을 사는 데 썼고, 그러고도 더 썼다. 그의 사촌은 이미 그에게 경고했다. 어쩌면 이제는 교회 재산의 혜택을 누리고 사제가 되는 것 말고 달리 선택의 여지가 없는지도 모른다. 그는 프랑수아처럼 자기 생활을 포기하지 않고 그런 선택을 할 수도 있을 테지만, 그랬다가 양심의 가책에 더 괴로워질까봐 두려워한다.

그는 한번도 그런 더위를 겪은 적이 없었다. 처음으로 그는 땀 때문에 자기 살갗을 느끼고, 밀이 황금빛으로 변해가는 것을 본다. 어떤 날 오후에는 황금빛이 금속의 흰빛을 띠기도 한다. 그는 친구들에게 보내는 편지에서 더위를 한탄하지만 내심 새로운 강렬한 감각들을 발견한다. 이 감각들은 어쩌면 로마와 아테네의 뜨거운 가마 속에서 쓰인 텍스트들을 더 잘 이해하게 해줄 것이다. 아이스킬로스와 소포클레스의 비극은 비와도 추위와도 어울

116

리지 않는다.

그렇지만 그는 바다를 보러 갈 생각은 하지 않는다. 자신을 그리스와 이탈리아와 이어주는 바다를 그저 멀리서 상상만 한다. 그는 편지에서 자신이 쓴 글을 다시 읽는 자기 목소리를 포함해 다른 모든 소리를 압도하는 매미의 노랫소리를 얘기한다. 그 줄기찬 소음이 주변에 온통 양철 지붕을 씌운 것 같아서, 그는 글을 쓸 때 그 덮개 속에서 새로운 공간을 파고, 음절의 진동에 한층 더 예민한 청력을 길러야 한다. 날이 갈수록 그는 자신의 언어가 분열되었다는 사실을 확인한다. 예의와 매력을 갖춘 파리풍의 우아한 편지 언어가 있고, 다른 언어가 있다. 다른 언어는 길게 늘어지는 모음이 자음의 망치질을 줄곧 이기는, 한결 투명한 액체 같은 늘어진 언어다. 그가 그 지역 사람들의 입을 통해 듣는 언어요, 에스파냐어와 이탈리아어를 좀 알기에 이해하는 언어다. 그는 시에서 모든 묵음 e를 떨어뜨리지 않는 이점을 라퐁텐에게 언급한다. 모음과 자음의 배열이 만들어내는 음악을, 그가 여느 때보다 명료하게 지각하는 음악을 언급한다. "coule, coule, vole, vole, songe, songe(흐르고, 흐르고, 날고, 날고, 생각하고, 생각하고)……." 묵음 e들은 경이롭다! 그는 열광한다. 라퐁텐은 그의 의견에 찬성하며 격려하지만, 장은 매미들이 옴짝달싹 못하게 죄는 무감각 상태에 빠져 공포에 사로잡힌다. 그가 벼려야 할 건 단순히 하나의 문체가 아니라 하나의 목소리다. 특히 파리에서 멀리 떨어진 밀밭 가운데 동떨어져 잊힌 처지일 때는 더욱 그렇다.

어둠이 내릴 무렵 그는 산책을 나선다. 그리고 올리브 나무들 앞에서 감탄하며 올리브를 따서 맛본다. 예전에 그가 좋아했던 나무들은 열매를 맺지 않았다. 올리브는 입속에 쌉싸름한 맛을 남기는 하늘의 양식 만나다. 그는 은빛이 도는 초록을, 잎사귀의 섬세한 무늬를, 베르길리우스나 소포클레스가 함께했던 똑같은 나무들 사이에서 사는 삶이 주는 감동을 묘사한다. 그의 고모는 이렇게 응수한다. "네가 우리 주 예수님을 말할 수도 있었을 텐데 말이다." 장은 그런 건 생각조차 하지 못했다. 그녀는 편지에 다시 이렇게 쓴다. "그러니까 네가 하느님을 등지고 시를 선택한 게 사실이냐?" 골짜기는 차츰 지워져간다. 그가 접하는 모든 풍경 때문에, 모두가 상상을 초월하는 크기라고 떠들어대는, 베르사유에 세워지고 있는 새로운 왕궁 때문에. 그의 언어와 마찬가지로 공간도 분열된다. 한쪽에는 하느님과 수도원과 밤이 있고, 다른 쪽에는 왕과 시와 빛이 있다.

위제스에서 맡은 임무 때문에 그는 공사를 이끌고, 석공과 목수, 유리공 들을 지휘하게 된다. 그는 자신이 그런 일을 할 줄 안다는 사실에 놀란다. 그 일을 좋아한다고 말할 수는 없지만 그 일이 주는 권위를, 확고하게 자리 잡은 것 같고 나머지 세상에 적응한 것만 같은 느낌을 높이 평가한다. 반면에 시는 그에게 사물보다는 말을 선택하도록 강요한다. 그렇지만 공사장에서 들보와 창문에 대해 말할 때 그는 서둘러 시원한 방을, 두꺼운 벽을, 종이를 긁는 펜 소리를, 사물보다는 말을 되찾고 싶은 마음뿐이다. 그는 남부 여인들의 아름다움에 관한 글을 연이어 쓰지만 여자들은 거의 만나지 않고, 마을에서 듣는 이름을 토대로 이름들을 지어내고, 자신의 유형을 오비디우스의 유형에 비교하는 열띤 편지들을 쓴다. 그러나 그는 파리 늑대의 삶을 그리워한다. 그리고 카바레를, 바람을, 희미한 빛을 꿈꾼다. 남쪽의 태양이 그를 짓누르기 때문이다. 그의 친구들, 특히 프랑수아는 아주 드물게 답장을 보낸다. 라퐁텐은 다른 것에 정신이 팔려 있는 것 같다. 부알로만 변함없이 정기적으로 나타나, 이제는 몰리에르, 부아예, 코르네유가 주름잡는 연극 무대에서 벌어지는 일을 그에게 알려준다.

어느 날 아침 그는 기분을 풀기 위해 바다를 보러 가기로 마음먹는다. 그리고 지평선을 응시하며 오랫동안 질주한다.

바다는 여기저기서 일렁이는 파랗고 푸른 주름 같고, 경계 위에 덮어씌운 식탁보 같다. 사람들이 그 위로 오가고, 여행하고, 다가가고, 멀어지고 혹은 헤매도록. 오디세우스처럼. 바다는 숲이나 벌판, 계곡보다 끄트머리라는 생각에 민감하게 만든다. 그는 생각한다. 이야기들은 한쪽 끝에서 다른 쪽 끝까지 팽팽할 때, 바다가 갈라질 때 가장 아름답다. 대양은 우리가 저마다 반대편 끝에 좌초하는 결말을 상상하게 해준다. 옛사람들은 그걸 알았다. 바다 없이는 애가도 비극도 없다. 그걸 읽는 것과 느끼는 건 전혀 다른 일이다. 예전에 그는 애가를 경향과 흐름, 역동적인 움직임에 따라 오직 강과 하천을 토대로 시각화했다. 이제 그에게 애가는 우리가 갈망하는 것과 갈라놓는 드넓은 벌판이고, 우리가 잃어버린 것을 집어삼키는 거대한 덩어리이며, 반대편 끝에 다가갈 수 없어 슬퍼하는 눈길이다.

그는 그에 관해 너무 많은 시를 써서 부알로에게 보낸 편지에서 빈털터리가 되어간다는 말까지 할 정도다. 부알로는 그의 스승들처럼 단호하고 완고하지만 냉혹하지는 않다. 그럴 만하다. 그의 시구에서 나오는 것은 오직 애가에 관한 그의 오래된 개념, 시를 기울어진 평면 위에 고정해 시가 끝없이 흐르는 듯한 느낌뿐이기 때문이다. 그런데 이제는 장이 "친애하는 나의 니콜라"라고 부르는 부알로가 그에게 말한다. 호메로스와 퀸틸리아누스에게서 이미 배웠겠지만, 서로 또렷이 구분되는 인물들과의 결별을 이야기하려면 여러 목소리가, 어투의 변화가 필요하지.

며칠 뒤 어느 주막에서 그는 임신한 것 때문에 아버지가 화낼까봐 겁이 나서 독약을 먹은 젊은 여자에 관한 이야기를 듣는다. 이 지역 이야기에서 그는 고대 비극의 맥박이 고동치는 걸 느낀다. 죽은 여자는 임신하지 않은 것으로 밝혀졌다. 그는 친구들에게 편지를 쓴다. 위제스에도 좋은 점이 있어. 이곳은 열정의 도시야. 비극을 쓰는 데 이보다 더 유리한 곳이 어디 있겠나? 비극을 쓰는 것이 그의 새로운 계획이 된다. 사람들은 그에게 오이디푸스 이야기를 제안한다. 그는 그리스어 작품들을 다시 읽는다. 시간이 한결 빨리 흘러간다. 그는 세기의 작품들도 읽고, 그 작품들에 쓸데없는 사실과 사건들이 넘쳐난다고 생각하고는, 더 강렬하고 더 단순한 작품을 만들겠다고 다짐한다.

오이디푸스로 결정한다. 그는 처음에는 모든 장면을 산문으로 쓰고, 평가하고, 균형과 거리를 헤아리고, 물리학자처럼 비극의 행위가 펼쳐지는 장場을 탐험하고, 여러 힘들 사이에서 중재한다. 그리고 몇 시간을 보낸 뒤 나가서 산책을 하고 돌아와 여기저기 다시 �~~다. 그는 그 작업이 어렵고 자신이 쓴 모든 것보다 더 까다롭다고 여기고, 운문으로 옮기기만 하면 될 순간을, 편안한 습관을 되찾게 될 순간을 꿈꾼다. 그러면 수년째 해왔듯이 자신의 어휘를, 수사법을 엄선하기만 하면 될 것이다. 반면에 인물들의 행위를 조정하고 두 장면을 잇는 건 다른 문제다. 매일 저녁 그는 다음 날이면 운문으로 쓰게 되리라 생각하지만, 아침이 되면 또 한 가지 요소를 수정하고, 그것 때문에 모든 걸 다시 손보지 않을 수 없다. 친구들 가운데 누구도 그를 도울 수 없다. 그가 처음으로 시도하는 장르이기 때문이다. 그래도 그는 라퐁텐에게 이오카스테와 그녀 아들들의 대립을 4막으로 남겨두는 게 좋은지 아니면 너무 늦은 건 아닌지 묻는다. 라퐁텐은 좀 더 앞당겨야 할 거라고 대답한다. 그는 이틀 동안 고심하지만 두 가지 이유에서 자신의 선택을 그대로 유지한다. 우선 그래야 관중이 긴장감을 유지할 것이기 때문이다. 그리고 새로운 우여곡절을 끌어들여 줄거리를 무겁게 만들고 싶지 않기 때문이다. 그는 그동안 모든 것에 관해 교류해온 습관을 버리고 갑자기 수도원의 강력한 고독을 되찾는다. 그래서 받는 편지들을 쌓아두고 열어보지 않는다.

그의 설계도는 개선된다. 그는 건축가처럼 책상 위에 설계도를 펼치고 토막토막 재검토한다. 더 수정하고 싶어하는 자신의 손이 더 이상 수정하지 않는 걸 보고서 그는 이제 설계도가 탄탄하다고 여긴다. 그러자 의자에서 벌떡 일어나 자신의 비극이 완성되었다고 외친다. 그는 믿기지 않아서 마음을 가라앉히려고 방 안을 서성인다. 연극을 가볍고 우아한 활동으로 간주하는 사람들에게 이제 그는 이토록 힘들었던 적은 없었으며, 연극 작품은 오드와는 전혀 다르며, 장면과 막을 배열하는 건 엄청난 작업이라고 대답할 수 있을 것이다. 자기 설계도대로 이루어냈다는 사실이 그의 내면에 남성성을 촉발하고, 그것이 다음 날 밤 웬 시골 아낙의 품에서 밤을 보내도록 그를 내몰고, 새벽에 라퐁텐에게 쓴 편지를 이런 말로 끝맺게 만든다. "우리에겐 당신들의 낮보다 아름다운 밤이 있네." 게다가 이 12음절 시구가 아주 쉽게 떠오르니 예전처럼 아주 오래 걸리지는 않을 것이다. 그는 혼자 틀어박혀, 가장 어려운 고비는 이미 지나왔다는 감정을 새삼 느끼며 시를 다듬는다. 그는 사촌이 참담한 재정 상태를 환기하자 자신감을 드러내며 문인으로서 탄탄한 경력을 쌓아 그의 모든 노고를 명예롭게 만들어주리라는 약속으로 대답한다. 위제스의 메마른 흙이 그가 딛고 선 발밑 땅을 단단히 다져줄 것이다. 그곳에서 그는 손가락으로 작품과 삶 속에서 벌어지는 행위의 원동력을 매만지게 될 것이다. 그는 반드시 파리로 돌아가야만 한다.

　　　　장은 오텔 드 뢴을 되찾고, 그의 사촌들과 돌아
온 후작을 다시 만난다. 키 크고 호리호리한 후작을 두고 사람들
은 훌륭한 군인이 되겠다고 말한다. 그는 장을 원망하는 기색 없
이 대한다. 그는 한두 번 과거를 언급하려고 시도하지만, 장은 그
저 미소만 짓고 대화 주제를 바꾼다. 저녁에 장이 문학 모임에 참
석하러 가는 걸 보고 후작은 턱을 살짝 들며 말한다.

　네가 비극을 한 편 썼다고 들었어. 그런데 내가 너라면 왕이 아
프다는 사실을 잊지 않겠어.

　장은 후작의 거만한 말투를 즉각 알아본다. 후작은 그에게 말
할 때 늘 그런 말투였다. 달빛 아래서 두 바보처럼 이야기 나눌
때조차도 그랬다. 그는 몸이 뻣뻣해지지만 참는다.

123　그는 대답한다. 생각해볼게.

　너한테 내 아내를 소개해줄게. 화려한 결혼을 약속한 후작이
던지듯 말한다.

장은 그저 고개만 끄덕인다. 내심 이렇게 대답하고 싶은 마음이 굴뚝같다. "그래, 나는 내 작품을 읽어보게 해줄게."

프랑수아는 장에게 오텔 드 륀의 모임보다 더 크고 유망한 새 모임을 발견하게 해준다. 장은 그 모임에서 수도원 선배들을 만난다. 수도원 사람들은 왕의 협박과 방어 반응, 불확실한 미래에 대해 언급한다. 장은 고모가 생각나 마음이 아프지만, 대화가 활기를 띠어가자 불안을 밀어낸다. 이따금 그는 기진맥진한 상태로 카바레에 와서 대화술이 글쓰기만큼이나 지치게 만든다고 친구들에게 털어놓고는 탁자에 쓰러지기도 한다.

　새 장소의 주인인 리앙쿠르 후작은 소유하고 있는 이탈리아 화가들의 그림 여러 점을 초대 손님들에게 보여준다. 처음에 장은 아무 할 말이 없어 긴장한다. 그렇게 많은 형태와 색채는 한번도 본 적이 없었기에 어찌할 바를 모른다. 그의 어휘력으로는 그 모든 형상들을 표현할 길이 없다. 어린 시절에 그는 언어를 그림처럼 생각하는 데 큰 관심을 보였었다. 그러나 그 시절 그의 관점은 엄격하고 편협했다. 위제스의 풍경이 그 관점을 조금 넓혀주긴 했지만 몇 가지 기본적인 대비 이상을, 노랑과 파랑처럼 농담 차이 없는 단색 이상을 보게 해주지는 못했다. 그렇다고 화폭 앞에서 더 오랫동안 침묵하는 위험을 감수할 수는 없으므로, 다른 것과 마찬가지로 그림에 대해서도 자기 의견을 말하는 법을 배워야만 했다. 그래서 그는 후작에게 따로 방문해주길 요청한다. 자신이 쓰고 있는 오드 때문이라고 덧붙인다. 후작은 그의 요청을 즉각 받아들인다.

그는 한 그림에서 다른 그림으로 천천히 나아가면서, 그려진 얼굴들에게 감시당하는 느낌을 받고, 어느 초상화에서 발산되는 위엄 넘치는 경계심을 발견한다. 그리고 인물들이 가득 들어찬 베로네세의 한 장면 앞에 멈춰 서서 오래도록 머문다. 그는 나중에 노트에 이렇게 적는다. A는 B를 바라보고 B는 C를 바라보고 C는 D를 바라본다. 거기서 그는 마음에 드는 움직임을, 어긋난 욕망처럼 기계적이고 복잡한 움직임을 포착하고, 앞으로는 연극에 대해 말하듯이 그림에 대해서도 말할 수 있겠다고 생각한다.

그는 계속 비극을 쓰면서 새로운 뉘앙스를 끌어들인다. 살롱에서 그에게 새 작업에 착수하라고 특별히 주문할 때까지. 왕의 쾌유를 찬양하는 작업 말이다. 멀리 떠나 있는 동안 황태자의 탄생을 놓친 그는 이 기회를 그냥 지나칠 수가 없다. 그의 사촌은 그에게 이렇게 지시한다. "네가 원하는 대로 알아서 해. 그렇지만 이건 네 미래가 달린 일이야." 장은 자기 작품을, 카바레를 잠시 접어두고 8음절 시구를 100행 넘게 쓴다. 그는 솜씨를 잃지 않았으며, 어디서 찾아야 할지 알고서 참조하고 말레르브(François de Malherbe, 1555~1628. 프랑스의 시인으로 시평에 능했다)를 모방한다.

아무려면 어떨까. 도전해볼 만한 게임이잖은가. 심지어 그는 주제에 대한 개인적인 접근법을 찾기까지, 그를 내밀하게 감동시키는 무언가를 찾기까지 열정적으로 밀어붙인다. 그는 자신과 거의 동년배인 왕의 나이를 생각하고, 왕을 그저 죽을 수도 있는 청년으로 간주한다. 상당히 비장한 관점이다. 보름이 지나자 준비가 끝났다. 그의 오드를 두고 라퐁텐은 천재적이지는 않지만 유효하다고 평가한다. 다음 달에 당장 그는 프랑스 국왕의 영광을 위해 작업하는 문인들의 명단에 오른다. 그 대가로 1년에 600리브르를 받게 된다.

장은 안도한다. 방종하지만 않는다면 그 금액으로 누구에게도 기대지 않고 바르게 살 수 있을 것이다. 그는 이 사건을 기념해 사촌들, 친구들과 함께 축하 파티를 벌이고, 심지어 마침내 만나게 된 몰리에르에게도 우유 말고 다른 걸 마셔보라고 제안한다. 그가 몰리에르의 잔에 따르는 포도주는 새로운 우정의 피처럼 붉다. 장은 차마 몰리에르에게 연금 액수를 물어보지 못하지만, 코르네유의 연금 액수가 연 2,000리브르에 달한다는 사실을 알게 된다. 미소가 일그러지고 인상을 찌푸리자 친구들이 그를 놀린다.

그는 쉬지 않고 노력을 기울여 경의의 시를 써야 할 상황에 내몰린다. 석 달 뒤 그는 군주의 온갖 장점을 상세히 얘기하는 우화 한 편을 내놓고, 그 덕에 생제르맹앙레 성에서 거행되는 왕의 기상 의식에 참석하게 된다.

신은 그에게 한번도 그런 감동을 안겨준 적이 없었다. 그는 앞에 자리한 머리들 너머로 보이는 모든 동작을 탐색하고, 천이 스치는 소리가 나거나 조그맣게 소곤거리는 소리만 나도 귀를 쫑

굿 세운다. 문장들이, 온갖 찬사가, 생각이 떠오른다. 그는 어린 후작을 생각한다. 후작이 이 자리에서 그를 본다면, 어쩌면 드디어 턱을 내릴지도 모른다. 그는 매정하게 환상을 흩어놓을 그의 고모도 생각한다. 왕은 기도를 하고, 옷을 입고, 머리를 빗기게 하고, 모든 사람처럼 수프를 마신다. 그런데도 장은 매료된다. 그는 한 인간이 행동하거나 처신하는 걸 보는 게 아니라 한 국가가 여러 사람의 눈길 아래 구성되는 걸 본다. 그리고 왕의 나이를 다시 생각하고, 거의 자신의 쌍둥이인 듯 왕을 바라본다. 자신이 곁에서 지켜보며 자라고 성장해야 할 쌍둥이처럼. 그는 그 국가의 혀가 될 것이다.

왕은 수십 명의 사람들 가운데 그를 알아보지 못하고, 오직 몰리에르만 치하한다. 이튿날 몰리에르는 왕의 총애를 얻기 위해 자신이 얼마나 고된 노력을 기울였는지 그에게 털어놓고, 원망의 감정을, 쓰라린 감정을 감추지 않는다. 그가 마시는 우유 속에 빠뜨리려고 애쓰는 감정, 그의 진짜 질병을 드러낸다. 희극은 비극보다 훨씬 더 쓴맛을 안긴다. 술집을 나서면서 장은 비극 작품을 다시 붙들기로 단단히 마음먹는다.

그는 니콜라에게 청한다. 내 계획을 이루도록 날 도와줄 거지?

넌 내가 필요 없어. 넌 규율 그 자체잖아.

그러나 장에게는 그가 필요하다. 두 사람은 함께 여러 극장을 드나든다. 장의 야심은 침착한 니콜라를 들뜨게 만든다. 대개 누구도 두 사람 사이에 끼어들지 않아서, 장은 삶이 그에게 실제로 새 친구를 주었다는 사실을 다시금 확인한다. 두 사람은 많은 희극 작품을 관람한다. 장은 몰리에르의 작품에는 사실성과 자연미가 있고, 그 때문에 다른 작품들보다 월등하다고 생각한다. 그러나 폭포처럼 쏟아지는 온갖 사건들에 그는 지치고 지루해한다. 그래서 객석에, 관객에 집중한다. 사람들은 부끄러움도 조심성도 없이 목청껏 웃는다. 니콜라에 따르면, 비극의 관객은 교양과 참고 문헌 그리고 언어를 마땅히 갖추어야 하는 이들이므로 훨씬 고상하다. 12음절 시가 요구하는 집중이며 폐쇄된 과장법 때문에 그렇다. 키노(Philippe Quinault, 1635~1688. 프랑스 시인, 극작가)의 시조차 그렇다. 두 사람은 여러 공연 포스터에 실린 인물들을 만나면서 결국 그들과 인사까지 나누게 된다. 이 풍요로운 시기에 장은 온갖 감정들과 의견들, 그의 계획을 튼튼히 보강해줄 소중한 재료를 축적한다고 느낀다. 하지만 어느 날 저녁 그는 코르네유의 공연을 보고서 평소보다 침울하고 생각에 잠긴 듯한 얼굴로 나온다.

니콜라가 말한다. 네가 왜 그렇게 침울해하는지 정말 모르겠어. 넌 젊고 그는 늙었잖아. 모든 게 가능해.

장은 그걸 모른다. 다만 자신은 아직 모든 걸 입증해야 할 처지인데 세 극단이 독점권을 공유하고 있고, 한 편의 비극을 스무 번 이상 공연하지 못하며, 포스터는 하나밖에 걸지 못하고, 치열하게 경쟁해야 하므로 실패하기가 너무도 쉽다는 사실은 안다.

그렇다면 희극을 써!

내 언어는 희극을 쓸 준비가 되어 있지 않아.

그쪽으로 언어를 다듬을 수 있잖나.

모든 게 노력만으로 되는 건 아니야.

장은 몰리에르처럼 신랄한 광대가 되고 싶지는 않다고 덧붙인다. 그가 비극에서 좋아하는 것은 바로 제약이고 폐쇄성이다. 이 말을 발음할 때 그는 추억에 붙들려 잠시 말을 멈춘다.

내 이름을 내건 작품이 사람들을 폭소하게 만드는 게 상상이 돼?

아니. 그렇지만 몰리에르를 봐. 그는 아주 음산한 사람인데 웃기는 작품을 쓰잖아.

이걸 좀 들어봐. "그녀는 내 배려를, 내 선의를, 내 애정을 배반한다. 그런데 그 비열한 간계를 보고도 나는 그녀를 사랑한다. 그 사랑 없이는 살 수 없을 정도로……. 그 사랑 없이는 살 수 없을 정도로……." 그다지 웃기지 않지?

그는 앞으로 희극 말고 다른 건 쓰지 못할 거야. 너무 늦었다니까.

어쨌든 내겐 선택권이 없어.

그는 엄격하고 조용했던 교육을 다시 돌아본다. 니콜라가 상상도 하지 못할 그 고독한 시간을, 그 꽃 없는 자연을. 이제 그는 폐쇄성이라는 말은 피하고, 희극에서 만날 수 없는 언어 상태를 낳는 닫힘에 대해 말한다.

언어 상태라고? 꼭 화학자처럼 말하는군.

그래. 정확히 그거야. 내가 보기에 비극은 본성을 바꾸는 힘을 지닌 강렬한 열의 작용 아래 언어를 두는 것 같아.

그리고 그는 그의 몸 안으로 스며들어 머리까지 오르는 그 열을, 포도주와 카바레의 효과를 느낀다. 이어지는 온갖 상념을 그는 혼자 간직한다. 타인들에게 슬픈 감동을 창출해낼 때 비로소 진정한 존경을 받을 수 있다. 객석의 웃음은 그렇지 못하다. 그의 앞에서 니콜라는 이미 잠들어 있다.

코르네유 형제들에게 얼마나 강박적으로 사로잡혔던지 그는 첫 작품의 중심에 형제를 집어넣을 생각까지 할 정도였다. 그가 그 형제를 돌 쪼개듯 갈라놓는 걸 꿈꾸기 때문이다. 둘 중 위대한 작가는 피에르이지 토마가 아니다. 장이 무얼 하건 어디에 있건 그 이름은 하나의 준거처럼, 그가 밀어내고 그 자리를 차지해야 할 준거처럼 떠오른다. 그는 생각한다. 어쨌든 소포클레스는 아이스킬로스에 맞서 글을 썼고, 파스칼은 몽테뉴에 맞서 글을 썼지. 위대한 작가들은 늘 대결 상태에 있었어. 하지만 적을 잘 알아야 공격할 수 있기 때문에 그는 배운 대로 코르네유의 작품을 해부한다.

그는 새 공책을 펼쳐 시구를 적고 대사를 통째로 쓴다. 말의 기둥을 세우고, 도면을, 설계도를 만들고, 코르네유가 삼일치의 원칙을 잘 지키지 못하고 늘 원칙에서 벗어나 자유로운 시도를 한다는 사실을 확인한다. 그는 기하학을 정립하려 하지만 그의 체계에는 어딘지 비겁한 구석이 있다. 대칭을 좋아하는 취향이, 언제나 득과 실, 두 가지 길을 제시하고, 언제나 모든 걸 평등하게 만들고, 출발점으로 돌아오려는 욕구가 있다. 그는 생각한다. 그래서 그가 그렇게 대조법을 좋아하나봐. 하지만 코르네유의 작품에서 대조법은 영혼 없고 깊이 없는 수사법으로 남고 말지. 그는 자신이 관찰한 바를 니콜라에게 알리지만 니콜라는 그가 하려는 말을 이해하지 못한다. 그는 예시를 여럿 제시하고는 이렇게 결론짓는다.

대조법을 쓰는 건 대칭이 필요해서인데, 하지만 나는 결정적인 대조법을 꿈꿔. 사람들의 마음을 말해줄, 주어진 순간에 그들이

해야 할 선택뿐만 아니라 그들을 가로막는 고난과 갈등, 그들의 깊은 본성을 말해줄 대조법 말이야.

년 또다시 어두운 생각을 하고 있어. 니콜라가 대답한다. 하지만 나도 동의해. 코르네유의 사랑은 지나치게 명예로워.

그는 사람들이 자신을 이해해주리라 기대하지 않는다. 다만 그에게 장벽을 세우고 저항하길 기대한다. 그래서 그가 그 저항에 맞서 자신의 무기를 닦고, 이상을 명확히 밝힐 수 있도록. 사랑에 대한 이상까지 포함해서 말이다. 사랑에 대해 그가 무슨 말을 할 수 있겠는가? 하느님의 사랑밖에 알지 못하는 그가? 그저 독서를 통해서만 아는 감정에 관한 플롯을 그가 만들 수 있을까? 어떤 삶에도 온전히 토대를 두고 있지 않고, 그렇기에 어떤 사람도 그다지 중요성을 부여하지 않을 작품들을? 그도, 그의 친구들 가운데 누구도, 왕도, 황태자도. 그러나 결국 베르길리우스나 오비디우스처럼 그는 적응했고, 주된 사랑의 경향을 포착했다. 니콜라는 그가 그동안 해온 독서로 충분할 거라면서 그를 안심시키고, 장은 그의 말에 찬성하면서도 어떤 실제 감정은 자신이 직접 느끼느냐 아니면 다른 사람에게서 관찰하느냐에 따라 아마도 차이가 있으리라고 생각한다.

내가 사랑에 빠져서 널 도와줄까? 니콜라가 놀린다.

장은 자신의 노트에 코르네유의 시는 운율을 맞추기 위해 허사로 잔뜩 채워져 있거나 아니면 반대로 도끼로 난도질되어 있다고 기록한다. 그래서 그 시들을 다시 쓰면서 그 모든 습작이 그에게 도움이 되리라 확신한다. 그럼에도 이따금은 코르네유의 시에

경의를 표하고, 아무것도 손대지 않은 채 여백에 감탄을 적어 넣기도 한다. 그가 코르네유를 그저 선배 작가로 여길 수만 있다면 질투심이며 불쾌감을 떨쳐낼 수 있을 것이다. 그는 그를 다듬고 빚어준 스승들 곁에서 자랐다. 하지만 그는 그 스승들을 몰아내고 싶어 애태웠던 그 모든 순간들도 기억한다. 수도원을 떠나온 이후로는 그와 다른 사람들이 명백히 갈라서 있다. 한편에는 그의 야심이 있고, 다른 편에는 그의 모든 경쟁자들이 있다.

어느 날 저녁, 프랑수아가 그들에게 자신이 잘 아는 여배우가 나오는 작품을 보러 가자고 제안한다. 장은 여배우가 무대 위에서 움직이는 걸 보며 그녀를 가까이할 수 있으리라고, 어쩌면 공연 뒤에 그녀와 접촉할 수 있으리라고 생각한다. 그녀가 대사를 읊는 동안 그는 자신이 쓴 긴 독백을 그녀가 외우는 모습을, 자신이 쓴 12음절 시구를 어떤 물질처럼 집어삼켜 그 시구들에 육신과 감정을 입히는 모습을 상상한다. 마지막 막에서 그는 한 가지 꿈에 사로잡힌다. 그 현상을 지켜보며 섭취를 지휘하고 복원을 조종하려는 꿈이다.

분장실에서 젊은 여배우는 많은 사람들에게 둘러싸여 있다. 장은 그저 그녀의 얼굴을 뜯어보고, 사람들이 쏟아내는 달콤한 말을 듣고, 프랑수아가 두각을 나타내려고 기교 부리는 모습을 관찰할 뿐이다. 그리고 아무 말 없이 팔을 뻗어 여배우의 팔을 접촉한다. 그녀는 눈을 들고 미소 짓는다. 그가 그녀를 뚫어져라 응시하자 그녀는 당황해서 뭔가 할 말을 찾는다. 그는 생각한다. 그녀가 말을 더듬게 만들 수 있다면 내가 쓴 대사를 낭독하게 만들 수도 있을 거야.

그는 다시 작품에 맹렬히 매달린다. 지나친 칼부림을 찾아내고, 칼을 도로 집어넣고, 시구를 200행이나 잘라낸다. 그는 글쓰기와 유혹의 유사성을 간파한다. 단 하나의 몸짓, 한 번의 침묵이 백 가지 동작보다 행위에 더 큰 효과를 낼 수 있다는 것. 여배우의 아름다운 얼굴이 자주 뇌리를 스친다. 그는 구성을 탄탄히 가다듬는다. 삼일치의 법칙은 그에게 복음과도 같다. 아리스토텔레스는 자신이 무슨 말을 하는지 잘 알았다. 그는 한 국가의 영혼이 되길 바라는 연극은 엄격함을 입증해 보여야 한다고 말했다. 코르네유는 끊임없이 규칙을 벗어나는데, 특히 『르 시드』에서는 어린아이 같거나 심지어 요실금 환자 같다. 장은 영토 위에 분명하고 또렷하고 준엄한 선을, 경계선을, 지도를 긋는 사람이 되길 원한다.

그는 여배우를 다시 본다. 처음에는 그의 친구들과 함께, 곧이어 혼자서. 그녀가 그의 품에 안겼을 때 그는 그녀가 생각보다 훨씬 가녀리다는 사실을 확인한다. 그래도 그녀는 기품 있고 성량도 풍부하다. 그는 그녀의 귀와 입 사이에 회로가 있다는 터무니없는 상상을 한다. 그가 그 회로 속에 시를 불어넣으면 그녀의 입에서 시가 울려 나오는 상상을 한다. 그는 자기 작품에 대해 그녀에게 말한다. 그녀는 그를 돕겠다고 한다. 그의 야심은 이 여자의 몸을 휘감고, 그의 내면에서 영광스런 미래와 쾌락의 밤에 대한 전망이 그에게 야기하는 감각들을 뒤섞는다. 그는 그것들을 구분하지 않는다.

그의 고모는 당연히 그의 새로운 교제에 대해 들었을 것이다. 그는 살롱에 비위를 잘 맞추는 사람들이 넘쳐난다는 사실을 잘 알면서도 소문이 어떻게 그렇게 빨리 골짜기까지 도달하는지 종종 궁금해한다. 그녀는 지옥을, 영벌을 내세운다. 그리고 기도하고 운다. 다른 사람들의 안녕에 신경 쓰는 그 방식에 장은 극도로 짜증이 난다. 그는 배려 없이 이렇게 응수한다. "저 세상의 서열을 정리하는 일만 하시고, 이 세상의 일에는 절대로 끼어들지 마세요. 고모님은 이미 오래전에 이 세상을 뜨셨잖습니까." 그리고 덧붙인다. 자신은 오롯이 이 세상에 살고 있고, 손과 발, 입을 이 세상에 푹 담그고 있음을 의식하고 있다고. 그녀는 그가 지금 살고 있는 것, 뒤늦게 따라잡고 있는 것을 상상조차 하지 못한다. 삶에 대해 글을 쓰려면 삶 속으로 들어가야만 한다. 그저 응용시에 대한 논문만 쓸 생각이 아니라면. 니콜라처럼 말이다.

그의 방법은 보상을 가져온다. 그의 작품은 성지 중의 성지인 부르고뉴 극장 무대에서 공연될 것이다. 그는 그의 고모가 이 사실을 알게 되면 얼마나 비탄에 빠질지 차마 상상할 수 없다. 그는 기쁨을 만끽하고, 그를 위해 손써준 여배우에게 진심으로 고마워한다. 그녀는 스스로 안티고네 역할을 맡고 자기 재능을 뽐내지만, 그는 그녀 곁을 떠날 때마다 그녀가 다른 사람의 품에 안길 것이고, 다른 남자들에게 몸을 내줄 것이며, 다른 작가들에게 그들이 듣고 싶어하는 말을 해주리라는 걸 안다. 그녀는 그저 여배우일 뿐이다. 그는 질투심에 괴로워한다. 육신은 공유를 좋아하지 않는다. 그가 자기 명예를 세우고 싶다면 그녀를 섬기는 여러 사람들의 정신과 몸에 대한 영향력도 길러야 한다. 그는 극단과 함께 작업하며 연습을 지도하고 명령을 내린다. 그러나 젊고 경험도 없어 이런저런 사람들의 주장에 영향을 받는다. 그는 그들에게 막을 하나씩 맡겼다가 엄청난 양의 수정 사항을 갖고 돌아가면서 그들의 지시를 받아 글을 쓴다는 느낌을 종종 받는다.

다시 수정해야 할 그 모든 부분들 때문에 처음으로 그의 작품의 초연이 미뤄진다. 5막에 이르러 그는 무엇보다 아름다운 안티고네를 위해 쓴 절들에 특히 자부심을 갖는다. 그녀가 그 절들을 장중하게 낭송하자, 대개 상투적인 말을 되풀이하는 시구들이지만 그는 감동한다. 그러나 이틀 뒤 사람들은 그 시구들은 유행에 뒤졌으니 포기해야 한다고 그에게 말한다. 그는 그 말에 따라 그중 세 구절만 남긴다. 다른 구절들은 다음 기회에 쓰게 될 것이다. 이렇게 고분고분한 태도를 취했음에도 불구하고 초연은 다시 미뤄진다. 그는 여배우에게 낙담한 심정을 털어놓으며 여느 때보다 비위를 맞추지만, 그녀는 남자 배우들의 전횡을 얘기하며 가련한 여자인 자기로서는 어쩔 도리가 없다고 말한다. 장은 프랑수아와 니콜라를 찾아가 한탄해보지만 그들은 그에게 기다리라고 권유한다. 그러나 차츰 장은 자신에 맞서 획책되는 간계와 음모를 짐작하고 몰리에르에게 속마음을 털어놓는다. 하지만 몰리에르는 코르네유 형제가 경쟁을 용인하지 않는다는 사실을 확인해준다. 그리고 이런 말까지 덧붙인다. 더구나 자네가 포르루아얄(포르루아얄 수도원은 초대 교회의 엄격한 윤리로 되돌아갈 것을 주장하는 얀세니즘에 토대를 둔 종교와 지성의 중심지였고, 17세기에는 절대주의 왕권에 맞선 정치적, 종교적 저항의 상징이었으나 1713년 루이 14세의 명령에 따라 파괴되었다)의 자식이니 더 화를 내는 거지. 이 마지막 논거에 장은 설득당한다. 그는 자기 작품을 팔레루아얄에서 공연하

게 할 작정이다. 부르고뉴 극장은 포기할 것이다. 그의 친구들은
반대한다. 몰리에르의 극단은 그저 희극 극단일 뿐이라는 것이
다. 그러나 그는 고집한다. 중요한 건 좋은 극장에서 공연되느냐
가 아니라 무슨 일이 있어도 공연되어야 한다는 사실이다. 모든
일에는 때가 있는 법이다.

배우들과의 작업이 다시 시작된다. 이번 배우들은 예전 배우들
보다 덜 오만해서, 그는 망설이지 않고 그들 앞에서 자신의 긴 대
사에서 가시를 발라내고, 어떻게 연기해야 하는지 보여준다. 그
는 한 사람의 의식에 영향을 미치는 기쁨을, 억양과 감정, 표정을
세심하게 조절하는 사람이 된 기쁨을 깊이 체험한다. 매일 저녁
집으로 돌아올 때면 그는 어서 다음 날이 되어 그의 스승들이
했듯이, 혹은 사람들의 말대로라면 하느님이 하듯이 배우들의 영
혼을 다시 주무르고 반죽하고 싶다. 그 기쁨은 그가 알았던 그
무엇과도 닮지 않았다. 무대 위에서 그는 배우들을 뒤쫓고 에워
싸고 바싹 따라다니며 마치 그들의 몸속에 바뀐 새 영혼의 조각
들을 밀어 넣으려는 것 같다. 남자, 여자, 대공, 시녀 할 것 없이
그는 모두의 몸속에 침투한다.

첫 공연일이 되었다. 그의 친구들과 사촌들, 어린 후작이 왔지
만 그는 다른 얼굴들, 아몽과 아녜스, 르메트르의 얼굴을, 그들의
도도한 표정과 매서운 눈길도 본 듯했다. 객석에서 박수갈채를
보낼 때 그들은 손을 움직이지 않고 속눈썹만 빠르게 파닥인다.
그가 다가가자 환영은 사라진다. 그는 여느 때보다 행복했다.

그의 『라 테바이드*La Thébaïde*』는 전혀 성공을 거두지 못한다. 객석은 매번 반밖에 차지 않는다. 몰리에르는 포스터를 보완하고, 장을 미래의 코르네유로 팔아 부르고뉴 극장을 떠난 걸 그가 후회하지 않게 하려고 갖은 수단을 동원한다. 그러나 장은 낙심한다. 그는 바깥출입도 하지 않고, 글도 쓰지 않고, 찾아오는 손님조차 거절한다. 그저 침대에서 고모의 편지만 읽고 점점 더 사나워진다. 그는 심지어 고모를 만나러 갈 생각까지 한다. 고모의 거무죽죽한 얼굴은 모든 걸 알고 있는 듯 저주하는 표정으로 면회실의 철창 가까이 다가올 테고, 그는 그 비탄하는 얼굴 앞에서 자신의 오만을, 자신의 교만을, 자신의 가련한 허영심을 고해할 수밖에 없을 것이다. 하지만 그가 말을 꺼내는 순간 여배우들의 우윳빛 피부가, 분 바른 얼굴이, 벌어진 목구멍이 떠오를 것이다. 그래서 그의 속죄는 순수하지 못한 거짓된 침묵에 이르게 될 것이다. 장은 생각한다. 그러니 거기 가봐

138

야 소용없어. 세월과 더불어 그는 자신의 고통을 누그러뜨릴 수 있는 일만 하려는 습관을 갖게 된 것이다. 그는 고모의 얼굴과 면회실의 철창을 밀어내고, 회양목이 늘어선 정원 산책로 사이를 천천히 걷는 자신의 모습을 상상한다. 어린 시절에는 그의 발걸음 하나하나가 하늘을 향해 나아가리라는, 다른 나무들보다 더 높고 더 굳센 나무가 되리라는 욕망이 있었다. 침대에서 그의 발과 다리, 손가락 끝이 다시 움직이기 시작한다. 마치 포르루아얄의 수액이 다시금 그의 안에서 흐르는 것 같다. 그 흐름이 너무도 생생히 느껴져 그곳에 갈 필요조차 없었다. 그래서 그는 낙담을 털고 일어나 이치를 따져가며 생각하기 시작한다. 아첨도 없고 시사성도 없는 그의 작품이 어떻게 승리할 수 있겠는가? 그는 자신의 천진함을 비웃으며 단언한다. 다음 작품은 왕의 영광에 완벽하게 합치할 것이다. 다음 작품과 그 이후의 모든 작품이 그럴 것이다.

몰리에르는 이제 그에게 수익과 포스터, 관객 수밖에 얘기하지 않는다. 장은 생각한다. 연극도 다른 것들과 마찬가지로 상업이다. 이제 그는 연극에서 어떤 우발성도 보지 않고 현실의 증거만 볼 뿐이다. 몰리에르는 성공하는 데에는 재능만큼이나 악착스러운 열의도 필요하다는 걸 보여주는 산 증거가 아닌가? 몰리에르에게는 그의 극단을 위해 비극 한 편이 필요했고, 그 비극 『라테바이드』는 포스터에 실리진 못했지만 몇 달 뒤 퐁텐블로에서 왕과 신하들을 앞에 두고 공연할 기회를 얻는다. 장은 기뻐서 어쩔 줄 모른다. 수입은 보잘것없지만 그는 옷차림에 인색하게 굴지 않는다. 더없이 멋진 옷을 맞춰 입는다. 이어지는 몇 주를 무사태평하게 보내고 중요한 그날이 되었을 때, 그는 대리석 뼈가 자라나 살갗을 뚫고 나오는 듯한 느낌을 받는다.

객석에서 그는 여러 차례 자신을 꼬집는다. 프랑스 국왕이 그의 12음절 시구를 듣고 있다니. 장은 다른 곳을 훑어보며 장소의 크기와 화려함을, 정원의 새 연못을, 어떤 우스꽝스런 익살에도 장엄한 분위기를 입힐 조명을 간파하고, 자신의 작품이 여기 프랑스 왕실 앞에서 공연되고 있다고 거듭 혼잣말을 한다. 그러나 그의 눈은 끊임없이 돌아와 왕의 몸을 더듬는다. 왕이 미소 지어도 그 미소가 만족감의 표현인지 아니면 멸시의 표현인지 알 수 없다. 장은 그 불확실성이 좋다. 한 국가가 쉽게 해독되어서는 안 되지. 그가 니콜라의 귀에 속삭인다.

공연이 끝나자 몰리에르가 그를 소개한다. 장은 이마를 숙이고 아주 나지막이 폐하, 제가 폐하의 목소리가 되겠습니다, 라고 말하는 자신의 목소리를 듣는다. 적어도 이번만큼은 왕이 그를 보았다. 어쩌면 그의 말을 들었을지도 모른다. 왕이 그에게 은밀히 미소를 보낸다. 장은 생각한다. 사건이 일어나고 있어. 서서히, 그러나 일어나고 있어.

그로부터 며칠 뒤 몰리에르는 그의 『라 테바이드』가 출판되게 한다. 책을 손에 쥐고 자기 이름이 새겨진 걸 보고 나니 모든 것이 이전과 달라진다. 그는 책을 카바레로 가져가 잔을 들고 경쾌하게 건배한다. 그가 니콜라와 주고받는 긴 눈길이 다른 사람들 너머로 오래도록 이어진다. 웅성거림 속에서 그는 자신의 두 번째 작품을 위해 선택한 주인공에 대해 얘기한다. 알렉산드로스 대왕이라는 인물로 그는 온갖 행운을 누리게 될 것이다. 알렉산드로스는 10년 만에 세계를 누비고 정복했으며 70개 도시를 건설했다. 그는 그리스어를 말하고, 아리스토텔레스를 스승으로 두었고, 호메로스의 작품을 모두 읽었다.

장은 말한다. 알렉산드로스가 우리 곁으로 돌아온다면 우리는 그와 대화를 나눠 그를 이해하고 그에게 이해받을 수도 있을 것이다.

그를 단순히 호색가로 만들지는 마. 니콜라가 경고한다.

장은 그의 친구가 그렇게 아버지처럼 간섭하는 걸 좋아한다. 아들에게 맡긴 임무의 중요성을 철저히 감추기 위해 꾸짖는 아버지처럼. 그때까지 그가 애착을 느꼈던 모든 사람들은 그에게 감탄하면서도 혹은 바로 그 감탄 때문에, 신앙이나 신분으로 높은 곳에서 그를 내려다보았다. 그들은 언제나 그를 원망하고 깎아내릴 중대한 이유를 갖고 있었다. 니콜라는 그렇지 않았다. 날이 갈수록 그는 장의 재능, 시인으로서 탁월한 재능, 그리고 그의 영예만 본다.

장의 주인공은 젊은 왕을 위한 모델이 될 것이다. 더구나 그 주제는 자유롭다. 평소처럼 장은 옛 텍스트들에 몰두하지만, 새로운 자유가 그의 손끝을 짜릿하게 자극한다. 그는 필요한 정보를 수집하고, 사실들을 변화시킨다. 심지어 왕비까지 지어낸다. 이제 그는 작가들을 예전같이 공경하지 않는다. 이제는 그들과 동등하게 나란히 서 있다. 그는 초안을 세우고, 줄거리를 가능한 한 단순하게 만들고, 막에 따라 분량과 무게를 나눈다. 주된 사랑, 왕들의 경쟁 관계, 배신, 그리고 무엇보다 관용을 집어넣는다. 젊은 왕은 아직 전쟁을 해보지 않았으므로 전투나 군대와 관련된 것들은 덜 끌어들인다. 니콜라의 비판에서 그는 자신을 발전시킬 수 있는 것만 간직한다. 그의 친구는 그의 굳건한 의지에 아연해하며 이따금 말없이 그를 바라본다. 그럴 때면 그는 장을 자극하기 위해 갈랑트리에 지나치게 끌리는 성향을 꼬집는다. 그러나 장은 필요한 건 필요한 거라며 자신은 걱정하지 않는다고, 앞으로 두고 보라고 응수한다. 하지만 장은 글을 쓰면서 살롱의 동어반복 너머로 다른 감정을 느낀다. 때때로 무더기로 떠오르는 우아한 시구 사이사이로 문득 모든 작동이 느려지면서 한결 독특하고 한결 자유로운, 맨머리가 바람에 휘날리는 듯한 12음절 시구가 떠오르기도 한다.

당신과 멀리 떨어진 나의 영혼이 홀로 여위어간다

그는 마치 다른 사람이 쓴 시라도 되는 듯이 놀라고 매료된 얼굴로 자신이 지은 시를 낭독해본다. 이런 감정의 솟구침에 대해 그는 아무에게도 말하지 않는다. 니콜라에게조차도. 그가 중심

사랑이라는 생각에 유행보다 훨씬 큰 중요성을 부여한다는 사실도 말하지 않는다. 그걸 말하지 않는 건 표현할 말이 아직 부족해서이기도 하고, 그럴 만한 배짱도 습관도 없는 데다 아직은 그저 직감뿐이기 때문이다. 그는 생각한다. 문제는 신경 체계요, 시선이다. 사랑 안에서 인간을 고려하고 신경 임펄스를 배치해 무엇이 인간을 실제로 움직이게 하는지를 이해하는 방식에 던지는 시선. 어느 날 아침 그는 홀로 큰 노트를 펼쳐놓고 도표 하나를 그리고는 층위를 세 개로 나눈다.

먼저, 토대다.

포르루아얄은 그에게 구원의 희망도 은총도 없는 밤처럼 시커먼 영혼에 대한 비전을 감염시켰고, 오래전부터 그는 좀 더 쾌적한 삶을 살기 위해 그 비전을 일과 세월의 무게 아래 묻으려 애쓰고 있다. 그러나 그것은 그대로 남아 있다. 고모의 얼굴과 아몽의 야윈 몸, 달빛 아래 선 어린 후작의 형체까지 포개져 뒤엉킨 그림자처럼 남아 있다.

그 위층에서는 그가 해온 모든 독서가 내려다보고 있는데, 한탄 위로 몸을 숙인 디도의 얼굴이 두드러진다. 호메로스도 있고 여자들의 환심을 사려는 이들도 있지만, 사랑은 사람들의 마음을 갉아먹고 헛된 행복만 안길 뿐이다.

그는 자신에게 묻는다. 그럼 그 위에는, 그 위에는 뭐가 있지?

그는 어쩌다 과음했을 때 밤늦게, 드물게, 명료한 발음의 말을 모조리 빼앗긴 듯이 니콜라 앞에서 몸짓으로 설명하려 애쓴다. 자신이 느끼는 것을, 자신이 찾는 것을, 그를 지휘하고 부추기고 두들겨대는 어두운 생각들을 명확히 알지 못한 채 말하려 애쓴

다. 그럴 때마다 목소리가 나오지 않아 대개는 이렇게 탄식하고
만다.

한번도 경험하지 못한 것에 대해 어떻게 글을 쓰지?

작가라고 불릴 만한 작가라면 그런 가책은 품지 않아. 시가 언
제부터 삶에서 자양분을 취하지? 니콜라가 그에게 대답한다.

장은 동의한다. 그리고 잠시 마음을 놓고, 먼바다를 향해 멀어
지는 배처럼 생긴 3층짜리 그의 구조물을 본다. 자신이 기다란
흰색 직사각형으로 그려놓은, 어둡고 텅 빈 3층에서 눈을 떼지
못한다.

그러나 그는 친구의 조언을 좇아 중앙 체계라는 생각을 버리
고 관례에 순응하며 『알렉산드로스』를 마무리 짓는다. "수많은
국가, 수많은 바다가 우리를 갈라놓을 테고, 내게 죽고 싶은 마음
만 남길 것입니다……. 당신에 대한 기억을 내게서 앗아가겠지
요……." 그는 수정한다. "당신에 대한 기억을 곧 내게서 지우겠
지요." 그는 거듭 생각한다. 이건 이미지, 그저 이미지일 뿐이야.
다른 사람들의 것보다 때로는 더 슬프고 더 장엄한 이미지들. 그
게 전부야.

그는 살롱에서, 골목길에서 작품의 막들을 다듬고, 매일 저녁
독서를 이어간다. 낭독을 시작하자마자 마치 그가 최면을 거는
거미줄이라도 치는 것처럼 사람들의 눈길이 경직되고 대화가 중
단되는 걸 확인한다.

사실 난 이해했어. 네겐 의례에 대한 재능이 있어. 니콜라가 그
에게 설명한다.

몰리에르의 극단은 연이어 나흘 동안 큰 수익을 올린다. 장은 극장에서 사람들의 머리를 세고 얼굴 표정을 살피며 미소 짓긴 하지만, 첫날 저녁부터 거북함을 느낀다. 배우들의 입을 거치면서 그의 시는 밋밋하고 볼륨 없는, 그저 관례적인 문구로 변한다. 그에게 필요한 건 튼튼한 금고요, 외침과 울부짖음에 둘러싸인 목소리, 변호의 목소리인데 말이다. 니콜라는 자연미가 득이 되지 않는다는 데에는 동의하지만, 늘 그렇듯이 몰리에르에 대해 인내심과 감사하는 마음을 가지라고 그에게 조언한다. 둘째 날 저녁, 그는 극장 출입구에서 코르네유를 알아본다. 코르네유가 그 자리에 오리라고는 생각도 못했기에 그는 주눅 든 표정으로 우물쭈물 다가간다. 그렇지만 늙은 작가의 거만한 태도 아래로 위협받는 동물처럼 겁에 질린 흥분을 간파한다. 당연한 일이다. 장이 바라는 건 오로지 코르네유의 자리를 차지하는 것이기 때문이다. 온종일 그는 코르네유를 부러워하고, 꿈에서조차 인정받지 못해 분투하며 땀에 흠뻑 젖은 채 깨어난다. 그는 극장의 웅성거림 속에서 그가 줄거리보다는 시에 훨씬 재능이 있다고 말하는 코르네유의 목소리를 들은 것 같다. 그런 말을 할 때 코르네유의 늙은 턱은 떨렸지만 눈만큼은 세월의 우위를 지키고 있었다. 코르네유의 그 불확실한 선고는 그 후 장의 머리를 떠나지 않는다. 이어지는 날들 동안 코르네유의 말은 잠재적 위험을 품고 그의 몸짓과 생각을 휘감는다. 그리고 장은 모든 위협을 맞닥뜨릴 때처럼 스스로 취약하면서도 동시에 의지가 확고하다고 느낀다.

며칠 뒤 부르고뉴 극단이 왕 앞에서 그의 『알렉산드로스』를 공연해 모두를 깜짝 놀라게 만든다. 이번에 왕은 그를 머리부터 발끝까지 훑어본다. 두 사람이 나눈 눈길은 일종의 교신 같다. 어떤 몸과 그 그림자와의 교신. 장은 허리 아래에서 타는 듯한 감각을 느낀다. 그가 몰리에르에게 등을 돌리는 술수를 부린 것이 옳은지 잘못한 것인지 묻는 질문에 대한 답을 그는 알고 있다. 니콜라는 팔레루아얄의 흥행 수입이 날이 갈수록 무너지고 있다며 반대하지만 말이다. 장은 자신의 기쁨을 경감시킬 모든 일에 초연한 채 여느 때보다 폭음을 한다. 이제 그는 몰리에르의 극장에 가지 않고, 거의 비어 있는 객석 앞에서 학살당하는 그의 시를 상상하기조차 거부한다. 그저 한 가지 조급한 마음뿐이다. 수익이 너무 많이 떨어져서 극단에서 그의 작품을 완전히 내리길 바라는 것이다. 그의 이름은 권위를 얻고, 그의 배반 감각으로 한층 더 커진 위협의 힘을 얻는다.

이제 설득되었나? 장이 니콜라에게 묻는다. 왕에게는 자신을 알아보게 해줄 뛰어난 비극 작가가 필요했던 거야.

확실히 그런 것 같군.

비극은 자연미와 잘 맞지 않아.

넌 몰리에르의 자연미를 아주 좋아하잖아…….

그 사람에게는 나름의 한계가 있지.

왕의 한계?

아니, 의례의 한계지. 네가 나한테 그렇게 말했잖아.

니콜라는 자신이 나서서 몰리에르에게 그에 대해 잘 말해보겠다고 하지만 장은 아무런 용서도 바라지 않는다. 어쨌든 그는 떠들썩한 저주에 길들어 있었다. 니콜라는 무리의 적개심을 조심하라고, 코르네유와 몰리에르가 혹시라도 동맹을 맺을지 모르니 조심하라고 경고한다. 여기저기서 들려오는 소리, 장이 사랑을 지나치게 앞세운다는 소리는 신경 쓰지 않더라도. 그의 『알렉산드로스』는 그가 제대로 무장시키지 못한, 감미롭고 들척지근한 시를 목구멍까지 잔뜩 채운, 사랑에 빠진 남자에 불과할 것이다. 이 비난은 파벌의 폭력을 뛰어넘고 그의 남성성을 자극한다. 그래서 그는 사랑의 밤을 이어간다. 그는 여자들의 품속에서 자신을 설득하려고, 일종의 독을, 마약을 자신에게 접종하려고 애쓰고, 새로운 신경을 갖추려고 애쓰지만, 아무리 기를 써도 어떤 것에도 이르지 못한다. 그의 육신은 번번이 붙잡히고, 번번이 잊고, 무장을 해제하고, 쓰라림도 회한도 없이 먹잇감을 놓친다. 장은 줄곧 시와 삶의 관계의 본질이 무엇일까 생각한다.

쓰려면 느껴야 할까, 아니면 그 반대일까?

너는 무의미한 뉘앙스에 너무 민감해! 니콜라가 벌컥 화를 낸다. 예수회식으로 생각하기 시작했어!

여자 하나와 남자 둘, 세 형체가 거닐고 있다. 그들 주위로 수많은 군중이 동요한다. 장은 두 남자와 같은 속도로 걷고 있고, 여자는 비틀거린다. 장이 그녀의 팔을 붙들고 그녀를 알아본다. 그의 어린 시절의 여왕, 고통스러운 여인, 불미스러운 디도다. 사방에서 그녀에게 격렬한 비난을 쏟아낸다. 그녀는 아녜스를 닮은 듯하다. 더 젊은 시절, 그의 이마에 이마를 맞대던 시절의 아녜스를. 그는 두 남자를 뚫어져라 응시한다. 몰리에르와 코르네유다. 그들은 늙고 지쳤으며 병색이 완연하다. 여왕은 말을 하는 게 아니라 울부짖는다. 그녀의 몸은 무겁고, 눈길은 아무것도 보지 못한다. 그녀는 침대에 쓰러져 운다. 그녀의 울음은 말보다 명료하다. 그 울음은 운각에 맞춰 간간이 빨라지기도 하며 리듬감 있게 똑똑 흐른다. 두 늙은 작가는 그녀를 외면하지만, 장은 그녀의 머리맡에 앉는다. 그리고 *다가오는 죽음에 창백해진다pallida morte futura*. 여왕은 무언가를 잃어버렸다고 말한다. 그녀는 아이네아스를 향한 자신의 사랑에 대해, 죽고 싶은 욕구에 대해 말한다. 그녀의 탄식은 조금도 달짝지근하지 않다. 정반대다. 장은 깊은 동굴에서 나오는 것 같은, 그렇게 울림 있고 강력한 소리를 들어본 적이 없다. 아침이 되자 모든 형체는 사라졌지만 공기는 아직 흐느낌으로 진동한다.

이어지는 날들 동안 장은 대화 도중에 눈을 감고, 그 임종의 순간에서 몇 가지 조각이라도 포착하려고 집중한다. 그 장중하고 경이로운 소리가 날아가지 못하게 머리맡에 붙잡아두려고.

『알렉산드로스』가 출간되자 포르루아얄은 격노한다. 장의 이름은 결코 거론되지 않지만 모든 것이 그를 겨냥한다. 심지어 영적 살인자라는 비난까지 쏟아진다. 소식이 전해질 때마다 그는 양쪽에서 뜯겨나가는 자신의 갈비뼈에 눈길을 고정하고 소식을 꾸역꾸역 삼킨다. 단순히 파문시키겠다는 위협이 전해졌을 때 다행히 그의 충실한 사촌이 그를 감싼다. 다만 그에 대한 수도원의 완고한 태도가 왕이나 교황과의 모든 타협을 거부할 때와 동일하며, 그에게만 보이는 태도가 아니라는 사실을 확인하고서야 그는 마음이 조금 진정된다. 그는 생각한다. 저들은 결국 저 완고함 때문에 죽고 말 거야. 그러자 배은망덕하다는 생각이 그를 아프게 물어뜯는다. 그러나 그 생각은 이내 일상의 박공에서 번쩍이는 눈부신 빛에 뒤덮이고 만다. 야심가들과 허영심 많은 자들 곁에 서지 않고 어떻게 영광을 말할까? 어느 날 그가 이제는 자신이 한 인간이 아니라 하나의 이름이라는 생각을 하고 열광했던 걸 어떻게 설명할까? 하나의 국가처럼 거대한 이름. 호메로스처럼, 베르길리우스처럼. 이따금 밤이 내리면 장은 새벽부터 시작되는 이지러짐의 원무에, 고리들의 교대에 기진맥진한다. 그의 온 영혼을 끌어들여야 하는 고리들, 결코 동일한 직경을 갖지 않는 고리들, 때로는 넓고 안락하고, 때로는 좁아서 숨 막힐 정도인 고리들. 때로는 밝고, 때로는 어두운. 영광, 배은망덕, 영광, 배은망덕, 영광이라는 고리가 구토가 나올 만큼 되풀이된다……

뒤파르크, 뒤파르크, 뒤파르크.

그는 그녀의 이름을 거듭 되뇐다. 그녀의 미소, 그녀의 기품과 상충되는 그 남성적인 울림이 좋아서다. 우아하고 매력적이고 배려 깊은 그녀가 여기 있다. 그녀는 주목받는 여배우다. 장이 새롭게 명성을 얻자 그녀는 그의 말을 듣고, 그의 작품을 연기하고 싶어한다. 장도 거부하지 않는다.

처음에는 가벼운 매혹이었으나 며칠이 지나자 장은 밤에 잠에서 깬다. 글을 쓰기 위해서도 아니고 책을 읽기 위해서도 아니다. 배가 욱신욱신 아파서, 생각이 바다에 빠지듯 온통 그쪽으로 쏠려 돌처럼 굳는 것 같다. 그는 위를 꾹꾹 눌러보지만 조금도 나아지지 않는다. 어둠 속에서 다시 일어나 방 안을 서성이며 그녀가 무얼 하는지, 혼자인지 아니면 다른 남자의 침대 속에 있는지, 자신이 미치거나 바보가 되어가고 있는 건 아닌지 생각한다. 아침이 되자 그는 서둘러 그녀의 집으로 달려가 불안한 질문들

151

을 쏟아내고, 이렇게 이른 시간에 불쑥 찾아와 미안하다고 하며 자기 행동이 지나쳤다고 말한다. 그러곤 그녀를 끌어안으며 사랑한다고 말하고 만다. 하지만 다음 날 밤이 되자 다시 시작된다. 그것이 요염한 여자라는 그녀의 평판 때문인지, 아니면 그가 포옹할 때 그녀가 살짝 경직되는 걸 느껴서인지는 알지 못한다. 그럴 때면 그녀는 그의 품에 몸을 맡기고 그의 상체에 젖가슴을 밀착하며 입술을 내민다. 그러나 그 몸짓과 격정 속에서 그는 어렴풋한 머뭇거림을, 그녀가 그에게서 영원히 떠나버릴 가능성을 감지한다. 그가 용기 내어 그 말을 하자 그녀는 그에게 완전히 안심해도 된다고 말한다. 그는 스스로 부끄럽다고 느끼며 자신의 직감이 기우였을 뿐이라고 인정한다. 누구나 사랑하는 것을 잃을까봐 늘 두려워하기 때문이다.

그런데 누가 당신에게 상실을 얘기한답니까? 그녀가 웃으며 외친다.

그 웃음에서 그는, 괴로워하며 의심하는 자신을 보며 그녀가 즐거워한다는 사실을 확인한다. 두 사람이 만나자마자 그녀는 고양이에게 장난이라도 치듯 장차 그녀가 곁에 없을 때를 가정한다. 그는 도덕이 더 이상 들어오지 못하는 고리 속에 틀어박힌다. 그와 마찬가지로 그녀도 그를 보는 게 기쁜지, 그를 갈망하는지를 아느냐에 따라 교체가 결정되는 고리 말이다. 평등은 강박관념이 되고, 만족을 모르는 추구가 되고, 그의 일상의 뱃머리가 된다. 그는 펜을 사용하지 않고 그저 바라보고 몽상하고, 쪽지를 끄적거리고, 일어나고, 대답을 너무 오래 기다려야 한다는 생각에 발끈 화를 내고, 옷을 입고, 그녀를 찾아가고, 다시 생각을 고쳐먹는 자신을 보고 놀란다. 그는 친구들을 위해서도 시간을 내지 않고, 이따금 왕의 존재마저 잊어버려 그의 새로운 불평을 전혀 이해하지 못하는 니콜라를 난감하게 만든다. 부재는 채울 수 없으며 그저 두 손으로 허공을 휘저을 수 있을 뿐인데, 그래봐야 자기 손가락의 살갗만 접촉할 뿐이라고, 장은 제 손가락을 바라보며 말한다. 생각에는 손이 있어 서로 밀어주고 앞서거니 뒤서거니 한다. 정신은 몸짓을 하려는 경향, 무질서하게 움직이려는 경향을 보이는데, 그는 마음이 동요하지 않도록 그것이 보다 전략적인 몸짓이길 바란다. 하지만 정신은 이성의 지령에 반항하는 야생동물이 되었다. 니콜라는 걱정이 되어 이따금 뒤파르크에 대한 그의 열정을 자제시키려 해보지만, 장은 그녀에게 놀라운 기품이, 매력이, 피상적인 자질이 있다고 즉각 응수한다. 니콜라는 말을 중단하고 그가 말을 계속하도록 내버려두지만 그는 하던 말의 끈을 되찾지 못한다. 어떤 환영, 어떤 몸짓, 어떤 태도, 어떤 배경, 그녀가 말한 무언가에 대한 기억이 끼어드는 것이다. 그는 자신의 정신이 그렇게 하루에도 여러 차례 미혹에, 억측에 빠져든다는 걸 털어놓지 않는다. 그는 사랑받지 못하고 축출될 것이다. 그녀가 더는 그를 보고 싶어하지 않을 것이며, 그의 혈관 속에서 펄떡이는 열정을 그녀는 결코 갖지 못할 것이기 때문이다. 그는 너무도 괴로워하다가 그녀를 원망하고, 그녀가 그에게서 벗어나는 걸 보느니 차라리 그녀가 죽기를, 아니면 그가 그녀의 발톱에 잡혔듯이 누군가의 발톱에 잡혀 추하게 병들기를 바란다. 그는 탄식한다. 그를 옴짝달싹 못하게 붙잡은 집게의 눈에 온정은 그저 망상에 불과하다. 사람들이 사랑이라고 부르는 것은 감미롭지도 다정하지도 않으며, 증오보다 사랑에 더 가까운 건 없다. 그는 사랑하는 마음으로 자신이 사랑하는 사람들의 행복을 바란다는 말보다 더 어리석은 말은 들어본 적이 없다. 이게 내가 앓고 있는 병이야. 그가 덧붙인다. 니콜라는 연민 어린 얼굴로 고개를 끄덕인다.

그는 새 작품으로 그녀와 함께 작업하면서 그녀에게 열 번, 스무 번 같은 시를 다시 낭송하게 하지만, 그녀는 조금도 그를 원망하지 않고 성난 눈길조차 던지지 않는다. 그녀가 그를 사랑한다면 그런 배려 없는 태도를 견디지 못했을 것이다. 그는 버럭 화를 내며 그녀의 무심함을 질책한다. 그녀는 그건 사랑과 아무 상관 없는 일이라고 여러 차례 외치며, 그는 가장 위대한 작가이므로 자신을 가장 위대한 여배우로 만들어줄 거라고 말한다. 그는 그 조합에, 두 사람이 이룰 위대한 작가와 여배우라는 멋진 짝에 도취된다. 매번 연습이 끝나면 그는 자기 시를 다시 쓰고, 그 시에 영감을 불어넣어준 베르길리우스의 짧은 시구에 빠져들어 몇 시간 동안 자신의 번역을 다듬다가 그녀에게 특별한 쪽지를 보낸다. "사랑은 한 영혼 속에 가두는 불이 아니다. 모든 것이 우리를 배반한다. 목소리, 침묵, 눈길……." 그녀는 이렇게 아름다운 시는 읽은 적이 없다고 대답한다.

시간이 흐르자 두 사람은 대중 앞에, 살롱에, 도시 거리에 공공연히 모습을 드러낸다. 장은 한껏 거드름을 피운다. 모두가 탐내는 여인을 품에 끼고 있고, 어쩌면 그녀가 그에게는 마침내 지조를 지킬지도 모른다고 여기저기서 속닥이기 때문이다.

부활절에 뒤파르크는 몰리에르의 극단을 떠나 부르고뉴 극단으로 옮겨온다. '그의' 비극 작품을 연기하기 위해서다. 장은 미칠 듯이 기뻐한다. 그래서 그는 두 층위로 삶을 살 수 있다는 걸 인식한다. 표면과 깊이라는 두 개의 층위로. 한 번의 성공, 한 번의 자만심이면 충분하다. 우리는 표피에만 머물기로 선택할 수 있다. 표피는 고통도 실패도 막지 못하지만 최악의 상황으로부터 지켜준다. 그는 그 최악이 무엇인지는 정확하게 명명하지 못하지만 그것을 자기 작품에 담고, 때에 따라 고체나 액체처럼 그것을 던져 넣고, 자신 이전에는 누구도 그것을 그런 식으로 담지 못했다고 생각한다. 이따금 그녀는 다른 여자인 에르미온이 더 아름답고 멋진 역할인 것 같다고 말하지만 그는 뜻을 굽히지 않는다. 그녀는 앙드로마크를 연기하게 될 것이다.

왜죠? 그녀가 고집스레 묻는다. 그 여자는 대사도 거의 없잖아요…….

다른 여자 역할에는 당신이 갖고 있지 않은 것이 필요하기 때문이오.

아, 그래요? 그게 뭔데요? 제 재능을 의심하세요?

아니, 당신의 재능과는 아무 상관 없어요. 불행히도 그 여자가 겪는 걸 당신은 아직 겪지 않았기 때문이오.

당신 생각이 틀렸어요.

내게 입증해봐요.

장은 자신이 솔직하지 않다는 걸 안다. 에르미온을 연기할 여배우라고 결코 재능이 더 많은 건 아니지만, 그는 동원할 수 있는 수단은 모조리 동원해 그녀를 만족시키지 않음으로써 그녀가 애걸하게 만든다. 그러자 그녀는 알고 있는 온갖 애무의 기교를 발휘하지만, 두 사람이 육체적 탐닉을 끝내고 그녀가 사랑의 탄식 후에 쾌활한 목소리로 말하는 소리를 듣는 순간 그는 일어나 옷매무새를 고치고는 냉랭한 표정으로 그저 이렇게 말할 뿐이다.

앙드로마크의 덕성에 침울한 뉘앙스를 조금 주도록 해요. 그렇게만 해도 아주 좋을 거요! 그 여자는 배후 조종자이고 유아 살해자요. 난 관객이 그녀의 울음에서 칼부림 소리를 듣길 원해요.

그러고도 뒤파르크가 당혹스런 얼굴로 그를 바라보는 동안 그는 자신이 얼마나 난폭해질 수 있는지, 모든 인간이 얼마나 난폭해질 수 있는지를 그녀가 이해했다고 생각하지 않는다.

하긴 당신의 에르미온은 키만 크고 거만하고 버릇없이 자란 여자일 뿐이죠! 누가 그런 여자를 원하겠어요? 그녀가 매섭게 외친다.

연습 때 두 사람은 그녀가 장이 원하는 대로 낭송하지 못하는 두 구절을 끊임없이 되풀이한다.

"운명은 다른 곳이 아니라 이곳으로 나를 유배 보냈어요……. 그가 불행 가운데서도 행복하도록……." 알아듣겠어요? "그가 불행 가운데서도 행복하도록……." 힘을 줘요, 목소리를 내요. 사람들에게 들리도록. 저 순수한 앙드로마크가 어떻게 배신을 하는지 사람들이 보도록 말이오. 누구도 배신에서 벗어나지 못한다는 걸, 어떻게 그녀가 적의 품에 안기게 되는지 보도록…….

당신의 12음절 시구 때문이에요! 그게 뉘앙스를 모두 가려요.

그게 나아요. 그러라고 쓴 거니까! 그 속에서 길을 찾아 의미를 밖으로 끌어내는 게 당신 역할이오!

당신이 직접 보여주면 좋겠어요.

이봐요, 마담, 위대한 비극 전문 여배우는 당신이잖아요. 모든 여배우들 가운데 가장 위대한 여배우, 안 그래요? 자, 다시 해봐요…….

그녀는 숨을 들이쉬고 연기에 몰입한다. 그러나 그는 다시 인상을 찌푸리고 코를 찡그린다.

내 말 들어봐요. 당신한테 도움이 될 수 있을지 모르겠는데, 마지막을 생각해봐요. 피로스가 죽을 때 앙드로마크는 에르미온에게 자신이 그에게 무관심하지 않았다고 털어놓을 거요. 그녀가 그 도시 방화범을, 그 공공연한 적을, 그래요, 사랑한다고 말이오! 지금부터는 이렇게 돌변하는 소리를 듣고 싶어요. 너무 새하얀 앙드로마크를 보여주지 말아요. 조금 더럽혀봐요.

하지만 그건 불가능해요…….

그녀가 매료되었다고 하잖아요. 앙드로마크가 피로스를 사랑한단 말이오. 사랑은 아무 때고 끼어들어 모든 순수성을 타락시키지요.

당신이 그걸 어떻게 알죠?

장은 그녀의 눈 속에서 당혹감이, 두려움이 번득이고, 이 모든 연습의 진짜 목적이 무엇일까 생각하는 걸 보았다. 이후로 그녀는 다시 고쳐서 대사를 좀 더 정확하게 조제하고, 시구를 더 깊은 곳까지 뒤져 감춰진 음색을 울리게 한다. 그녀는 땀을 흘리며 몸짓을 지나치게 많이 하는데, 장은 몸짓을 싫어한다. 그녀가 한 손을 올리면 그가 다가가 거세게 그 손을 잡고 동작을 가로막는다. 그는 모든 것이 호흡 속에, 낭송법 속에 있다고, 비극은 평범한 존재들이 아니라 영웅들을 보여주는 것이며, 인간의 삶을 이루는 모든 몸짓은 쓸모없는 것이라고 수차례 말한다. 그는 순수하고 치밀한 몸을 꿈꾼다. 리듬에 맞춰 몸짓 없이 온전히 움직이는 몸을.

  당신이 에르미온을 연기한다면 간질 환자로 만들어놓을 거요, 라고 그는 잘라 말한다.

왕은 플랑드르 지방을 정복하고 싶어한다. 병력을 5만에서 8만 2천 명으로 육성하고, 그 병력을 콩데의 지휘 아래 둔다. 아직은 전선에 나가지 않지만 곧 닥칠 일이다. 장은 춤추기를 좋아하고 시를 좋아하는 그 청년 왕이 언젠가 진흙과 피를 뒤집어쓰는 모습을 쉽게 상상하지 못한다. 어쨌든 누구나 제 작전 영역이 있는 법이라고 생각한다. 우리가 함께 나아간다면 왕이 새로운 나라를 정복할 때마다 곳곳에서 나의 작품이 공연될 것이다. 그래서 내가 사람들의 정신을 지배하는 동안 왕은 사람들의 몸의 주인이 될 것이다. 이런 역할 분담을 그는 자신에게 불리하다고 느낄 수도 있을 텐데 오히려 그 반대다. 이 비교가 그의 생각을 너무도 세차게 후려쳐서 그는 오직 대칭에만 사로잡혀, 왕의 행동과 자신의 행동의 등치관계를 자세히 설명하지 않고 깐깐히 따지지 않는다.

나는 눈물 흘리게 할 것이고, 왕은 피 흘리게 할 거요. 그는 뒤파르크에게 털어놓는다.

그녀는 미소 지으며 다가와 머뭇거림도 조롱도 없이 자신을 내준다. 겸손은 득이 되지 않아. 그는 생각한다.

『앙드로마크』라는 새 작품에 대해 사방에서 얘기한다. 그 어조며 장엄함, 그 심오한 인물들, 그리고 에르미온과 오레스트의 행위를 중심으로 무대가 꾸며지는데도 앙드로마크와 피로스를 영웅으로 보이게 만드는 그 천재적 술수에 대한 얘기들이다. 사람들은 앙드로마크의 애가를, 그녀의 한결같은 사랑을 칭송한다. 사람들은 독특한 언어로 말하기 시작한다. 니콜라는 훨씬 미적지근한 말도 그에게 전한다. 그의 에르미온보다 더 고약한 연인은 본 적 없으며, 오레스트만큼 병든 정신은 본 적 없다는 말이다. 아무리 그래도 두 영웅을 초라한 인물로 다루다니.

그렇지만 사람들은 감동받았잖아? 장이 역정을 내며 말한다.

그래. 니콜라가 대답한다. 특히 여자들이 그렇지. 심지어 네 안에 여자가 들어 있는 것 같다고들 말하기도 해.

차라리 잘됐다. 그의 세 번째 층에 이제는 누군가 살고 있다는 증거가 되니까. 디도 혼자만이 그곳을 헤매는 게 아니라 다른 형체가 그곳을 서성인다는 증거다. 약간은 그이기도 하고, 약간은 다른 사람이기도 한 형체 말이다. 그는 자기 극작품 속에 그가 한 독서들, 그의 모델들, 그의 야심들이, 그리고 무엇보다 육신이, 상처 입고 기뻐하고 초조해하는 진짜 인간의 육신이 우러나온다는 걸 안다.

160

그러나 장은 그런 말을 하지 않는다. 그저 변함없이 그를 지지하는 니콜라에게 고마워하고, 그녀가 다른 남자와 함께 있으며 그에게 오지 않을 것이고, 계속해서 그에게 거짓말을 하리라는 생각에 괴로워하고 번민할 때면 여전히 니콜라를 피한다. 아무 핑계나 내세워 자신이 아프고 구토가 나며 두통이 있다고 말하게 한다. 그는 오직 그녀 말고는 아무도 보고 싶지 않은데, 그녀는 찾아오지 않는다. 무엇도 그를 진정시키지 못한다. 오비디우스도 세네카도, 그의 12음절 시를 칭찬하는 잡지도. 그가 불행한데 영광이 다 무슨 소용인가? 그는 그녀가 그를 위한 것이 아닌 애무를 다른 사람들에게 하지 못하도록 그녀에게서 팔도 다리도 없어지길 점점 더 바란다. 이 매춘부, 이 행실 나쁜 여자. 그의 생각은 거친 속옷처럼 살갗과 마찰한다. 그는 노발대발하는 영혼, 발가벗듯이 낭송하게 하는 이 영혼의 집요한 괴롭힘을 무대 위에서 보여주는 데 성공했다. 사랑은 광기에, 완전한 정신 이상에 이르게 할 수 있다. 오레스트가 말하듯, 머리 위에서 수천 마리 뱀이 쉭쉭거리는 환각을 일으킬 수 있다. 그는 그런 극한을 가능하다고 생각하고, 하루에도 백 번씩 그를 죄어오는 그 불안의 연장선에서 멀지만 가까운, 안개 속에 모습을 감춘 곳처럼 본다. 그는 생각한다. 힐끗 보기만 해도 충분히 이해하고 예상할 수 있다. 이쪽에서 저쪽으로 가로지르지 않아도, 다만 힐끗 보고 고통의 시작만 느껴도 충분히 알 수 있다.

에르미온이 4막 마지막에 쓰러지는 걸 볼 때마다 그는 다음 작품에서는 속임수 따위에 신경 쓰지 않고 그녀를 주인공으로, 복수한 것에도 기뻐하지 않고 가슴을 풀어헤치고 포효하는 사랑에 빠진 여자로 삼고 줄거리를 다르게 구성할 수 있을까 생각한다. 그런 여주인공에게 영예 따위는 코르네유의 여주인공들로 인해

속이 비칠 정도로 낡아빠진 옷에 지나지 않는다. 어쨌든 당장은 그다지 나쁘지 않아. 매일 저녁 무대를 떠나며 그의 연인이 그에게 감정 상한 눈길을 던지자 장은 그렇게 혼잣말을 한다. 최고의 여배우는 앙드로마크가 아니라 에르미온을 맡는다는 사실을 그녀도 알고, 그가 그 역할을 그녀에게 맡기길 기대하지만 그러지 않으리라는 것도 알기 때문이다.

궁정 사람들 앞에서 초연을 하고 한 달 뒤, 오레스트를 연기했던 배우가 심장 발작으로 사망한다. 그는 예순이 넘은, 덩치 크고 뚱뚱한 남자로 30년 넘게 무대에서 숨차도록 연기를 해왔지만 그에게 그런 광적인 연기를 떠맡긴 작가는 없었다. 오레스트의 격렬한 분노가 그를 죽였다는 소문이 사방으로 퍼진다. 장은 상심하지만 어깨에 한층 더 힘이 들어간다. 그는 그녀를 찾아가 애정이나 연민의 시간도 갖지 않고 격렬하게 그녀에게 덤벼들어, 그가 그녀를 찢어버릴 수도 있다는 걸 느끼게 한다. 그리고 그녀의 항의도 헐떡거리는 숨소리도 듣지 않고, 아름다운 얼굴조차 보지 않으려고 그녀를 돌려세운다. 그는 뒤에서 교접하고 싶어한다. 그는 점점 더 허리를 거세게 놀려, 그녀가 그의 마음에 상처 입혔듯이 그녀의 육신에 상처 입히고 피 냄새를 맡으며 웃는다. 이제 그 혼자만이 힘을 가졌다. 배우를 죽게 만드는 힘 말이다. 게다가 여배우라면 금상첨화다.

그 죽음의 비극이 그의 작품에는 득이 된다. 서른 번 넘는 공연이 이어진다. 니콜라는 1668년을 『앙드로마크』의 해라고 사방에 외치고 다닌다. 몰리에르도 장의 인물들의 흉책과 열정을 과장해 요란하고 어수선한 시로 말하게 하는 패러디를 그의 극장에서 공연하게 하는 즐거움을 포기하지 못할 정도다. 장은 자신에 관해 잡지들에서 마구 써대는 새로운 표현, '종잡을 수 없는 말'이라는 표현에 화가 나서 생각한다. 이건 공명정대한 전쟁이야. 사람들은 그가 애매한 표현들을 마구 써대서 프랑스어의 순수성과 이해력에 족쇄를 채웠다고 비난한다. 그리고 니콜라는 선행사가 모호한 관계대명사들, 불명확한 소유형용사들, 잘못 구성된 동사들을 집어낸다. 장은 고개를 저으며 논거를 제시하고, 자기 구문을 변명하고, 언어 분야에서는 니콜라가 대단히 엄밀하다는 걸 알면서도 자기 글의 명료성을 주장한다.

나는 더 순수한 언어를 꿈꾸고 있는 것 같아. 장이 털어놓는다.

그가 크게 성공하자 그의 연인이 달라진다. 그녀는 이제 그를 기다리게 하지 않고, 약속도 취소하지 않고, 거만함 없이 언제든 동의하려는 공손한 태도로 그를 바라본다. 몇 주 동안 그는 완벽한 조화를 만끽하고, 디도를 그의 마음속 3층의 고독 속에 다시 방치한다. 어느 날 아침, 뒤파르크가 그에게 임신 사실을 알린다. 그는 몸을 숙여 그녀의 배에 입을 맞춘다. 마치 손바닥으로 모든 결함을 덮듯이. 그날 저녁 그녀가 곁에서 잠든 동안, 그는 망연자실한 눈길로 어둠을 뚫어져라 쳐다보며 자신이 애가의 성향을 되찾을 수 있을까 생각한다. 이제 그의 발은 평평한 땅을, 모든 것이 자리 잡았고, 그 무엇도 침몰하지 않고 꺼지지 않는 땅을 밟고 있는 것 같았기 때문이다. 오비디우스와 소포클레스의 글들도 그걸 바꾸지는 못한다. 그는 집착하지 않고 희극 한 편을 쓰기로 결심한다. 그러면 그의 명성은 유연성까지 얻게 될 것이다.

코르네유의 명성처럼. 장르의 경계를 겁내지 않는 모든 이들의 명성처럼. 위대한 시인은 모든 것을 쓸 줄 알아야 한다. 몰리에르가 그에 맞서 그 신의 없는 패러디를 썼으니, 그도 상대의 진영에 진입할 수 있다는 사실을 그에게 보여줘야 하는 건 차치하고라도. 그러나 기이하게도 그는 종종 거북한 감정에 사로잡힌다. 마치 안전그물도 없이, 지지대도 없이, 무반주로 작업하는 것 같은 기분이다. 그러면 그는 책상을 떠나 그녀를 찾아가 그녀의 살갗 냄새를 맡고, 그녀의 가슴에 얼굴을 묻고, 이중으로 살아 있는 그 피조물에 은신한다. 이를테면 그는 글쓰기를 그만두고 그저 평민이, 그저 다른 사람들처럼 될 수도 있었을 것이다. 그녀가 몇 주 뒤에 그에게 두 번째 통보를 할 때까지는. 아이를 낳지 않을 거라는 통보였다. 무너지는 백일몽 앞에서 그는 아무 말 않고 고개를 숙인 채 지지를 표해 그녀를 안심시킨다.

장은 집에서 불안하게 기다린다. 그가 새하얀 그녀를 온전히 품었던 침대보의 모양을 뚫어져라 쳐다보며. 그 침대에서 그는 암탉처럼 더럽혀지고 속이 비워진 그녀를 다시 만나게 될 것이다. 시간이 흐른다. 그녀는 길어질지 모르니 기별하기 전까지는 오지 말라고 그에게 말했었다. 이튿날 저녁 그는 뒤파르크가 살아남지 못했다는 소식을 듣는다. 다리에서 열기가 올라와 그의 허리가, 갈비뼈가 화끈거린다. 순식간에 그는 불타는 나무와 해골이 된다.

그의 고통은 우회 방법을, 술책을 찾아서 그가 꿈을 꾼 것이고, 곧 그녀를 되찾게 될 거라고 그를 설득한다. 혹은 그녀와 더불어 행복은 겨우 몇 주밖에 맛보지 못한 반면, 불행은 아주 길게 몇 달이나 겪지 않았느냐고 그를 설득한다. 어떤 날 아침에 일어나면 그는 얼굴 대신 그저 저녁까지 피 흘리고 눈물 흘리는 상처뿐이다. 겨우 잠이 들었다가도 그녀 없는 날들에 대한 혐오감에 사로잡혀 토할 듯이 눈을 부릅뜬다. 부어오른 눈꺼풀 사이로 너무 하얗고 성가시게 생생한 빛줄기가 새어 들면, 그는 이내 다시 눈을 감거나 눈물을 흘려 그 침입을 밀어낸다. 일하는 것만이 그의 고통을 틀어막고, 그의 정신을 충분히 강하게 죄어 기억도 후회도 떠오르지 않게 해준다. 그는 다른 사람들 앞에서는 자신을 제어하고 슬픔을 감춘다. 니콜라와 함께 있을 때만 빼고. 어느 날 저녁, 그는 니콜라에게 자신이 황무지가 된 것 같다고 털어놓는다.

그런 성공과 영예를 얻고도?

그러고도.

장은 자신을 위로하기 위해 비교해본다. 이를테면 디도의 방황이 자신의 방황보다 훨씬 더 고통스러웠다고 거듭 말한다. 죽음이 사랑하는 사람을 데려갈 때는 그래도 다른 건 아무것도 앗아가지 못한다. 반면에 순수한 버림은 첫 맹세에 거짓의 검은 빛을 던지며 별안간 당신을 거기서 끌어낸다. 비장하다. 하지만 그는 달리 아무것도 찾지 못한다. 자기 고통을 여주인공의 고통에 비교하고, 두 고통을 재고, 현실을 견디기 위해 허구를 이용할 뿐이다. 따라서 그는 오래된 외투 속에 몸을 웅크리듯 『아이네이스』 제4권으로 돌아간다. 예전에 알았더라면……. 그가 책을 펼칠 때마다 느끼는 흥분과 두려움이 언젠가 그에게 위로가 될 것이라는 사실을 어린 시절에 알았더라면 스승들 앞에서 죄책감을 덜 느꼈을 것이다. 하지만 하느님이 빠진 이 외로움에 대해, 죄지은 여자로 인한 이 비탄에 대해 그의 스승들은 뭐라고 했을까? 틀림없이 그는 이미 알았을 것이다. 디도의 탄식이 그의 내면에 쌍둥이 같은 우호적인 메아리를 울린다는 걸, 자신이 마음속 깊이 그녀의 편이라는 걸 아주 일찍부터 느꼈을 것이다. 그는 온종일 자신의 평가를 되씹으며 정신과 마음에 새 바람이 불게끔 해보지만 아무것도 고정시키지는 못한다. 그렇지만 그 고통에 자신의 말을 붙여낸다면 그는 해독제를 만들고, 필요할 때마다 그 해독제로 돌아올 줄 알게 될 것이다. 이런저런 슬픔이 그를 덮칠 때마다. 그의 해독제이자 온 세상 사람을 위한 해독제. 장은 혼잣말을 한다. 배신당한 사랑에 관한 비극을 쓰는 거야, 버림받았을 때 느끼는 순수한 슬픔, 그 숨 막힘, 5막 동안 오직 그것만 쓰는 거야, 그래, 그저 그 숨 막힘만으로 베르길리우스를 뛰어넘는 거야.

왕이 마침내 몰리에르의 『타르튀프』 공연을 허락했다. 이런 사건을 장이 놓칠 수는 없다. 슬프건 말건, 하고 니콜라가 덧붙여 말한다. 몸치장을 하는 동작 하나하나가, 묶는 리본 하나하나가 그녀는 무대에 오르지 않을 것이며, 그가 다른 사람들을 위해 치장하고 있는 중이라는 사실을 환기한다. 장은 혼잣말을 한다. 이런 게 인생이야. 온종일 울고도 저녁에는 연극을 보러 가는 거지. 그는 극장에서 코르네유와 키노와 마주치자 미소 짓고, 여러 손에 입 맞추고, 새 살갗 냄새를, 새 향수 냄새를 맡는다. 심지어 몰리에르에게 치하의 말을 하는 대담함까지 보인다. 그는 그 모든 경쟁에 흥미를 보이고 힘을 얻는다. 다만 그가 그 축연의 중심에 있었다면, 그가 가장 숭배받는 인물이었다면 아마 그의 상처는 치유되었을 것이다. 니콜라는 그건 오직 그에게 달린 문제라고 말한다. 그러자 이튿날 당장 그는 로마 이야기 한 편을 찾아내 버림받음에 관한 계획을 미루고, 일거양득의 도전을 시작한다. 기분 전환도 하고, 코르네유의 영역에서 코르네유를 이기는 도전을. 그러나 그는 자신이 찾아낸 소재로 잔혹성과 고통이 농축된 작품을 구상하고, 눈물 나도록 사랑하는 연인을 만들어낸다. 사랑의 광기에 압축하는 기쁨이 더해진다. 아마도 그는 부재와 결핍을 축소하기 위해 여전히 자신의 고통을 분노와 비난에 기댈 필요가, 그녀를 거짓말이나 일삼던 부정한 여자로 여길 필요가 있었을 것이다. 그는 천 번이라도 그녀를 죽이고 싶었다. 그리스어와 라틴어에 심취했고, 생명의 첫물을 관찰하기 위해 땅에 무릎을 꿇곤 했던, 스승들의 권위에 도전했다가 대개는 신의 은총을 다시 믿었던 골짜기의 어린아이였던 그가, 두 사람의 사랑을 위해 자신이 예상한 대로 행동하지 않던 그 지조 없는 여자의 목을 조를 수도 있었을 것이다. 괴물이 아닌 사람은 없어. 잠자리에 들 때마다 장은 거듭 말한다. 그 사실을 그에게 가르쳐준 건 신앙이 아니라 분명 연극이다. 그가 인물들을 둘러싸고 그리는 긴 우여곡절, 인물들의 표변과 술책, 그리고 범법 행위 등이 가르쳐 주었다. 허구는 일탈이 아니다. 왜냐하면 언어와 행위가 우리를 이루며, 우리에겐 그 두 가지가 모두 필요하기 때문이다. 포르루아얄은 좋아하지 않겠지만. 그렇지 않다면 왜 인간들은 태초부터 이야기를 지어내왔겠는가? 이런 생각이 그를 안심시키고, 그가 하는 일에 적어도 기도가 주는 것만큼은 당위성을 부여한다.

가을이 끝날 무렵 그는 작품을 마무리 짓는다. 서둘러 작품을 창작해 자신에게 남은 슬픔을 영광의 위대한 물로 씻어내고 싶었던 것이다. 그의 지인들이 술수를 동원해 애썼지만 이번에는 왕 앞에서 작품을 공연할 기회를 얻어내지 못한다. 게다가 초연 날 사형 집행이 거행되어 주역 자리를 앗아간다. 장은 노발대발한다. 그는 사방에 대고 사형수의 이름만이라도 말해달라고 외치지만, 누구도 그에게 이름을 말해주지 못한다. 배우들이 오가는 동안 무대 뒤에서 장은 자신이 재능이 아무리 뛰어나고 배우들이 아무리 노력한들, 불과 얼마 떨어지지 않은 곳에서 추위 속에 한 인간을 죽이는 중대한 사건과는 결코 경쟁하지 못한다는 사실을 인정하며 연민 어린 눈길로 배우들을 바라본다.

1막부터 객석이 들썩이더니 떠들썩한 소란이 긴 독백들을 뒤덮고 삼켜버려, 그의 비극을 극단적인 무언극으로 만들어버린다. 군중 위쪽 빈 칸막이 좌석에서 늙은 형체가 홀로 지켜보며 박수갈채와 휘파람 소리를 지휘하고 있다. 자신의 전유물인 로마를 어떻게 공략하는지 가까이서 보려고 온 코르네유다. 장은 오직 그만 바라본다. 그의 찌푸린 인상, 일그러지는 입, 눈썹, 1층 객석의 청년들에게 낄낄거리라고 그가 보내는 신호를.

이튿날 비난이 비 오듯 쏟아진다. 사람들은 그의 시대착오를, 영웅의 면모라곤 갖추지 못한 그의 주인공 브리타니쿠스의 천진함을, 그리고 다시 한번 줄거리의 빈약함을 꼬집는다. 장은 깊이 상처 입는다. 그는 니콜라 앞에서 노발대발하며 자신의 논거들을 닦아 준비하고, 브리타니쿠스보다는 네로를 옹호한다. 저들은 대체 뭘 원하는 거야? 주정뱅이들을 무대에 올리라는 거야? 그래서 울부짖으며 서로를 죽이게 하라는 거야? 그가 좋아하는 건 단순한 줄거리를 토대로 작품을 만드는 것이다. 극적 효과도 장치도 없이, 영혼을 오싹하게 만들어 학살로 몰고 가는 냉기를 표현하는 것이다. 모든 독백을 유일무이한 독백으로, 마지막 독백으로 듣도록, 그의 연극에 자리한 사람들이 미사에 참석한 것처럼 혹은 하늘 아래 벌거벗은 사형수 앞에 자리한 것처럼 느끼도록, 거의 아무것도 아닌 것에 관한 비극을 쓰고 싶은 것이다.

장은 안락의자에 털썩 앉는다. 그는 지쳤다. 그 모든 환영들, 한쪽에서는 그의 스승들과 고모가, 불충했던 죽은 연인이, 그리고 데뷔 때부터 여기저기 사방에서 코르네유가 그를 에워쌌다. 그는 끝없는 결투 속에서 이 작품에서 저 작품으로 옮겨 다니며, 이 나라의 가장 위대한 시인이 되는 영예를 그에게서 앗아가는, 그 움직이는 까다로운 과녁에 둘러싸여 지내느라 지쳤다.

진정해. 니콜라가 그에게 말한다. 너의 브리타니쿠스 이후로 왕이 왕실 발레에서 더 이상 춤을 추지 않기로 결심했다나봐.

왜?

난 모르지. 편두통 때문이라고들 하는데, 나는 왕이 이렇게 말하는 걸 들었어. 그대가 그리듯이 난 근엄한 전사 군주다. 그러니 내가 앞으로 어떻게 춤을 출 수 있겠는가?

장의 이마에서 주름이 펴진다. 턱뼈의 긴장도 풀린다. 그는 미소 짓는다.

다음 날 밤 그는 아몽이 정원에 있는 꿈을 꾼다. 메마른 회색빛 얼굴 옆으로 동그란 회양목들이 야생화처럼 싱싱하다. 두 사람은 낯선 피조물이라도 보듯 서로를 바라본다. 의심 많은 기억력이 친근한 추억을 차마 완전히 깨우지 못한다. 그러나 누구도 더 이상 누구를 쏘아보지 않는다. 잠에서 깨면서 장은 그다지 마음이 뒤숭숭하지 않다. 그는 잡지와 회계장부를 뒤적여보고 자신의 연금과 재산이 또 늘어났다는 걸 알게 된다. 그리고 에르미온 역을 아주 인기 많은 젊은 여배우가 다시 맡았다는 사실을 알고 기뻐한다.

막이 내리자 그는 니콜라에게 먼저 집으로 가라
고 청한다.

그는 이제 사랑이라는 이름 아래 은밀히 꾸며지는 환상도 알
고, 그 환상이 실어 나르는 기분 좋은 감정도, 그 춘풍 속에서 삶
이 취하는 모양새도 안다. 그는 자신이 창조한 인물들처럼 신경
발작을 일으키고, 열이 나고 한껏 들뜨는 경향을 보인다. 그는 이
제 긴 시간을 사는 법을 알지 못한다. 가속밖에 견디지 못하는
사랑과 영예 때문에, 그런 긴 간격은 죽은 시간으로 본다. 그는
생각한다. 그러나 죽은 시간 같은 건 존재하지 않아. 시간은 흐르
고, 개조하고, 변형시키지. 나는 한 여자를 사랑했고, 그녀는 죽었
어. 이제 나는 여기 내 앞에 살아 있을 다른 여자를 사랑할 것이
다. 내가 미처 깨닫지 못한 가운데 시간은 내 영혼 속에서 흘렀
다. 시간은 재생되는 무색의 피다. 그러나 시간이 인간 의지의 모
든 노력을 대신하리라는 생각에 그는 불쾌해진다. 그러니까 인간

171

과 그들의 열정이 있고, 그 옆에는 한결같은 제3의 구원자처럼 시간이라는 긴 뱀이 있단 말인가? 비극의 24시간이라는 원칙은 다행히 그 모든 무미건조함으로부터 그의 인물들을 구해낸다. 그는 여배우를 향해 다가가 그녀의 환심을 사려는 무리를 가르고, 그녀가 에르미온을 자신이 생각한 대로 연기했노라고 선언한다.

마리는 매우 젊고 신선했으며, 뜻밖에도 거친 저음이 두드러지는 황금 같은 목소리를 가졌다. 그의 시를 위해서는 그야말로 횡재다. 그녀 덕에 그는 억양 하나하나, 어조 하나하나를 더 잘 듣고, 거리에서, 카바레에서 새 재료를, 인간 영혼의 모든 소리를 수집한다. 그녀가 그 소리들을 다시 만들어내도록. 그는 옛날 작품들이건 이제 막 시작한 작품이건 자신의 시가 때로 산문과 맞닿을 듯하는 것처럼 감정과 닿을 듯이 밀착하는 발성법을 요구한다. 과장 없이.

자연미가 쉽게 통속성으로 변할 수 있다는 건 너도 잘 봤잖아. 니콜라가 설명한다. 과장하면 적어도 그런 위험은 피할 수 있어.

난 그 둘의 중간을 원해. 좀 더 은근한 음색을.

정말 그런 음색이 우리 연극 속에 존재한다고 생각해?

나는 글을 쓸 때 그 소리를 들어. 그것이 존재한다는 증거야.

마리는 다른 여자들보다 훨씬 빨리 이해한다. 글을 쓰는 대로 그는 그녀에게 자신의 긴 독백을 맡긴다. 그가 배우들을 접촉한 이후로 그런 적은 한번도 없었다. 그녀는 음절 하나하나를, 발음하기 매우 까다로운 연이은 모음까지도 발성해낸다. "당신의 호의에 배은망덕하게도", 때로는 욕설처럼, 저주처럼 붙여서 발음하기도 하고, "당시네호이에배은망더카게도", 때로는 소리를 하나하나 잘라 비극의 바람에 실어 멀리 날려 보내듯이 발음한다. 마리는 그런 발음법을 금지하는 규칙을 장이 그런 식으로 어기는 걸 보고 기뻐한다. 장은 그 거친 호흡에, 멜로디의 안이함을 무너뜨리는 그 불연속에 저항하지 못한다. 여름날 강바닥처럼 시 속에서 모음 중복이 드러내는 그 거친 모음 층은 그가 프랑스어에서 좋아하는 점으로 다른 언어에는 없다. 마리는 뒤파르크보다 낫다. 그녀는 다른 세상의 문을 밀어젖히기 때문이다. 꿈속에서 걷고, 최면 상태로 말하는 세상의 문을. 그는 이따금 그녀가 12음절 시 아래 있다고 말하며 즐거워한다. 그녀를 사로잡아 얼어붙은 바닷속에 떨지 않고 들어가게 만드는 그런 냉담함이 좋은 것이다. 그는 그녀를 바라보며 자신이 시를 짓는 건 분명 프랑스에서 가장 위대한 시인이 되기 위해서이기도 하지만, 큰 소리로 스스로를 표현하는 의식의 소리를 포착하기 위해서이기도 하다는 걸 깨닫는다. 충만하고 자유롭고, 때로는 냉담한 의식. 장은 새로운 작업 방식을 시험한다. 그녀가 어렵다고 생각하는 것을 연거푸 열 번이나 다시 시도하게 할 뿐 아니라, 그녀가 쉽게 해내는 것도 다시 하도록 강요한다. 그러면 새로운 무언가가 생겨난다. 마리의 몸속 깊은 곳에서 자동인형 같은 것이. 그는 이런 기계적이고 반복적인 창작으로부터 가장 유연하고, 가장 놀랍고, 가장 진실한 자연미가 발산되리라 직감한다.

173 당신 안의 기계장치가 움직이는 게 느껴집니까?

네.

그렇다면 완벽해요. 다음으로 넘어갑시다.

그녀가 때로는 너무도 감동적이어서 장은 비틀거리다 자리에 앉고는 자기 시를 다루면서도 갈피를 잃고 만다. 그러곤 망연자실해서 그녀를 바라보며 박수갈채를 보낸다. 마주치는 손바닥의 끊임없는 움직임에 몰두한 채. 손의 움직임이 그녀의 존재를 가르고, 형체를 흩뜨려 그의 눈엔 조각난 모습밖에 보이지 않는다. 그녀가 놀라며 걱정스레 묻는다.

당신이 원하던 게 아닌가요?

맞아요, 맞아. 아니 그 이상이에요.

그녀는 안도한 표정을 지으며 미소 짓는다. 그 표정에서 그는 그녀가 여전히 연기를 하고 있음을 본다. 사실 그녀는 자신이 일으키는 효과를 아는 여배우다. 그는 그런 아양에 기분이 상해 권위를 두 배로 실어 우레처럼 소리친다. "계속합시다!" 그는 니콜라에게 이따금 그의 시를 잘 낭송하고 아름다운 눈을 가졌다는 이유로 그를 조종하려 드는 모든 여배우들이 지긋지긋하다고 털어놓는다.

그렇다면 일과 사랑을 뒤섞는 걸 그만둬. 시에 전혀 귀 기울이지 않을 어여쁜 아내를 찾아봐.

그러면 장은 얼빠진 표정으로 그를 쳐다본다. 풍만하고 성능 좋은 악기 같은 여자들을 품에 안을 수 있는데, 그런 여자를 가지고 뭘 하라고? 갑자기 오직 당신의 글밖에 말하지 않는 피조물의 탄생을 목도하는 즐거움에 어떻게 저항하나? 그의 시구가 새 베일처럼 펄럭이는 소리를 들을 때 그의 내면에서 올라오는 희열에 어떻게 저항하나? 어여쁜 아내는 더 기다릴 것이다.

코르네유가 티투스와 베레니스의 이야기를 쓰고 있다고 마리가 알려준다. 장은 한순간도 망설이지 않는다. 이미 시작한 작품을 내려놓고 수에토니우스(『황제열전』을 쓴 고대 로마의 역사가)에 몰입한다. 그는 직접 겨뤄서 담판을 짓기 위해 그 이야기의 자기 버전을 내놓을 작정이다. "베레니스를 열정적으로 사랑한 티투스, 사람들이 생각한 대로 그녀에게 결혼까지 약속하고는 자신의 제국이 시작되자마자 자신의 의지와 반대로, 그녀의 뜻과 반대로 로마에서 그녀를 내쫓았다." 수에토니우스는 정확히 이렇게 말하지는 않았다. 장은 단순화했고, 청년의 파란만장하고 방탕한 생활에 관한 단락을 완전히 삭제했다. 베레니스와 헤어지는 것이 마치 행실을 고친 결과로 비칠 수 있기 때문이다. 장은 그렇게 뒤죽박죽이 되는 것을, 도덕적인 포장을 원치 않는다. 그는 사랑의 생생한 살갗을 베는 순수하고 혹독한 이별을 원한다. 몇 주가 지난 끝에 그는 느린 순환의 흐름을 포착한다. 모든 것이 티투스의 결정을 알리는 통보로 이어질 것이고, 그것은 예고되었으며 더디게 흘러가는 사건이 될 것이다. 먼저 애처로운 기다림이 있을 것이고, 짧고 눈부시고 캄캄한 어둠 속에서 크리스털처럼 반짝이는 신기루 같은 완전한 행복의 순간이 있을 것이다. "피니스, 이 밤의 광채를 봤어?" 행복한 베레니스가 가벼운 목소리로 말한다. 그녀는 한순간 너무도 온전히 충만해서 행복과 어리숙함을, 충만과 현기증을 혼동할 것이다. 그녀의 목소리에는 순간적이면서 허술하고 가느다란 한 줄기 꿀 같은 달콤함이 실려 있고, 버림받은 드넓은 황무지가 주위를 에워싸고 있다. 그의 작품으로부터, 사랑은 한순간의 행복밖에 주지 못한다는 결론을 내릴 수 있을 정도다. 일시적이고 곧 번복될 행복밖에.

그는 마리가 만들어낼 기적을 앞질러 안다. 모든 것이 그 체념을 자극하고 도발해 그녀가 다시 티투스의 사랑을 믿게 할 기적. 그것은 첫 정점이, 절대적 행복이 될 것이고, 곧 두 번째가 이어질 것이며, 나선형 추락이 있을 것이다. 왜냐하면 인간의 정신은 우회해야만 최악을 받아들이고, 익숙해져야 하고, 눈을 속이며 구불구불 흐르는 강물 속에 제 불행을 빠뜨려야 하기 때문이다. 장은 혼잣말을 한다. 나는 버림받음이 낳는 온갖 시련을 모두 이야기할 것이다. 자신을 받아들이지 못하는 사람은 지어내고 애원하며, 그러다 자신을 받아들이고는 포효하고 영혼을 죽음에 빠뜨린다. 아직 영혼과 이어져 있는 모든 끈을 자르고, 영혼을 전망도 없고, 낮과 밤, 어제와 내일의 구분도 없는 완벽한 부동성 속에 밀어넣는다. "하루가 다시 시작되고 하루가 끝나도 티투스는 베레니스를 보지 못한다." 그는 쓴다. 에르미온과도 쥐니와도 거기까지 가지 못했지만, 이번에는 그의 육신의 가장 부드러운 지점에, 그녀가 사랑하는 지점에, 그녀가 사랑받는다고 생각한 지점에, 그녀가 버림받은 지점에 피조물을 조각하길 원한다. 그리고 사람들이 그 끝없는 추락의 메아리를, 부름의 소리와 뒤얽힌 허공의 울림 있는 소리를 듣길 바란다. 마리는 그렇게 만들 줄 알 것이다.

그는 니콜라에게 털어놓는다.

그녀를 죽게 만드는 게 망설여져.

그래야 더 감동적이고 더 효과적일 거야.

그렇지만 덜 사실적이지.

무슨 말이야?

사람은 사랑 때문에 죽진 않아. 가장 흔히 일어나는 일은 한동안 사막에 들어가는 거지. 버림받았다는 넋 나간 상태에 빠지는 거야. 만약 나의 베레니스가 조용히 자기 땅으로 물러난다면 훨씬 영웅적이지 않을까? 나는 나의 연인들이 자살의 벼랑 끝을 걷되 거기서 떨어지지는 않길 원해.

니콜라는 곰곰이 생각하지만 장이 그리는 모든 노선을 따르지는 않는다. 두 사람의 밀담이 잡지도, 왕도, 구문도 아닌 다른 문제로 부딪치는 순간은 늘 있다.

우리가 누군가를 향해 품는 욕망은 격렬해. 손가락 끝에 날카로운 발톱을 세우게 만들지. 장이 말한다.

네 남자 주인공들은 독수리라고 치지. 그렇다면 여주인공들은 어때?

왜 여주인공들이 그들에게서 달아날까?

왜냐하면 여자들이니까.

난 오히려 반대라고 생각해.

장은 그때껏 경험하지 못한 결연한 마음으로 『베레니스』를 창작하기 시작한다. 그는 작품의 막들을, 때로는 장식이 달린 묵직한 실로 꿰매야 하고, 때로는 평범하고 소박한 실로 대중 희극의 시구를 꿰매야 하는 옷자락처럼 바라본다. 우선 그는 결정적 폭로가 이루어지는 4막부터 시작했고, 열정이 식은 냉각 상태를 다룬 다음 작품의 도입부로 거슬러 올라간다.

"폐하, 당신은 황제이십니다. 그런데 우시다니요." 이렇게 대사를 시작하더니 마리가 외친다. 아니에요, 이건 아니에요! 객석에서 웃음이 터져 나올 거예요.

그는 그녀에게 반대 의견을 설득하며 에우리피데스를 인용하고, 그리스 풍자시가 어떻게 오로지 리듬의 효과만으로 산문에서 시로 단절 없이 자연스럽게 건너가게 해주는지 설명한다. 그가 찾아서 그녀에게 털어놓고 그녀의 입술 사이에 집어넣으려는 것이 바로 그것이다. 왜냐하면 그녀는 프랑스에서 가장 위대한 여배우이기 때문이다.

그렇지만 당신의 그 그리스 풍자시를 관객이 알아야 하잖아요!

아니, 아니오, 그런 건 전혀 중요하지 않아요. 내가 바라는 건 나의 프랑스어 밑바닥에서 이전의 모든 언어가, 다른 모든 음악이 펄떡이게 해서 완벽한 총합을, 충만하고 유일한 언어를 만들어내는 거요. 내가 그 언어들을 듣는다면 그건 그것들이 거기 있기 때문이 아니겠어요. 그러니 관객도 그 언어들을 들을 거요. 그는 듣기 좋은 말을 덧붙인다. 당신 덕에.

당신이 완벽한 언어를 원하신다니 이 괴상망측한 말들은 좀 없애주세요! "한 달 뒤, 1년 뒤, 폐하, 숱한 바다가 당신과 나를 갈라놓는다면 우리가 얼마나 고통받을까요?" 매번 발음이 걸려서 좋지 않아요……. 오늘 아침에야 드디어 깨달았어요. 두 번째 시구 속의 '당신과 나' 때문이에요. 사람들은 "숱한 바다가 우리를 갈라놓는다면"이라고 말할 거라고 예상할 텐데 말이죠.

장이 웃음을 터뜨린다.

당신은 이상한 표현을 끌어들이는 게 재밌나봐요. '당신과 나'를 그와 다른 두 존재로 바라보는 '우리'는 누구죠?

그녀는 여왕처럼 말할 때는 '우리'라고 하고, 보통 여자처럼 말할 때는 '나'라고 해요. 약간 분열 증세를 보인다고나 할까…….

마리는 곰곰이 생각한 뒤 혼잣말로 두 시구를 반복해본다.

이건 아니에요. 논리적이지 않아요.

내 리듬을 믿어요.

아뇨, 난 내가 하는 대사를 이해할 필요가 있어요. 다시 좀 손 봐주세요. 조금만이라도.

그건 절대 안 돼요. 장이 단호하게 말한다. 그렇지만 당신이 그 대사를 말하는 법은 도와드리죠.

여러 번 반복한 끝에 마리는 결국 한결 유려하게 말하게 된다. 그러나 매번 돌멩이 하나에 걸려 주춤거린다. 장도 호흡이 삐끗거리는 걸 느끼지만 오히려 그걸 좋아한다. 그것이 그의 여왕의 고통에 도움이 되기도 하고, 음악을 해방시키기 위해 이해를 늦추는 그런 흔들림을 좋아하기 때문이다. 그는 할 수만 있다면 그런 식으로, 흐름을 거스르는 방식으로만 글을 쓸 생각이다.

5막에 이르자 그는 그녀가 끊임없이 문제 제기를 하여 지연되게 만든 것을 용서할 준비가 되어 있다. 그녀가 위풍당당하기 때문이다. 그녀는 떠나는 베레니스에게 그가 원하는 자연미와 장중함을 부여할 줄 안다. 그녀가 낭송하는 시구들은 모두 꾹 참은 눈물처럼 전율한다. "나는 그를 사랑해서 그를 피합니다. 티투스는 나를 사랑해서 나를 떠납니다." 장은 자신의 글귀 밑에서 다른 글귀들이 불규칙적인 미세한 움직임에 사로잡혀 우글거리는 느낌을 받는다. 그의 시구에 와서 부딪치는 그 움직임을 그녀는 매번 표현해낸다. 그녀는 생략을, 침묵의 역설을 말할 줄 알고, 심장이 부딪쳐 쪼개지는 육중한 돌덩이의 두께를 표현할 줄 안다.

"티투스는 죽어가고 있어요. 이제 오래 살지 못해요. 기껏해야 며칠 정도. 그가 당신의 이름을 웅얼거리고 있어요. 마지막으로 한번 그의 곁을 찾아줄 수 없을까요⋯⋯." 그녀는 끝까지 읽지 않고 바로 메시지를 지운다.

뒈져버리라지.

그녀는 전화기를 바닥에 집어 던지고, 벽 쪽으로 돌아눕고는 눈을 감는다. 그러나 꽉 감은 눈꺼풀 아래로 빛이 집요하게 파고든다. 메시지 끝에서 얼핏 본 과장된 문장이 떠오른다. "그가 죽기 전에 오세요."('죽기'를 'meurt'라고 썼으나 'meure'로 써야 정확하다) 그녀는 그 문장에서 프랑스어 오류만 포착하고, 오류를 짐작도 못한 채 그 메시지를 입력한 손을 둘러싼 모든 사람들을 상상한다. 모두가 하나같이 무식하고, 그들을 닮지 않은 하나의 문장 속에 끈끈하게 묶여 있다. 아니 어쩌면 그녀가 그들을 다시 한번 경멸하기 위해 꾸며낸 오류는 아닐까?

뒈져버리라지.

그가 그녀를 떠났을 때 그녀는 밤새도록 빛을 희망했다. 이건 있을 수 없는 일이야. 나 돌아갈게, 나 돌아가, 라는 말을 읽게 될 빛을. 그러나 밤은 내내 캄캄하기만 했고, 그녀를 둘러싼 조밀한 공기는 빛의 첫 굴착에 저항했다. 그들은 그녀를 오게 해서 뭘 바라는 걸까? 그가 죽지 못하게 막아주길 바랄까? 그가 죽으면서 좋은 기억을 가져가길? 아니면 그녀가 그들처럼 눈물과 흐느낌을 되찾기를 바랄까? 생각하다 지치면 그녀는 말한다. 뒈져버리라지. 사람들은 그녀에게 말한다. 네가 더 이상 그를 원망조차 하지 않을 날을 생각해. 거의 그런 날이 된 것 같아. 죽은 사람을 어떻게 원망하겠어?

뒈져버리라지.

이어지는 날들 동안 그녀는 전화기를 집에 둔 채 포르루아얄을 향해 달아난다. 대답하고 싶은 유혹에 시달리지 않고 골짜기를 걷고, 자신의 이야기 끈을 놓치지 않으려고. 통증이 그녀의 심장을 죄어온 건 결코 그들 때문이 아니다. 걷는 동안 그녀는 메시지에 대한 기억을 짓밟고, 보지 않으려는 듯 발걸음을 재촉한다. 다른 베레니스라면 어떻게 했을까? 사람들은 그녀에게 말한다. 아무것도 하지 않았을 거야. 결코 가지 않았을 거야. 그녀가 대답한다. 어떻게 알지? 그건 누구도 알 수 없어. 그녀가 그런 질문을 던지게 되리라고 누군가 탄식하기까지는……. 라신이 거기까지 갈 수 있었던 건 아무것도 아닌 작품을 쓸 위험을 각오했기 때문이지, 그렇잖아? 죽어가는 티투스가 베레니스에게 찾아와달라고 부탁한다. 갈까? 가지 말까? 간다면 적어도 의미 있는 도움은 되었을 것이다. 왜냐하면 티투스가 그녀를 떠난 지 1년이 지났는데 그녀 자신의 일상과 고통을 걸고 매달리는 뜨개질보다 라신이 그녀에게 더 도움이 된다고 말할 수 없기 때문이다. 누군가 그녀에게 17세기 전문가가 되었는지 물으면 그녀는 웃으며 아니라고 말하고, 사건들, 크고 작은 역사에 휩쓸리면서 진통 효과가 있는 식물 잎을 씹듯 그의 시구를 곱씹는다고 설명한다. 사람들은 그녀에게 말한다. 네가 대응책을 찾았다니 잘됐어.

어떤 면에서는 맞는 얘기다. 그날 밤까지는.

여러 번호에서 보내오는 메시지들이 늘어난다. 그녀는 읽는다. 어떤 건 "그가 죽기meurt 전에 오세요.", 어떤 건 "그가 죽기meure 전에 오세요."라고 적혀 있다. 결국 이건 오류가 아니라 그들의 호출에 가락을 붙이는 방법이라는 생각이 든다. 매번 그녀는 손가락에서 똑같은 힘을 찾아 그 메시지들을 곧바로 지우는데, 언젠가는 그 힘이 약해질까봐 겁이 난다. 그녀는 로마가 그 메시지 중 하나를 직접 썼을까, 아니면 누군가에게 대신 해달라고 부탁했을까 생각한다. 그 여자의 심장을 물어뜯을 통증을 생각하니 즐겁다. 그러나 메시지들을 지운다고 잊히는 건 아니다. 사실은 그대로 남아 있다. 티투스는 곧 죽을 것이고, 그녀를 부르고 있으며, 그녀를 기다리고 있다. 사람들은 그녀에게 조언한다. 돌아가지 마. 다시 수렁에 빠지게 될 거야. 새로운 논거가 발전한다. 1년 전부터 네가 기울여온 모든 노력이 헛수고가 되고, 모든 걸 다시 시작해야 할 거야. 그녀는 노력에 대해, 다시 시작하는 것에 대해 자문하고, 슬픔을 경험해서 얻는 이득이 있는지 아니면 파리 잡기를 할 때처럼 주먹을 여는 순간 모든 게 날아가버리는지 생각하고, 이 모든 내리막들은 모두 무시하고 오르막에만 관심을 쏟는다. 그는 곧 죽을 것이다. 그가 그녀를 부르고 기다린다. 티투스 때문에 여전히 애가 타는 베레니스는 그 불을 꺼뜨리지 말아야 한다는 생각에 굴복한다. 차라리 죽는 게 낫지. 그래서 아무에게도 아무 말 않고 그녀는, 춤을 추기 전에 이동을 준비하고 경로 변화를 미리 생각하기 위해 안무를 그리듯이 무대를 그린다. 그녀는 울지 않을 것이고, 꼿꼿한 자세를 유지할 것이며, 그들이 그를 잃는 꼴을 바라볼 것이고, 그가 내놓을 제안을 이용할 것이며, 그들의 고통을 경멸하듯 노려볼 것이다. 그들은 아직 그를 잃는다는 게 뭔지 알지 못한다. 반면에 그녀는 오래전부터 알고 있었으니, 두 번째 상실은 첫 번째에 비하면 아무것도 아닐 것이다. 그리고 그녀는 그의 머리맡에 앉을 것이고, 쇠약해지고 녹아버린 티투스의 긴 몸을 볼 것이다. 아니다, 베레니스라면 결코 이런 식으로 복수할 생각을 하지 않을 것이다. 나는 베레니스가 아니다.

그녀가 벨을 누른다. 문이 열린다. 그 여자, 로마다. 역광 때문에 그녀는 예전에 보았던 사진들을 떠올리며 그 여자의 이목구비를 재구성한다. 두 사람의 손이 기계적으로 상대를 향하지만 로마의 손은 마지막 순간에 생각을 바꾸고 허리춤으로 돌아간다. 그가 만졌던 것을 만지지 말 것. 베레니스와 로마, 서로 상대 앞에 말없이 섰다. 티투스의 긴 육신은 위층에 누워 있다. 동작 없는 두 사람의 결투 위로 하늘이 침대 닫집처럼 혹은 대재앙처럼 팽팽히 긴장해 있다. 끊임없이 미워하고 언제나 응징할 수 있을까?

 티투스의 자식들이 차례차례 도착한다. 그들은 로마를 에워싸고 반원을 그리며 뒤쪽에 선다. 그 대가족 앞에서 그녀는 무게가 없다. 그들은 호기심을 보인다. 그들은 그 모든 세월, 그 모든 비극을 겪고 난 이 깃털의 무게가 어떻게 생겨먹었는지 보고 싶어 한다. 그들은 바라보고 무게를 가늠해보지만, 누가 당당하고 누가 두려워하는지 말하지 못한다. 그들의 말 없는 질문들이 또렷이 모습을 드러내며 우유부단하고 어정쩡한 그들의 올가미로 허공을 후려치고, 베레니스와 로마를 분리했다가 한데 묶는다. 티투스가 둘 중 누구를 선택했어야 했을까? 그의 외동딸마저도 이젠 알지 못한다. 이 여자와 저 여자의 입장에서 천 번도 더 상상했을 테고, 여자들이 그렇게 남자를 둘러싸고 분류되는 것을—아내 또는 애인, 어머니 또는 자식, 금발 또는 갈색 머리, 베레니스 또는 로마로—안타까워하며 자신의 아버지를 향해 자주 저주를 퍼부었을 그녀조차 말이다. 그들은 눈을 내리깐다. 그들은 그녀를 보면 뒤섞인 감정 없이 순수한 증오를 느끼리라 예상했는데 그러지 못하자 자책한다. 로마가 그들의 어머니이고, 어머니가 눈물 흘리던 숱한 밤과 아침을 기억하기 때문이다. 극단적인 경우, 두 여자가 그의 머리맡에 앉고 임종의 순간에 두 사람 모두가 그의 곁을 지키게 된다 해도, 그들은 그다지 나쁘게 보지 않을 것이다. 그렇다, 어쨌든 그렇게 된다 해도 그리 나쁠 건 없다. 티투스는 무거운 눈꺼풀 사이로 베레니스의 가녀린 형체와 좀 더 둔중한 로마의 형체를 구분할 수 있을 것이다. 아니, 두 사람을 혼동하더라도 이젠 전혀 중요할 게 없다. 그는 둔탁하고 쉰 목소리로 두 사람의 이름을 부를 것이다. 아, 로마, 그리고 조금 더 머 뭇거리는 호흡으로, 아, 베레니스. 그들은 티투스의 커다란 침대 까지 다가가 그를 바라보고, 믿기 힘들다는 듯 서로를 바라볼 것 이다. 그리고 경가극의 저속함에, 조급함에 빠지지 않기 위해 동 일한 속도를 지키려고 조심하며 각각 다른 쪽에서 티투스의 커 다란 침대 속으로 들어갈 것이다. 베레니스는 오른쪽, 로마는 왼 쪽, 티투스는 마침내 두 여자를 옆에 끼고, 두 사랑의 들것에 실 린 채 죽음으로 이송된다. 아들 중 하나가 앞으로 나아가 그들의 손을 맞잡고는 그렇게 싸움의 종말을, 승리자 없는 승리의 브이 를 그릴 것이다. 그런데 갑자기 로마의 입술이 실룩이더니 트림을 하고 뭔가를 내뱉는다. 베레니스뿐 아니라 누구도 그 뒤엉킨 호 흡 속에 내뱉어진 것이 무엇인지 알지 못하지만 그래도 달라질 건 없다. 로마는 이미 발길을 돌려 현관을 나서고 있다.

멀리서 목소리 하나가 베레니스에게 다가오라고 청하더니 와 줘서 고맙다고 말한다. 자식들이 길을 터주자 그녀는 지나가며 머리카락과 옷의 냄새를, 뒤섞인 숨결을 느끼고, 그녀의 어깨와 스치지 않으려고 서로 밀치는 어깨들을 느낀다. 같은 피가 흐르 는 한 무더기의 몸들, 같은 몸짓들, 같은 목소리들. 모인 가족의 육식 무리는 이방인 여자를 집어삼킬 태세다. 곧 누군가가 그녀 를 방으로 데려다줄 거라고 알린다. 그녀는 고개를 끄덕이지만 누가 그런 희생을 하겠다고 나설까 생각한다. 웬 낯선 여자가 나 서서 그녀에게 따라오라고 말하더니 귓속말을 속삭인다. 말씀 많 이 들었어요. 두 여자는 복도를 따라가다 계단 밑에 이른다. 첫 계단들이 삐걱거리고, 베레니스는 걸으면서 자신의 뼈를 밟는 듯한 느낌을 받는다. 그녀는 난간을 붙들고 심호흡을 한다. 상대가 뒤를 돌아보며 괜찮은지 묻는다. 네, 네. 그녀가 대답한다. 그런데 로마는요? 로마는 어디 있죠? 그녀가 묻는다. 장 보러 나갔어요. 여자가 대답한다. 로마가 빵이나 약을 사는 동안 베레니스는 마지막으로 티투스를 다시 볼 것이다.

계단은 끝없이 이어지고, 베레니스의 기억은 그 상승 곡선을 꼭대기까지 이어가지 못하리라는 협박과 함께 계단을 계속 오르지 못하도록 그녀의 발걸음 아래로 온갖 환영들을 번갈아 밀어 넣는다. 그녀의 다리는 한 계단씩 밟으며 사랑의 기적을, 실패를, 때로는 까맣고 때로는 하얀 기적을 되살린다. 그녀는 비틀거리면서 놀란 얼굴로 티투스를 마주하는 자신의 모습을, 무한히 행복한 미소로 팽팽하게 당겨진 자기 얼굴의 피부를 본다. 그 시절 미소를 지은 건 내 몸이 아니었다. 거의 신비스런 그 미소의 영향력 아래 내 영혼이 한층 강력하게 열린 것이다. 그것은 사랑의 기적이었다. 처음으로 두 입술이 접촉한 바로 그 지점에 내려앉은 어둠 속의 빛줄기였다. 티투스의 돌 같은 팔들, 조각상 같은 팔들이 움직이고 부드러워지더니 그녀를 만지고 안기 위해 그녀를 향해 들어 올려진다……. 그러나 다음 계단을 딛자 두 사람의 얼굴은 일그러진다. 그들은 멀어지며 고함치고, 온갖 논거들을 내세우며 상대의 논거들을 산산조각 내려 애쓴다. 티투스가 있고, 맞은편에, 반대편 끝에 베레니스가 있다. 티투스는 로마를 떠날 수 없다. 그러니 베레니스는 자신의 사랑을 팔아야 한다. 자기광고를 해야 한다. 그녀는 빈약한 입담으로 욕망의 우위를, 아이들의 용서 능력을, 재산의 무의미함을 두서없이 늘어놓으며 변론한다. 무덤까지 가져갈 건 아니잖아요. 그녀는 늙은 아내처럼 티투스에게 거듭 말한다. 계단 위에서 여자가 말한다. 여기예요. 베레니스는 숨을 헐떡인다. 그녀의 눈앞 층계참 벽에 티투스와 로마, 아이들을 담은 커다란 사진이 보인다. 그녀는 그 자리에서 굳는다. 그녀는 생각한다. 가족이며 그들의 전리품, 저 태양, 저 미소, 저 의기양양한 쾌활함 따윈 악마나 가져가버리라지. 그녀는 무엇보다, 모든 걸 뛰어넘고, 티투스의 가족보다, 모인 여섯 명보다, 모인 그들의 세월보다 다른 모든 좌우명들의 가치를 즉각 떨어뜨릴 그 신의 섭리 같은 좌우명에 더 가치를 두고 싶었다. 한 남자가 자기 제국을 팔아치우게 만들 그런 좌우명. 제가 찍은 사진이에요. 여자가 말한다. 여자의 손은 이미 문고리를 붙잡고 살며시 힘을 주고 있다. 티투스의 마지막 호흡이 들이마시고 있는 공기의 영역을 향해 문이 반쯤 열리는 동안, 베레니스는 심장이 굳고 졸아들더니 숨이 막혀오는 걸 느낀다. 그녀는 소리친다. 아니에요, 못하겠어요. 난 못해요. 그러곤 계단을 달려 내려간다.

출구로 이어지는 복도만 응시하는 그녀의 눈에 장보기를 마치고 이미 돌아와 있는 로마의 형체가 들어온다. 편안하고 의기양양한 모습이다. 티투스는 오직 그녀에게 기대고 죽어갈 것이기 때문이다. 베레니스는 문을 넘어서기 전에 등 뒤로 낯선 목소리를 듣는다.

저기, 부인⋯⋯.

그녀는 뒤돌아보지 않고 그 자리에 멈춰 선다. 그녀의 손가락은 문고리를 움켜쥐고 있다. 그녀는 티투스에 대한 사랑이 자기

가슴의 문을 세차게 두드리는 거라고 생각한다. 다시 로마가 말한다. 부인. 전혀 뜻밖에도 그녀의 눈은 남아달라고 애원하고 있다. 난감해진 베레니스가 미소 짓자 로마는 덧붙인다. 남아주세요. 티투스 곁의 빈자리를, 빈 의자를 저는 더 이상 바라볼 수가 없어요. 할 수만 있다면 그녀는 베레니스의 가녀린 몸을 붙잡아 강제로 그 자리에 앉혔을 것이다. 그녀의 결혼생활을 망친 그 죄진 공허를 마침내 채울 수 있도록, 그녀는 베레니스를 그 자리에 나사로 조여 꼼짝 못하게 만들고 싶었을 것이다. 그러나 베레니스는 이미 문을 닫고 나갔다.

그녀는 자동차 안에서 목이 터져라 운다, 지저분하게 운다. 축축하고 끈적끈적한 액체가 방울져 흘러내린다. 콧물과 눈물로 범벅이 된 그녀의 얼굴, 눈을 가린 머리카락, 운전대를 쥔 눈물 젖은 손가락들. 그녀는 오래전부터 울지 않았기에 운다. 이제 그녀의 눈물은 얼어붙은 내벽을 타고 흐르기에 당신은 그걸 보지 못하지만 속으로 나는 여전히 눈물을 흘리고 있어요, 라고 그녀는 종종 얘기한다. 티투스가 불과 몇 미터 떨어진 지점에, 반쯤 열린 문 너머에 있는데, 그녀는 다가가서 그에게 손을 얹길 거부했다. 이렇게 극단적으로 불리한 조건에서도 그녀는 자기 손을 그의 손 위에 올려놓았다가 즉각 사랑의 생생한 육신이 움직이는 걸 느끼거나 아니면 반대로 대리석 같은 그의 손에서 대리석 같은 사랑밖에 느끼지 못할까봐 두려웠던 것이다. 그래서 그런 가능성을 생각하는 걸 더 오랫동안 거부한다.

물론 그녀는 새 못이 박힌 못을 빼낸다는 말을 천 번도 더 들었다. 실연 회복기 환자의 냉소적인 태도로. 그녀는 의견을 개진

했고, 미소도 지었고, 노력도 해보았다. 그리고 격한 분노와 슬픔에 사로잡힌 채 잘생기고 충실한 남자인 안티오쿠스 곁에서 위로를 찾는다. 그녀가 그의 어깨에 기대 우는 동안 그는 그녀를 끌어안고 둘 사이에서 티투스의 두툼한 형체를 빼내려고 애쓴다. 그러나 그가 포옹을 죄어올수록 티투스의 육신은 점점 더 일어서고, 부풀고, 파고든다. 그 순간 베레니스는 안티오쿠스가 관대하다고 생각하지만, 곧 A는 B를 사랑하고, B는 C를 사랑한다는 걸 기억해내고, 그가 B를 사랑하는 A이기에 아무런 가치가 없다는 사실을 떠올린다. 그의 품에 안긴 채 여러 차례 그녀는, 왜 사랑의 환상은 어떤 결합이라도 매혹할 수 있는 작은 구름처럼 거기까지 이동하지는 않을까 생각한다. B가 C에 대해 환상을 품는다면 왜 A에 대해서는 그러지 못할까? 이 환상 속에는 작지만 결정적인 몫의 현실이 깃들어 있고, 그것이 이동을 불가능하게 만든다고 결론 내려야 할까? A는 결코 C가 되지 못할 것이라고. 그래서 베레니스는 안티오쿠스에게 앞으로 전화도 걸지 말고 자신을 따라올 생각도 하지 말라고 부탁한다. 나를 사막으로 돌려보내는 겁니까? 그가 슬프게 항의한다. 그래요, 각자 자기 사막에서 사는 거예요.

그녀는 운전대를 움켜쥔 채 티투스의 몸이 자신의 아버지와 어머니가 결합된 이상적인 몸, 원초적인 육신 덩어리라고 확신한다. 그녀가 기대어 태어나고 죽어야 할 육신, 그 육신으로부터 분리되기 위해 애쓰느라 그녀는 아직까지 울고 있다. 연이은 며칠 밤 동안 그녀의 발밑 계단의 목재가 아직 삐걱거릴 때 문이 크게 열리면 그녀는 들어가서 다가간다.

결국 왔군요……. 당신이 오기를 거부할 거라 생각했는데.

거부했지요.

그렇지만 이렇게 왔군요.

아뇨, 난 여기 없어요.

내게 온갖 약을 먹여대니 어쩌면 당신도 환각인지 모르겠군요.

그의 손이 시트 위에서 꿈틀거린다. 그녀는 손가락의 형태, 손톱 모양, 손목의 뼈를 알아본다. 자기 손을 내밀어 티투스의 손을 쥐고, 그의 손가락 사이에 손가락을 끼고 힘을 준다. 티투스는 똑같은 강도로 손가락에 힘을 주어 응답하지만 너무 지쳐서 말은 하지 못한다. 얼마 후 티투스의 손에서 힘이 빠지더니 축 처지고 무기력해진다. 베레니스의 손이 힘을 주지만 아무것도 붙잡지 못한다. 그녀는 주변을 둘러보며 이해하려고 애쓴다. 그 거대한 전리품을, 그녀 곁에 좌초한 그 죽은 멧돼지를 어떻게 해야 할지 알기 위해서다. 울어야 할까? 달아나야 할까? 로마를 부를까? 아니다, 베레니스는 누구도 부르지 않고, 그녀 사랑의 죽은 시신 머리맡에 남아 있을 것이다. 그리고 더 이상 아무것도 느끼지 못할 그의 얼굴 쪽으로 속삭이며 말할 것이다. 그녀는 두 사람의 이야기를 모두 그에게 들려줄 것이다. 마치 그가 그 이야기를 알지 못하는 것처럼, 매일 저녁 낮과 밤 사이에 나지막한 소리로 방 안에서 두 사람에게만 의미 있는, 하찮으면서 소중한 몸짓에 충실한 채 자기 아이를 위해 숲속 어린 소년의 이야기를 다시 지어내듯이. 그리고 마지막으로 그가 그녀에게 안겼지만, 산 사람의 자존심 때문에 그녀가 살아 있는 다른 사람에게 고백하기를 거부하는 슬픔을 세세하게 털어놓을 것이다. 그러자면 족히 1시간은 걸릴 것이다. 어쩌면 그 이상 걸릴 것이다. 그러고 나면 베레니스는 완전히 마비된 채 창백한 얼굴로 힘없이 방을 떠날 것이다.

로마가 그녀에게 경멸 가득한 눈길을 던질 것이다. 서둘러 그녀를 내쫓지는 않을 테지만, 그녀를 밀치고 티투스의 침대 머리맡으로 달려가 울고, 그녀는 쳐다보지 않은 채 펄펄 뛰며 온 집 안을 휘젓고 다닐 것이다. 그녀의 힘없는 작별 인사에 따가운 눈총이 비 오듯 쏟아질 테고, 그들의 고함 소리가, 이리저리 부딪치는 그들의 움직임이 이어질 것이다. 티투스가 죽기 위해 그녀를 선택한 것 때문에 모두가 그녀를 원망할 것이다. 어쩌면 가족의 친구만이 그녀에게 존중의 몸짓을 보이고 주의를 기울일 것이다. 그 친구는 차나 술을 권할 테지만 베레니스는 거절할 것이다. 그녀는 넋 나간 얼굴로 떠날 것이다. 자기 손바닥을 오래도록 어루만지며. 잠에서 깰 때까지도 어루만지고 있을 것이다.

왕은 이제 서른두 살이다. 그는 연극 공연을 매번 자신이 구현하는 태양 빛처럼 만들어냈다. 왕이 가는 곳마다 희극이, 발레가 공연된다. 그가 작가들에게 주문하는 2시간은 사람들의 삶에 새로운 체험 시간을 새긴다. 삶의 스펙터클에 주어진 시간이다. 장은 이따금 왕의 국새, 왕의 흔적은 전쟁과 조언보다는 그런 시간의 재편이며, 후대는 그의 치세에서 그런 시간을 기억하게 될 것이라고 생각한다.

왕은 장이 비극을 계속 써야 한다는 걸 알게 해주었다. 그것이 그가 선호하는 장르라고 주장할 수도 없었다. 두 사람이 만날 때마다—점점 더 드물게 만났지만—장은 의례적인 몸짓과 눈길 사이로 더 먼 곳에서 온 다른 눈길이 꿈틀거리는 걸 보는 것만 같다. 같은 나이에 같은 가치를 지닌 두 사람이 각자 휘하의 무리를 통솔하는 나라에서 온 다른 눈길. 그렇게 시인은 장수에게서 약간의 용기를 길어낸다. 반면에 장수는 시인이 다루는, 무게 없고 색깔도 없는 금을 길어낸다. 공연이 시작되기 몇 시간 전에 장은 니콜라에게 그 느낌을 표현한다. 니콜라는 너무 지나친 상상이라며 그를 질책하지만, 왕이 그날 저녁 장을 곁에 두고 싶어한다는 사실을 알리자 할 말을 잃는다.

그는 구태여 고개를 돌릴 필요조차 없이 어떤 윤곽, 어떤 몸짓, 아주 가냘픈 호흡까지도 느끼고 포착한다. 왕의 신발, 신발의 문양, 버클, 리본, 양말의 비단 짜임새를 세세히 훑는다. 발목에서 장딴지로, 그리고 천천히 더 올라가다가 무릎 바로 밑에서 흠집 하나를 발견한다. 그는 충격을 받고 결점을 살펴보려고 고개를 돌릴 뻔한다. 그러다 자제하고, 옆쪽 시각을 흐리고 애써 앞쪽만 보려고 애쓴다. 하지만 그의 정신은 양말의 흠집을 놓치지 않는다. 왕은 물질의 우연에 굴복하는, 그저 죽기 마련인 한낱 인간에 불과하다. 그렇게 그의 결점들, 그의 인간적인 면이 드러나도록 내버려둔 그 모든 사람들에 대한 한 줄기 증오가 장의 속을 뒤집는다. 묵직한 천, 자극적인 빛이 공기를 희박하게 만들어 그는 숨이 막힌다. 그때 갑자기 안티오쿠스의 목소리가 울린다.

잠깐 멈춥시다.

장은 냉정을 되찾고 눈을 감는다. 내 작품은 이쪽에서 저쪽까지 관통하는 기나긴 한숨에 지나지 않을 거야. 그는 니콜라에게 이렇게 말하곤 했다. 그러면 니콜라는 대답했다. 관중에게는 줄거리가 필요해. 왕이 그를 향해 고개를 돌린다. 장은 버티지 못하고 그 눈길을 마주한다. 왕은 웃으며 "대담하군."이라고 말하고는 다시 무대를 바라본다. 장의 심장이 타오른다. 왕은 그 한숨의 의미를 이해했다. 장의 심장이 갈비뼈 사이로 밀랍처럼 녹아내린다.

그때부터 5막이 진행되는 동안 그들은 더 이상 서로를 쳐다보지 않지만 틈틈이 질문하고 경청할 것이다. 장은 왕이 발레도 기계장치도 없는 그 단순한 비극을 통해 자신이 순수한 언어를 창조하고 썩어빠진 가짜 돌멩이들 틈에서 그의 통치에 다이아몬드의 광채를 부여하고 싶어한다는 걸 감지할지 끊임없이 자문할 것이다. 왕은 권력과 사랑 사이에서 그토록 적절하게 균형을 맞출 수 있다는 데 놀랄 것이다. 그의 안에는 분명 티투스가 있고, 어쩌면 베레니스까지 조금 있는지도 모른다. 장은 점점 흥분해서 더는 가만있지 못하고 흥분을 가라앉히기 위해 의자에서 수없이 몸을 비비 꼰다. 이 비극은 장과 왕 사이에 새로운 형태의 동맹을, 현학적인 해설도 말도 필요 없는 동맹, 깊은 상처에서 생겨나는, 코르네유도 몰리에르도 결코 따라잡지 못할 공모 의식에서 생겨나는 동맹을 체결하게 해줄 것이다. 게다가 공교롭게도 결말 직전에 왕은 고개를 완전히 돌린다. 장도 마찬가지다. 눈물이 흐르다 굳고 다시 흘러 옷의 두꺼운 천 속으로 사라진다. 장은 마치 자신이 운 것처럼 자기 뺨을 닦고 고개를 끄덕이고는 다시 눈앞의 연극을 응시한다.

마리는 경이로웠다. 그는 그녀를 칭찬하고, 고마워하며 끌어안는다. 그러나 그날 밤 그는 그녀 곁에 누워서 그녀를 생각하지 않는다. 뒤파르크를 생각한다. 슬픔은 점차 해소된다. 화학 현상처럼, 생리 현상처럼 말라가고, 몸의 심층을 떠나 표피에만 머물고, 냄새와 촉각을 버리고 오래도록 이미지에 매달린다. 뒤파르크의 아름다운 얼굴이 예고 없이 아직도 불쑥 나타나는 것처럼. 평온한 돛처럼 팽팽하게 웃고 있는 거대한 얼굴. 그렇다. 이 시각적인 집요함, 그의 망막에 남은 이 흔적, 이것이 그가 모든 걸 잊고, 모든 습관을 잃고도 그녀로부터 간직하고 있는 것이다. 비록 그것을 나타나게 하려면 집중해서 기억을 끌어모아야 하지만. 그가 아직도 그렇게 하는 건, 그녀가 사라지지 않고, 그를 떠나지 않고, 그의 일부분이 그녀와 더불어 사라지지 않게 하기 위해서다. 물론 그에게는 비극 작품이 있지만 질투심 어린 이 친밀한 흔적도 보살펴야 한다. 그걸 감시할 권리는 누구에게도 없다. 언젠가는 베레니스도 애써 생각해야만 티투스의 얼굴을 떠올리게 될 것이다. 그는 생각한다. 다행히도 내 작품들 덕에 나는 이 말을, 이 공동의 운명을, 이 무미건조함을, 사랑으로 애끓는 심장을 말하지 않아도 된다. 그가 24시간이라는 시간에 한정해서 쓰기로 선택한 건 시간의 거대한 냄비 속에 모든 걸 쏟아내지 않기 위해서가 아닌가? 그는 시간을 싫어한다. 시간은 사랑과 사랑의 슬픔을 무디게 만들기 때문이다.

그는 잠든 마리를 바라본다. 그녀에게서도 그의 생각 위에 그물처럼 드리운 작은 얼굴의 이미지만 남게 될 것이다. 뒤파르크가 그를 떠나 그를 잊고 그를 배반했을 때, 그녀의 얼굴은 매번 그의 손가락 사이로 빠져나가 몇몇 얼빠진 조각만 남겼다. 사소한 의심에도 그녀의 이마는 시들어 움푹 팬 눈 위로 무겁게 처졌고, 광대뼈 위로 깨진 유리 조각이 쏟아졌다. 그는 죽은 사람을 바라보듯 연민과 공포를 동시에 느끼며 자신을 바라보았다. 그러다 그녀를 잃었을 때는, 욕망이 그의 입술에 줄곧 걸어두던 미소가 사라졌다. 그의 내면에서 올라오고 몰려들어 삶에 대한 애착을 증폭시키고, 그를 육식동물처럼 탐욕스럽게 만들던 모든 수액의 흔적이 사라진 것이다. 몇 달 동안 그녀의 얼굴은 여기저기 부러져 온통 날카로운 뼈투성이였는데, 불거진 뼈들이 살짝 무뎌지고 밀린 채 봉합된 꼴이었다. 그가 아무리 기억을 뒤져도 그 얼굴에 살점이나 부기를 더할 수는 없었다. 그는 그저 집중해서 윤곽을 알아보는 능력을 갖춘 친근하고 민첩한 손가락처럼 자신의 생각을 움직여 그림 전체를, 붕괴의 규모를 재구성할 뿐이다.

침대 속에서 장은 생각하느라 기진맥진해 마리에게서 떨어진다. 적어도 그는 대중의 머릿속에 멋진 망상을 만들어냈을 것이다. 영원히 집요하게 남아 있을 두 얼굴, 티투스의 기억 속에 영원히 각인된 베레니스의 얼굴, 그리고 그 베레니스의 기억 속에 각인된 티투스의 얼굴을.

모든 귀부인들이 울었어. 니콜라가 그에게 말한다. 이건 승리야. 여자들은 걸핏하면 네 시를 인용해. 재잘거리다 갑자기 진짜 여사제가 된 것처럼 근엄하게 낭송하곤 해. "나는 그를 사랑해서 그를 피합니다. 티투스는 나를 사랑해서 나를 떠납니다!" 너, 성공한 것 같은데……. 뭔지는 모르겠지만 성공한 건 분명해…….

앞으로 극장을 채우는 프랑스 여자들은 자신의 사랑을 말하기 위해 내 시를 필요로 하겠지……. 다른 사람들 앞에서, 자기 자신을 위해. 나는 온 국민이 의지하는 수단이 된 거야.

꼭 잡지 발행인들처럼 말하는군. 하지만 사람들의 말은 그렇지 않다는 걸 알아야 해……. 니콜라가 덧붙인다.

뭐라고들 하는데?

네 비극은 아름다운 단장斷章을 이어놓은 것이고, 정중한 광시

곡이라고들 말하지…….

계속해봐.

네 안티오쿠스는 아무 짝에도 쓸모없는 인물이고, 그의 마지막 말은, 울기 위해 그가 꺼내 드는 손수건만 한, 주머니 속 "슬프게도"라고 말하지.

무대에 손수건은 등장하지 않아.

그 "슬프게도"가 손수건을 대신한다고 말하지.

네 말을 듣다 보니 너도 그 말에 동의하는 것 같은데?

그렇게 사소한 문제에 관해 글을 쓰면 비판받을 거라고 내가 말하지 않았어? 왜 별것 아닌 문제에 대한 비극을 쓴 거지?

이별은 별것 아닌 게 아니야.

네가 서문에서 그렇게 말했잖아.

그건 그래.

근대적인 엉뚱한 생각인 거야? 창작자로서 도발을 시도한 거야?

아니야. 이별 통보에서 일어나는 모든 것을 포착한다면 우리는 인간 조건의 한가운데, 인간의 욕망과 고독의 중심에 있는 거야. 피 한 방울 흘리지 않고 영혼의 주검을 해부할 수 있지.

다시는 나한테 해부 얘기는 하지 말아줘!

장은 품위 있게 고개를 끄덕이지만 자존심이 상했다. 그의 시 일부가 살롱에서 농담거리가 된다는 사실을 알게 되었을 때는 더더욱 그랬다. 마리가 이미 그에게 조심하라고 했었다. 사람들은 군주가 웃긴다느니, 제국이 시시하다느니 혹은 그보다 더 나쁜 소리를 떠들어댄다. 그리고 그의 여주인공의 동기들을 폄훼한다. 만약 그녀가 자살한다면 티투스도 자살할 테고, 가련한 여자는 저세상에서 그를 다시 만나는 불쾌한 일을 겪게 될 것이다. 그래서 팔레스타인으로 돌아간 거라고.

그는 자신이 쓴 서문을 인용해 대답한다. 그건 그녀가 헤어지기 위해 기울인 모든 노력을 무시하는 말이다. 이 말에 그의 구문론을 겨냥한, 잘못 사용된 그의 동사들을 겨냥한 공격이 쏟아진다.

"행복한 베레니스여, 어쩌면 밤이 내리기 전에 왕비라는 이름을 여제의 이름으로 바꾸라." 여기서는 전치사 'à'가 아니라 'en'을 썼어야죠.

장이 방어하고 나선다. "빵이 우리 주님의 몸으로 변했다."에서도 'à'를 쓰잖습니까.

당신의 비극은 성찬聖餐이 아니잖습니까.

당신은 문법을 준수하지 않네요. "난감한 내 혀는 입속에서 스무 번이나 얼어붙었다." 여기서는 조동사 'avoir'가 아니라 'être'를 썼어야죠. 'a demeuré'가 아니라 'est demeuré'라고 썼어야 했습니다.

그랬으면 효과가 달라졌을 겁니다.

저 사람들이 대체 무슨 소리를 하는 거야? 장은 생각한다. 그가 보기에 이 야단법석은 소송에서, 주식 시장에서, 법률에서, 그리고 시장에서 끌어온 것이어서 결국 그는 포기하고, 번지도록 내버려두고, 발톱을 집어넣는다. 저들은 정말이지 그가 의도적으로 그렇게 쓴 게 아니라고 생각하는 걸까? 니콜라는 그가 더 수정하도록 촉구하지 않은 자신을 자책하면서도 친구의 배짱에 감탄한다. 언어를 조심스레 움켜쥐고는 제멋대로 비트는 그 방식에 감탄한다. 그리고 모든 논리를 뒤엎고, 그가 어딘가에 나타날 때면 새롭게 확인되는 공경에 감탄하지 않을 수 없다. 아마도 그건 그의 근엄한 표정, 점점 더 화려해지는 그의 옷차림 때문일 것이다. 그 앞에서 니콜라는 온갖 가설을 늘어놓는다. 첫째, 장은 사랑 때문에 피 흘리는 마음이 말하게 하는 법을 알았다―조롱은 그저 인정認定과 고통을 숨기기 위한 것일 뿐이라고 그는 말한다. 둘째, 몰리에르가 있고 륄리가 있지만, 이제 왕은 그에 대해 말할 때 눈빛을 반짝인다. 셋째, 그는 코르네유를 늙은 비극 시인의 대열로 확실히 쫓아버렸다. 장은 미소 짓는다. 그는 이런 유형의 산술적인 생생한 말솜씨를, 단호한 결론을, 그를 위해 돌풍처럼 몰아치는 변호를 좋아한다.

매우 아름다운 여자들이 속내를 털어놓으며 그를 압박한다. 그 여자들은 종종 노골적이다. 삶에서 이별은 그의 작품 속만큼 장엄하지 않다고, 삶 속 이별은 장중한 조화도 없으며 날카롭게 고막을 찢는다고 그에게 말하는 여자처럼. 버림받은 사람은 해골이에요. 뼈가 샅샅이 발리고 연하디연한 연골까지 마구잡이로 찢겨 온통 삐걱거리는 해골과 같죠.

우리에게서 뜯겨나가는 건 차라리 심장 아닙니까? 그가 묻는다.

아뇨…… 아뇨……. 뼈예요. 여자가 대답한다.

장은 생각한다.

시는 생생한 감각에 대고 칼을 가는데.

당신의 『베레니스』에 나오는 인물들이 내 눈에는 한낱 잿더미처럼 보였어요. 다른 여자가 그에게 속삭인다.

네. 장이 말한다.

연기 나는 잿더미지만 오랫동안 연기를 내뿜지는 않을 겁니다. 목멘 소리로 여자가 덧붙인다.

네. 귀를 스치는 부드러운 숨결에 홀린 채 장이 다시 말한다.

차가운 하늘이 그들의 열정을 지치게 만들 겁니다…….

그는 그 말에 동의하며 미소 짓고, 그녀의 시적 재능을 치하한다. 그러자 갑자기 여자가 눈물을 쏟는다. 장은 당혹해서 주변을 둘러본다. 방 반대편에서 노려보는 니콜라의 매서운 눈길과 마리의 미소와 마주친다. 곧 용기를 얻은 그는 옆의 여자를 향해 손을 내밀어 그녀의 손을 잡고 그녀에게 더없이 다정한 위로를 약속한다.

그러면 당신도 저와 같은가요? 그녀가 그에게 묻는다. 당신도 사랑했고, 사랑받고 싶었나요?

그런 셈이죠.

그녀는 곰곰이 생각하다가 말을 잇는다.

저는 저 아름다운 시가 당신의 영혼 밑바닥에서 나온 것이 아니라고는 생각할 수 없어요.

영혼에는 바닥이 없지요. 장이 말한다.

그는 자신의 침착함이 마음에 들었다. 갈랑트리 때문에 사람들로부터 꽤나 비난을 받았었기에 더 이상은 부인네들 사이에서 실수를 저지르지 말아야 한다. 그리고 분명히 털어놓아야만 한다. 그의 작품은 그의 경험을 월등히 뛰어넘는 것이라고. 물론 대중의 마음에 씨를 뿌리고 열정이 타오르게 하기 위해 그에게 남아 있던 슬픔을 작품에 집어넣긴 했지만, 그의 피는 하얗고 차가운 불연성의 물질이 섞여 두 배로 희석되었다. 장은 가련한 여자를 끌어안으며 생각한다. 내게 무슨 일이 닥치건 더 이상은 여자처럼 고통받지 않을 것이다. 잠시 후 그가 그녀의 몸속으로 들어가 허리를 놀리며 가하는 힘은, 사냥꾼이 더 이상은 먹이가 아님을 확인해준다.

기계장치들이 극장을 점령한다. 특히 몰리에르의
장치가 그렇다. 기술자들이 곳곳에서 도착해 값을 올려 부른다.
왕은 주문하고, 도르래 장치 앞에서 열광한다. 무대 위에서 바다
가 거세게 일고, 하늘이 어두워지고, 사람이 하늘을 날고 지면에
서 뜨고 물에 빠진다. 장은 그런 온갖 환상에 질겁한다. 사람들
이 묻자 그는 말한다. 하느님과 하늘을 별별 일에 다 이용하는군
요. 이건 스스로 하느님이나 하늘이 된 듯 구는 일입니다. 그는
결코 거기까지 가지 않았고, 앞으로도 그러지 않을 것이다. 어느
날 밤, 낮에 본 공연 때문에 그는 지옥에서 지상의 어떤 불보다
60배나 뜨거운 불에 타는 꿈을 꾼다. 그의 영혼이 종이처럼 불
꽃 속에서 말리고 뒤틀리는 꿈이다. 두려움에 사로잡혔지만 그는
잠에서 깨면서, 그렇게 자세하게 지옥을 상상한 것에 흡족해하며
"지상의 어떤 불보다 60배나 뜨거운 불"이라고 거듭 말한다. 절도
에 그의 두려움이 실려 있다.

그는 마리에게 말한다. 몰리에르가 기를 쓰고 탈선하고 있다는 사실을 왕에게 말해야겠어요. 계속 이런 식으로 가다간 프랑스 왕국 전체가 바보 같은 기계장치로 변하게 될 거요.

내가 당신이라면 변화에 발맞추겠어요. 그녀가 배신이 묻어나는 다정한 말로 대답한다.

니콜라가 그에게 왕을 알현하게 해주었을 때 왕은 당신도 기분 전환을 할 필요가 있고, 왕국이 기분 전환을 하게 해줄 필요도 있다고 대답한다. 기계장치가 눈길과 정신을 사로잡긴 하지만, 그렇다고 위대한 비극을 축출하는 건 아니다. 왕은 그의 언어를 좋아하며, 그의 언어는 나라에, 인류 전체에 도움이 된다. 여자들의 배타적 집착, 남자들의 체념과 야심을 그대처럼 말한 이가 누가 또 있었는가? 왕은 이렇게 말하고 가까이 다가오더니 목소리를 낮춘다.

남자들도 한번쯤은 여자들처럼 다뤄져봐야 합니다……. 다시 말해…….

왕은 머뭇거리더니 고개 숙이며 말한다.

……삽입당해봐야 한단 말입니다. 그러면 소유당하고, 채워지려는 욕구를 이해하겠지요. 여자가 배 속 깊은 곳에서 느낄 공허감과 버림받는 느낌을 말입니다…….

장은 어안이 벙벙했다. 그가 마음의 동요를 감추는 동안 왕은 그의 주위를 돌며 점점 더 원을 좁혀온다.

……하지만 반대로 여자들 역시 한번이라도, 분출하기 위해, 씨를 뿌리기 위해 힘이 솟구쳤다 시들고 사라지는 욕망을 알아야 합니다. 우리 남자들은 그 욕망이 오래가지 않고, 거기 집착하

지 않으며, 다중적이라는 걸 잘 알지요. 그렇잖습니까? 우리는 그런 욕망을 매번 느끼지만 여자들이 그걸 어떻게 알겠습니까?

왕은 멀찍이 떨어지며 다시 정상적인 목소리로 말을 잇는다.

만약 두 성이 서로를 잘 안다면, 각 성이 잠깐이라도 상대 성의 입장에 서볼 수만 있다면, 이렇게 많은 비극과 불행은 없을 겁니다. 하지만 그러면 비극 작품도 없겠지요. 이건 안타까운 일이겠군요. 아마도 그대가 남녀 사이의 오해를 걷어내는 데 기여할 수 있을 것 같은데. 그러길 바랍시다…….

장은 이마를 찌푸린다. 그는 무슨 말이 이어질지 불안하다.

그대는 여자의 몸속에 들어가보려고 시도하잖습니까. 감탄스런 일입니다. 왕이 계속 말을 잇는다. 어쩌면 언젠가는 여자도 그 반대의 시도를 할 테지요. 하지만 그렇게 대담한 여자는 아직 태어나지 않았어요…….

알현이 끝날 무렵까지 장은 왕을 만나러 온 이유를 잊고 있었다. 왕과 그 사이에는 이제 아무런 금기가 없다. 자신의 네 마리 말의 질주에 취한 채 그는 무대 위에 올릴 가치가 있는 유일한 기계장치는 한 여자가 들어가서 남자가 되어 나오거나 혹은 그 반대인 마술 상자가 될 거라고 생각한다. 어쩔 수 없이 그는 또다시 자기 안에서 수단을 찾고, 왕이 조금 전에 공식적으로 그에게 맡긴 전대미문의 임무를 수행하기 위해 비극이 제공하는 모든 구실을 이용해야 할 것이다.

그래서 그는 속내 이야기를 그에게 털어놓았던 그 모든 불행한 여자들을 다시 만나 자세히 신문하리라고 마음먹는다. 그는 그들이 그의 다음 작품 속에 들어갈 것이며, 그들의 말을, 그들의 우수를 거기서 만나게 될 거라고 장담한다. 거의 모든 여자들이 설득당한다. 그는 한 가지 장치를 마련한다. 여자들이 말을 하도록 특별히 준비한 작은 방에 그들을 앉힌다. 그러나 여자들과 그 사이에 그의 눈길로부터 그들을 보호해주는 커튼을 설치해두었다. 여자들에게 지시 사항을 전한 다음 그는 떨어져서 커튼을 치고 그들에게 이야기하기를 청한다.

그는 쓰고, 밑줄 치고, 어떤 말은 다시 반복하게 한다. "찢긴 상처"라는 말을 사용하셨는데, 왜죠? 그 "공포"라는 걸 묘사해보세요. 그게 낮에 찾아오나요? 아니면 밤에? 그리고 그 질투심은 언제 엄습합니까? 그는 세네카나 퀸틸리아누스의 작품에 주석을 붙이던 때와 같은 방식으로 여백에다 자신의 해설을 덧붙인다. 여자들의 고백을 하나도 놓치지 않기 위해 재빨리.

이따금 그는 제삼자의 증언을 포개어 자신의 장치를 이중으로 만든다. 그러면 다른 여자들이 와서 첫 번째 여자가 경험한 것을 자신들의 관점으로 이야기한다. 그는 시작하기 전에 그들에게 확실히 말해둔다. "그녀에 대해 모든 걸 알고 싶습니다. 그녀의 변신, 창백한 안색, 수척한 모습, 난폭한 말, 욕설, 죽고 싶어하는 마음. 그는 꼼꼼하게 기록하고 비교하고, 종종 두 가지 이야기 사이에, 한 여자의 호의와 두 번째 여자가 상대의 불행을 그리면서 맛보는 즐거움 사이 중간쯤에 자리 잡는다. 그러나 우월한 관점을 구하지는 않는다. 그는 오가며 모든 여자들이 모르게 영혼의 주름을 탐험하기를 좋아한다. 끝나고 나면 기분에 따라 그들을 배웅하거나 자기 방으로 초대한다.

마리는 그의 새로운 작업 방식에 화를 낸다. 언제부터 작가께서 스스로를 낮춰 평범한 여자들의 고해를 듣게 되신 거죠? 시가 현실을 양식으로 삼는 걸 어디서 보셨나요? 그러니까 시의 허영에는 한계가 없나요? 그는 개의치 않고 아직 어떻게 쓸지는 알지 못하지만 분명 그에게 도움이 될 정보들을 수집한다. 상담이 끝나자 그는 자신의 전리품을 헤아린다. 커다란 노트가 세 권이나 된다.

니콜라는 그의 방식을 상스럽다고 생각한다. 그는 그에게 노트들을 태워버리라고 권한다. 장은 생각한다. 정말이지 불꽃이 호시탐탐 나를 노리고 있군. 하지만 그는 일찌감치 분서에 길들어 있었기에, 행여 그의 노트가 태워지더라도 충격조차 받지 않았을 것이다. 그는 태워진 텍스트들 가운데 어느 것도 절대 잊지 않았다.

다시 마리가 나선다. 그가 온종일 여자들을 만난다는 사실을 사람들이 알기 시작했다. 이건 평판이 걸린 문제예요. 그녀가 말한다. 그녀는 복수를 하기 위해, 몰려드는 숭배자들에, 몰리에르가 그녀의 문 앞에서 불게 하는 나팔 소리에 굴복한다. 그녀를 잃는다면 장은 자기 작품의 영혼을 잃을 뿐 아니라 기계장치들을 상대로 벌이는 전투에서마저 지게 된다. 그의 비극에는 스타 여배우가 필요하다. 그래서 그는 만회하기 위해 마리가 보는 앞에서 노트 세 권을 불태우겠다고 한다. 그리고 속죄를 완성하기 위해 이튿날 당장 그녀의 전신 초상화를 주문하기로 마음먹는다.

그리고 초상화 작업 초기에 포즈를 잡는 기간 동안 그녀를 따라가 그녀의 얼굴과 손, 속눈썹을 아주 부드럽게 부딪치는 그녀만의 방식을 지켜본다. 그리고 그림의 침묵 속에 빠져든다. 그는 붓이 팔레트를 거쳐 화폭과 접촉하는 것을 보고 눈을 감는다.

다음번에 배우에게 침묵을 지키라고 요구해야 할 때 그는 말할 것이다. 붓이 화폭을 스치는 소리가 들릴 정도로, 아니면 더 나아가 펜이 종이 위를 스치는 소리가 들릴 정도로 침묵하라고 말할 생각이다. 마리는 이따금 고개를 돌려 그의 어두운 얼굴을 발견하고 왜 그러느냐고 묻는다. 장은 편두통을, 심각하지 않은 장애를 내세운다.

당신의 터키인들을 생각하는 게 좋겠어요! 그녀가 그에게 말한다.

내 터키인들은 잘 지내요. 그가 퉁명스레 답한다.

그들이 분명 성공을 거둬 당신의 가련한 『베레니스』를 잊게 해줄 거예요.

그녀 말이 옳다. 그가 처한 상황에서는 액션 넘치는 비극을 완성하는 것 말고 달리 선택권이 없다. 그걸 쓰면서 조금 지루해진다 해도 할 수 없다.

어떤 날에는 화실에 너무 오래 머물다가 화가와 이야기를 나누기도 한다. 그는 화가의 방식에 관해, 그가 보는 것과 그리는 것 사이의 괴리에 관해 묻는다. 화가는 바로 그 괴리를 줄이기 위해 최선을 다한다고 대답한다. 장은 눈앞에 실제 사물을 둔 그가 부럽다. 그는 쌓아올린 이야기들, 쉽게 사라지는 흐릿한 비전만 갖고 작업하는데.

어렸을 때 저는 땅을 빨간색으로 칠해, 초록 풀이 한가운데 있는 붉은 땅을 그리고 싶었습니다. 글도 마찬가지 방식으로 쓸 수 있다고 생각했지요.

화가는 놀란 눈으로 그를 바라본다. 마리는 그가 엉뚱한 생각으로 모두의 정신을 흩트려놓는다고 질책한다.

니콜라는 그의 『바자제』를 좋아하지 않았고, 마리는 록산 역할을 거절했다. 그녀는 그 역할이 너무 야만적이고 노골적이어서 자신의 경력에 흠이 된다고 말했다. 그녀는 두 대사에 맹렬히 반대했다. 2막 초에 "바자제, 들어보세요. 당신을 사랑하는 것 같아요."라고 완전히 발가벗는 고백을 한 뒤 곧 "이젠 아무것도 바라는 게 없어요."라고 더 발가벗은 고백으로 앞서 한 말을 부인한다는 것이다. 우리에게는 이빨조차 없는데 우리를 사랑하지 않는 사람들을 물어뜯는 걸 사랑인 것처럼 표현하는 건 거부하겠다고 그녀가 덧붙였을 때, 장은 그녀를 설득하려 애쓰지 않고 그녀가 훨씬 싱거운 아탈리드 역을 맡도록 내버려두었다.

그는 유행과 경쟁자들이 주는 영감에 따라, 그 영감이 불러일으키는 새로운 가치들에 따라 작품들을 이어간다. 그는 니콜라가 그의 『미트리다트』를 좋아하리라는 걸 안다. 모두가 그의 『미트리다트』를 좋아할 것이고, 특히 미트리다트 왕을 좋아할 것이다. 그 왕에게 그는 권력 행사와 정복에 관한 긴 독백들을 부여한다. 그가 자기 작품 속에 집어넣은 맹렬한 여전사가 그의 마음을 사로잡는다. 여느 때보다 그는 공격에 대응하고, 책동을 와해시키고, 두 배 세 배로 힘을 모아 싸운다. 그는 우두머리가 되고 살롱의 왕이 되어 여느 때보다 많은 친구와 가신을 거느린다. 그의 앞에서 사람들은 비켜서고, 일부 작가들은 대결의 위험을 무릅쓰지 않으려고 가명까지 쓴다. 그는 자신의 시를 시험해보려고 튈르리 공원으로 가서 칼을 빼들듯 큰소리로 시를 낭송하기까지 한다.

오늘 아침에 튈르리의 인부들이 너를 절망해서 연못에 뛰어들려는 사람으로 여겼다고 하던데. 니콜라가 그에게 전한다. 조심해야겠어.

그러나 장은 개의치 않는다. 아니 차라리 그가 꾼 꿈에서처럼 미친 사람 취급을, 사람들이 겁내는 괴짜 취급을 받는 것이 기분 나쁘지 않다. 왕의 갑옷을 입고서 늙은 코르네유의 배에, 그리고 코르네유의 동생의 배에 칼을 쑤셔 넣고 걸쭉한 피가 잔뜩 묻은 칼을 다시 빼내는 꿈에서처럼. 심지어 밤에 활사법들이, 몽유병자의 난폭한 이야기들이 떠올라 그는 마리에게 자신이 그녀부터 시작해 가장 위대한 배우들과도 경쟁할 수 있다고 말하기까지 한다.

그는 니콜라의 훈계에 짜증이 났지만 창세기의 도입부보다 더 숭고한 건 없다고 말하자 그를 용서한다. "하느님께서 빛이 있으라 하시니 빛이 있었다. 땅이 있으라 하시니 땅이 있었다." 그런 순간에 장은 두 사람의 우정 속에서 타산과 상호 간의 관심을 뛰어넘는, 소박한 문체에 대한 본능적인 열정을 알아본다. 니콜라가 도를 넘어 거리낌 없이 그의 시를 뒤질 정도다. 니콜라는 그의 시가 아니면 호메로스나 에우리피데스의 시를 작지만 날카로운 목소리로 평가한다. 이 완곡어법은 과장되었다느니, 혹은 이 격렬함, 이 신속함은 정말 숭고하다느니. 장은 화가 치밀지만 자신의 최근 두 작품에 뭔가가 부족해 보이는 듯해서 니콜라의 말에 탐욕스레 귀 기울인다. 그가 『베레니스』에서 보여주었던 장엄함, 오레스트와 에르미온의 광기를 이 작품들에서는 찾아볼 수 없다. 그는 대담함을 잃었고, 인물들을 구속하고, 유행과 성공에 너무 많이 양보했다.

그는 니콜라에게 부탁한다. 내 시를 가지고 늘 하듯이 해줘. 껍질 벗기고 뼈를 발라내줘. 내 시들이 과장된 말투로 부풀어 오르고 꺼질 때마다 말해줘.

날 믿어. 니콜라가 말한다. 그건 그렇고 에우리피데스의 시구 하나 때문에 머리를 쥐어뜯고 있어. 날 좀 도와줄 수 있어?

물론이지. 장이 말한다.

난 그 시를 이렇게 번역했어. 어떤 끔찍한 뱀들이 그들 머리 위에서 쉭쉭거리나? 어떻게 생각해?

장은 미소 짓는다. 그가 어디서 차용했는지 알아본 것이다. 작가들은 서로 베끼지. 그런 거야. 니콜라는 너그러운 얼굴로 그의 의견에 동의하고, 그런 절도가 없으면 어떤 작가들은 영원히 지워지고 말 거라고 덧붙인다. 마침 지금 그가 번역하고 있는 작가처럼. 그 작가에 대해서는 알려진 게 거의 없고, 그의 다른 텍스트들은 모두 분실되었다.

장이 말한다. 앞으로 몇 세기가 지나면 우리도 거의 무명에 가까울 정도로 흐릿한 작가가 될 테고, 우리의 말은 시간의 숲에서 길을 잃게 될 거야. 이 땅에 존재했건 존재한 적이 없었건, 사실 뭐가 다르지? 이렇게 피곤하게 살 이유가 있을까?

니콜라는 걱정한다. 장이 몸을 떨기 시작한 것이다. 그는 불안한 마음을 가라앉히기 위해 자신의 이목구비를 갖추게 될 대리석 흉상을, 무슨 일이 있어도 시간의 숲에서 되찾게 될, 부식되어도 증인 구실을 할 흉상을 떠올리려고 애쓴다.

그는 기다린다.

축하 인사를 받는 유일한 사람이 되고 싶었지만 왕의 명령을 바꾸게 하지는 못했다. 다른 신입 회원 두 명이 그와 함께 아카데미에 들어섰지만, 모두를 배려해서 세 사람은 각기 다른 살롱에 자리 잡았다.

그의 옷과 모자를 장식한 깃털들이 그의 내면에서 부는 바람에 나부끼고, 그의 장기들을 옥죄는 차가운 공기에 피가 얼어붙는다. 사람들이 곧 그를 데리러 올 테고, 그는 불멸의 존재가 될 것이다. 이 말이 그는 전혀 부끄럽지 않다. 오히려 그걸 즐긴다. 그가 죽고 난 뒤에 그의 영혼이 살아남을 필요는 없다. 그의 언어는 살아남을 것이다. 그는 그의 고모를 생각하고, 그에게 구원이란 없다고 끊임없이 세뇌시키던 모든 사람들을 생각한다.

작년까지도 관중은 아카데미 모임에 초대받지 못했다. 그러나 콜베르와 왕은 그들을 한층 더 유명 인사로 만들고 싶어했다. 이건 행운이다. 장은 친구들, 후작, 사촌들, 모두를 초대했다. 마리만 빼고. 여자들은 받아주지 않기 때문이다. 이날은 그 어떤 날보다 위대한 날이다. 모든 세례 가운데 가장 명예로운 세례. 그는 한 달 전부터 준비하고, 연설문을 다듬고, 축연을 기획한다.

그는 단 한 번 후보가 되고 바로 선출되었다. 그가 모략의 전문가가 되어서 모략을 싹수부터 자르거나 자신에게 유리하게 돌릴 줄 알았기 때문이다. 왕은 그에게 즉각적인 지지를 표명했다. 스물여섯 표 가운데 그를 반대하는 표는 다섯 표뿐이었다. 코르네유는 선출되기까지 세 번이나 지원해야만 했다. 땅딸막하고 늙은 형체는 왕의 옛 국사원에 자리하게 될 것이다. 입석 관람객들의 야유를 부추겼던 바로 그 형체는 두려움과 질투, 혐오 위에 미소를 내걸고, 다른 사람들과 마찬가지로 그를 맞이하게 될 것이다. 장은 그에 대해 이제는 가벼운 적의만 느낄 뿐인데, 코르네유가 지금 숭고하리라 추정되는 작품을 쓰고 있다고 누군가 그에게 말하자 그 적의는 조금 더 강한 휘파람 소리를 낸다.

사람들이 온다. 그는 집행관을 따라 커다란 살롱까지 간다. 탁자 한쪽 끝에는 아카데미 집행부가 있고, 양쪽에 다른 아카데미 회원들이 자리하고 있고, 다른 쪽 끝에는 빈 의자가 놓여 있다. 그는 다른 두 회원 뒤로 돌아 빈 의자로 가서 앉는다. 왕은 그가 다른 두 회원인 학자와 사제보다 더 명예롭게 대열의 마지막에 서도록 배려한 모양이다. 그 반대가 아니라면…… 아냐, 그건 불가능한 일이야. 왕이 당신 자신에 대해 그렇게 생각할 수 없으므로 나에 대해서도 그렇게 생각할 수 없어, 하고 장은 생각한다.

그는 자신의 연설문을 니콜라에게 보여주었고, 이번에는 라퐁텐에게도 보여주었다. 그는 그들의 눈에서 질투심과 헌신을 보았다. 다른 사람들에게 공이 돌아가는 일에 쏟지만 자신을 위한 것으로 보고 싶어하는 헌신이 번득이는 걸 보았다. 열띤 부러움을, 부당함의 감정을 바꾸어 상대가 고마움을 느끼도록 하려는 욕구를 보았다.

연설이 시작된다. 장의 눈길이 후작의 눈길과 마주친다. 장은 미소를 지어 보이고, 그들의 머리 위를 비추던 달을, 어린 시절 그들의 허세를 떠올린다. 이제 그는 충실한 친구들을 모았다는 기쁨과, 그들이 그를 최악의 시절에, 고아에다 가난하고 타지에 고립된 처지였던 시절에 알았고, 후작은 그가 여러 차례 수모를 당하던 시절에 알았다는 생각으로 인한 불쾌감을 분리하지 못한다. 그러나 이제는 프랑스 아카데미의 회원이 되었으니 누구도 그가 좋아하는 것을 더 이상 불태우지 못할 것이다. 몰려드는 온갖 생각을 휘젓고 있는 동안 지위에 관한 24조 법령이 낭독되자 그는 머릿속이 조금 평온해진다. 그는 그 법령을 외우고 있다.

원장은 말한다. 아카데미의 주된 역할은, 성심껏 가능한 한 신속하게 우리의 언어에 명료한 규칙을 부여해 우리 언어를 여러 예술과 학문을 다룰 수 있는 순수하고 표현력 풍부한 언어로 만들도록 작업하는 것입니다.

장은 그 임무를 이해하고 존중한다. 그는 그 임무의 선별적이며 집단적인 차원을 헤아리지만, 퓌르티에르(프랑스 소설가이자 사전 편찬자)가 아니므로 사전을 만들지는 않는다. 그는 특권이 더 커져서 자신이 세상에서 가장 위대한 왕의 언어를 정화할 수 있는 유일한 사람이길 바란다. 필연적이고 예상되는 표현이지만 그럼에도 모두를 도취시키는 관례적인 문구가 신입 회원의 입에서 나온다. 신입 회원은 왕의 이름을 말할 때나 "신사 여러분"을 말할 때마다 모자를 벗는다.

장은 자기 차례에 예의범절을 갖춘 행동을 잊을까봐 겁이 났다. 그는 혹시라도 그럴 경우 그에게 손짓을 해달라고 니콜라에게 부탁해두었다. 그는 코르네유가 지금 무엇에 관해 쓰고 있는지, 그 늙은이가 그에 맞서 준비하고 있는 도전이 무엇인지 알고 싶었다. 로마에 관한 것인지 아니면 아네테에 관한 것인지? 그는 다음 날 알아볼 생각이다. 그리고 눈길을 코르네유의 눈길에 포개고, 매섭지도 나약하지도 않은 표정으로 그를 응시한다. 그런데 코르네유가 갑자기 격렬한 기침 발작을 일으켜 연설자의 말을 덮어버린다. 그는 생각한다. 내 취임식 날에 그가 죽을 수만 있다면 좋으련만. 그렇다면 극적 효과가 얼마나 크겠는가! 그의 입가에 슬그머니 미소가 떠오른다. 더구나 몰리에르도 건강이 매우 안 좋아서 폐 때문에 무대 위에서 죽을 수도 있다고 한다. 그러면 그 혼자만 남게 될 것이다……. 그러나 코르네유는 회복되어 평온을 되찾고 자세를 곧추세운다.

장은 자신이 쓴 문장 한 줄 한 줄을 기억한다. 문장들은 그의 안에서 넘어지지 않고 잘 굴러간다. 몇 분 뒤면 그 문장들은 박자에 맞춰 전율하며 밖으로 나올 것이고, 갈루아의 문장들을 어렵지 않게 지울 것이다. 왜냐하면 리듬, 지속적인 과장과는 전혀 다른 작문, 음절 수가 들리게 만드는 문장들, 정해진 각도로 뱀처럼 물결치는 움직임, 불연속적인 멜로디, 이런 것들이 그만의 징표이기 때문이다. 장은 생각한다. 왕은 이제 노래처럼 낭송되는 연극을 통해서만 맹세하는데, 음악 없는 노래보다 더 순수한 것이 있겠는가?

사람들이 학자에게 열렬히 박수갈채를 보낸다. 장도 두 손 모아 박수 부대에 합세한다. 달리 어쩌겠는가? 그는 이 왕국에서 가장 위대한 비극 작가의 연설을 들으려고 일부러 찾아온 콜베르와 눈길이 마주친다.

아직 플레시에의 차례가 남았다. 그의 연설은 다른 진동으로 부추기고, 비약하고, 사람들의 마음을 고무시킨다. 사람들의 얼굴이 환해진다. 재능도 있고 장엄한 열정도 갖춘 연설자다. 그는 결코 불쾌한 인상을 주지 않고, 말을 하면서 자신을 잊지도 않는다. 플레시에는 항구성 그 자체이고, 말하자면 언제나 색깔이 똑같은 사람이다. 갑자기 장은 숨이 막히고 주눅이 든다. 자신의 연설이 상대적으로 저속하고, 단정치 못하고, 외설적으로 보일 거라는 생각이 든다.

멀리서 니콜라가 용기를 북돋우지만 그에게는 한 가지 욕구밖에 없다. 이 자리를 떠나 이 악몽에서 벗어나는 것. 벌써부터 잔뜩 거드름을 피우고 있는 코르네유가, 그에게 반대하는 투표를 한 모든 사람들이, 그리고 어쩌면 심지어 그를 위해 투표한 사람들마저 흡족해하며 빈정거릴 웃음을 무시하는 것. 억수처럼 쏟아지는 박수갈채가 끝날 줄 모르고 이어지며 그를 적개심 어린 물길 속으로 휩쓸어간다. 그는 결코 똑같은 박수갈채를 받지 못할 것이다.

이제 그의 차례다.

장은 자리에서 일어서면서 비틀거리지 않는다. 그는 세월의 끈에 고정된, 화학 물질처럼 안정화된 그 수직 상태의 안정성을 믿는다. 그는 걸어가서 의자에 자리 잡고 인사를 한다. 원장이 모자를 벗는다. 그는 시작한다. 얕은 물에서 수영할 때 팔을 뻗듯이 첫 문장들을 내민다.

세 번째 문장부터 니콜라가 귀에 손을 대며 그에게 더 크게 말하라고 촉구한다. 장은 목소리를 높이지만 여전히 잘 들리지 않는다. 그는 잠시 눈을 감았다가 다시 뜬다. 비서가 그에게 용기를 북돋우는 눈길을 던지지만 장은 더 이상 그를 보지 못한다. 아몽이 이미 그의 자리를 차지하고 땅에 무릎을 꿇고 있다. 그들의 말을 사람들이 들어서는 안 된다. 그곳은 골짜기의 밤이고, 그는 고독 한가운데 있으며, 사람들이 그의 말을 들어서는 안 된다. 그의 목소리는 한 톤 더 낮아진다. 자칫하면 사람들의 귀에는 그의 모자의 깃털들이 일어섰다가 다시 눕는 소리만 들릴 것이다. 그의 문장들은 더 이상 뻗어지지 못하고, 그의 앞에 놓인 물은 대양처럼 커졌다. 그런 아첨조의 장광설을 늘어놓느니 차라리 입을 다물라. 그의 목소리는 오염된 금처럼 급격히 사그라졌다. 고모의 얼굴이 육안으로 봐도 하얗게 질리더니 곧 졸도할 것만 같다. 입을 다물고, 장광설을 삼키고, 희망 없는 속죄의 기도를 올리듯 말해야 한다. 그는 입을 다문다.

수근거림이 물결처럼 일어나며 탁자를 둘러싼 사람들이 술렁이더니 곧 박수갈채가 여기저기서 터져 나오다가 불꽃처럼 인다. 그는 모자를 고쳐 쓰고 자리에 앉는다.

이날에 대해 장은, 집으로 돌아오면서 태운 원고 조각 말고는 아무것도 보지 않고 듣지도 않을 것이다. 사람들은 그의 엄숙한 연설이 플레시에의 연설만큼 힘이 있었다고 말할 테지만 그는 결코 믿지 않을 것이다. 연설문을 출간하라고 제안하겠지만 거절할 것이다. 친구들이 이 사건에 대해 이러쿵저러쿵 해설하고 싶어하면 그들을 입 다물게 할 것이다. 이 사건에 대한 흔적을 간직하지 말라고 조언할 후작만 빼고. 난생처음 장은 자신의 기억에 모든 걸 지우도록 강요할 것이다.

마리는 으스댄다. 그가 그녀를 위해 글을 쓰지 않으면 힘이 빠진다는 말만 거듭한다. 그러나 한 달 뒤 마침내 몰리에르가 죽자, 장은 자신의 삶에 다시는 나약함이 끼어들지 않을 것이라고 다짐한다. 아직 륄리(피렌체 출신의 프랑스 궁정 작곡가)가 남았지만, 륄리는 결코 완전한 프랑스인이 되지 못할 것이다. 이제야말로 모든 자리가 나를 위한 거요. 그가 마리에게 말한다.

그는 작품 네 편을 재출간하기로 결심하고 서문을 부드럽게 다듬는다. 특히 코르네유와 관련된 대목을. 반대로 『앙드로마크』를 일부 수정하면서 에르미온의 분노를 더 키운다. 마리는 자신의 역할이 커지는 걸 보며 좋아하지만, 장은 그녀를 위해 수정하는 것이 아니다. 에르미온은 아직 그가 진가를 다 보여주지 못한 화산 같은 인물이다. 출간을 위해 그는 유명 화가 네 명에게 표지 그림을 주문하고, 오랫동안 망설인 끝에 표지에 '극작품'이 아니라 '작품'이라는 말을 쓰기로 결심한다. 이렇게 하면 그의 오랜 스승들과 고모가 화를 덜 낼지도 모른다. 니콜라는 그의 자존심이 짜낸 그 구실을 비웃는다. 그건 코르네유조차 감히 하지 못할 일이었다.

그는 아카데미에서 열리는 동료들의 회합에 드문드문 참석한다. 주어진 임무를 수행하려면 저서를 네 권 집필해야 한다. 사전한 권, 문법책 한 권, 수사학 책 한 권, 시학 한 권. 일이 너무 막중해 대개는 사전만 맡는데, 장은 스스로 그저 단어나 첨가하는 일로 간주하는 작업에 열중할 수가 없다. 그는 뒤로 물러나 관찰하고 배회한다. 누가 물으면 문법이 어휘보다 더 근본적이라고 열변을 토하며 대답한다. 사람들은 아카데미도 다른 생각을 하는 건 아니라고 그에게 반박한다. 아카데미가 포르루아얄의 문법을 채택하기로 결정했기 때문이다. 그는 왕의 호의에 놀라며 기뻐해야 하는지 아닌지 알지 못한다. 동료들은 그를 거만하고 비협조적이라고 생각하지만 공격하지는 않는다.

그는 스승들의 『문법』을 꼼꼼히 다시 읽는다. 그들에 따르면 생략은 인간의 정신이 생각할 수 있는 가장 높은 수준의 총합이다. 그는 10년 전에 그들이 그걸 기록했을 때 무언가를 발명해낸 거라고 믿었다. 그는 그저 그들을 따르기만 했다. 다른 모든 장章도 마찬가지다. 그러다 문득 그는 저 아래 세계에 은둔한 채 작업하는 그들을 상상하자 자신이 누리는 직위와 향연이 부끄러워졌다. 그래서 그를 위해 열린 파티 도중에 종종 그늘이 그의 얼굴을 벽보처럼 뒤덮고는 네 귀퉁이에 못을 박는다. 그러면 마리나 니콜라가 그에게 속삭인다. 영광을 누려요. 그 바보 같은 슬픔 따윈 버려요. 그는 손등으로 그들의 질책을 밀어내고 눈길을 돌린다. 그들은 최고라고들 얘기하는 코르네유의 새 작품에 대해 말하며 그를 상처 입히려고 시도한다. 그의 최고 걸작이래. 니콜라는 그의 마비 상태를 흔들어놓으려고 자세히 말한다. 하지만 장은 무감각하다. 골짜기가 그의 무의미한 삶에 드리운 먹구름 때문일까? 아니면 그의 야심이 어깨를 견줄 만한 경쟁자를 잃고 멈칫거리며 행보를 늦춘 탓일까? 아니면 둘 다 때문일까?

그는 왕이 그립다. 왕은 군대에서 다섯 달을 보냈다. 그리고 다행히도 상처 없이 돌아왔다. 장은 전장의 삶이 어떨지 전혀 짐작하지 못한다. 그저 불결하고 축축하고, 병사들이 애원하는 온갖 기도가 울리는 광경으로 떠올릴 뿐이다. 왕과 그는 역할이 나뉘었다. 그는 그림자와 몽상을 맡고, 왕은 병사들과 말과 대포를 맡는다.

마지막 공격 때 왕은 천재적 재능을 지녔다고 얘기하는 엔지니어 총사령관과 함께 새로운 전투 방식을 실행에 옮겼다. 장은 보방(루이 14세 치하에서 육군 총사령관을 역임한 인물)을 만난 적이 한번도 없지만 그 이름을 들을 때마다 그를 질투한다. 그는 왕 곁에 말을 타거나 두 발로 서 있는 보방을 상상한다. 왕과 함께 정복 활동에 나서서 시체를 세거나 거리를 재는 그의 모습을. 그리고 자신의 어떤 작품도 결코 왕에게 안겨주지 못할 공모 의식을 상상한다. 그는 전투 대신 그저 줄거리와 모략, 기계장치와 오페라

밖에, 무릎 아래 흙더미처럼 그가 접촉하는 것에 가짜 두께를 제공하는 그런 삶의 순간들밖에 갖지 못할 것이다.

돌아온 왕은 축하 연회를 열고, 사람들을 끌어모으고 싶어한다. 그는 더 이상 이 성 저 성으로 돌아다니길 원치 않는다. 그래서 이전의 어떤 왕도 하지 못한 일을 한다. 모든 사람에게 초와 음식을 제공하고 베르사유를 확장한다. 최근에 연 연회 때에는 많은 궁정 사람들을 마차에서 자게 만들었다.

왕은 마지막 정복을 축하하는 6일 가운데 하루 동안 장의 『이피제니』를 공연하라고 일부러 요청했다. 또한 몰리에르의 희극도 한 편 보기를 바랐다. 하지만 몰리에르는 이제 없으니 무슨 대수겠는가? 오히려 장은 숭고한 왕에게 바친 숭고한 시에, 다름 아닌 그의 비극 작품에 유리할 그 대조적인 공연에 기뻐한다.

여름 더위에도 불구하고, 어쩌면 더위 때문에 왕은 더없이 성대한 연회를, 호화로운 식사를, 온갖 게임과 신선한 생기를 요구했다. 사방이 공사 중이고 작업대가 널려 있었지만 장은 그만큼 웅장한 정원은 한번도 본 적이 없었다. 그는 황홀해하는 마리에게 몸가짐을 좀 더 조심하라고 요구한다. 그녀는 르노트르 씨(루이 14세 치하의 궁정 조경사)가 프랑스와 유럽의 여러 성에서 동시에 일을 맡고 있고, 여기저기서 그를 찾는다고 대답한다. 그는 왕이 구현하는 태양의 햇살 가운데 하나다. 또 하나가 더 있군. 장이 데이지 꽃잎을 하나씩 뜯어내듯이 그 햇살들을 하나씩 헤아리고 명명하며 말한다.

신경 쓰지 마세요. 당신도 그 햇살 중 하나잖아요. 텍스트는 나무보다 빨리 사라지지 않아요.

그녀가 극장 쪽으로 멀어지는 동안 장은 언젠가 그녀가 그의 곁을 떠날 거라고 생각한다. 그가 그녀를 위한 역할을 충분히 쓰지 못하게 되면, 그가 지금만큼 명성을 떨치지 못하게 되면, 그리고 더 이상 젊지 않은 때가 되면. 그녀는 자기 남편이 아니라 그를 떠날 것이다. 그가 그녀의 삶을 바꿔놓았고, 작가와 여배우로서 두 사람이 더없이 강렬한 체험을 공유해왔음에도. 두 사람은 다른 사람들과 떨어져 독백에 몰입하고, 음절에 묻힌 채 함께 영혼을 탐색하며, 절대적 정확성에 이르러 만족할 때까지 함께 나아가며 얼마나 많은 순간들을 함께해왔던가? 그가 한 시구의 후반부에서, 한 옥타브를 올리면 모든 것이 달라지니 그녀에게 옥타브를 올려보라고 했을 때 그녀가 당황하며 혼란스러워하던 순간처럼. 장은 마음이 뒤숭숭해진다. 그러나 인정한다. 그런 순간은 그 모든 포옹보다 소중하고, 탄식처럼 쉽게 사라지는 전리품보다 훨씬 탄탄한 물질이다. 그는 그런 날이 재앙처럼 닥치리라고 생각하지 않는다.

오렌지 나무들이 모두 밖으로 꺼내졌다. 대기는 달짝지근한 과일 향기를 잔뜩 머금었다. 꽃피는 시기가 이제 막 끝났으니 한 달 전이었더라면 그의 비극을 흰 꽃으로 멋지게 장식할 수 있었을 거라고 누군가가 설명했다. 완전히 발가벗은 정원의 이미지가 그의 머리를 스친다. 기름진 붉은 토양, 파릇파릇한 풀, 갈색 회양목, 그러나 꽃은 빠진 정원.

오랑주리의 서늘한 방들에는 겨울나무만큼 사람들을 수용할 수 있다. 다시 말해 천 명 이상을. 그러나 왕은 그곳을 더 확장할 생각을 하는 모양이다. 장은 왕이 전쟁과 연회에 그토록 많은 비용을 들이는 것을, 그의 비극 작품들이 금속으로 만든 창만큼이나 강력한 창이라는 증거로 생각하고 좋아한다.

무대는 오렌지 나무, 석류나무, 백합꽃을 가득 채운 거대한 화병들로 장식된 산책로 끝에 마련되었다. 크리스털 촛대들이 발산하는 흰빛이 대리석 주랑에 부딪쳐 반사된다. 장은 자신의 작품을 위해 그토록 눈부신 무대를 상상하지 않았다. 그저 바닷가에 잠든 듯 자리한 군 야영지를 배경으로 삼았어도 좋았을 것이다. 그렇지만 그는 산책로 끝에 발광성 점만 없다면 밤이 그다지 낮같지는 않다는 생각을 받아들인다. 소박함은 그의 몫이고, 그 소박함을 빛나게 하기 위한 화려함은 왕의 몫이다. 첫째 열에 앉으려는 순간, 기분 좋은 현기증이 그를 사로잡는다.

박수갈채가 끝나자마자 왕은 일어나서 다시 산책로를 걸어 내려간다. 모두가 그를 따른다. 한 스펙터클이 다른 스펙터클을 내쫓는다. 어떻게 왕의 관심을 독차지할 수 있을까? 장은 생각한다. 그가 불가능한 것을 좇느라 힘을 낭비하지 말아야 한다고 자신을 설득하는 사이, 왕이 대운하 위에서 열릴 불꽃놀이 직전에 그와 함께 시간을 보내고 싶어한다는 전갈이 온다.

나는 숭고미가 이 연회의 중심을 차지하길 바랐고, 우리가 성공한 것 같은데, 안 그렇습니까? 왕이 말을 꺼낸다.

'우리'라는 말이 장의 혀 위에서 설탕 조각처럼 녹는다.

그대가 호사를 꺼리는 건 알지만 정치적 차원에서는 그보다 더 유용한 게 없습니다. 물론 나는 이런 집대성을 좋아하지요.

왕은 말을 중단하고는, 자기 문장을 반복하면서 손가락을 꼽

아 음절을 헤아린다.

그대의 작품을 보고 나면 매번 12음절 시의 영향 아래 있게 되는군요. 그가 말한다.

장이 웃는다. 왕은 공연하는 동안에는 신하들의 형체가 자신을 둘러싸고 앉은 중국식 그림자 놀이처럼 또렷하게 두드러진다고 덧붙여 말한다. 그는 그 다루기 쉬운 대열 속에서 벌어지는 일과 마찬가지로 무대 위에서 벌어지는 일도 이용한다. 적어도 공연이 벌어지는 2시간 동안은 궁정 사람 누구도 꼼짝하지 않으니 음모를 꾸미지도 않지요. 장은 고개를 끄덕이고, 자신의 작품이 공연되는 동안조차 왕의 관심은 왕이라는 사실로 인해 늘 분산되어 있다는 걸 깨닫는다.

내 불꽃놀이를 보러 갑시다.

불꽃놀이가 시작되자 장은 눈을 감고 천둥처럼 울리는 대포와 불창 소리에 집중한다. 전쟁이 이런 소리를 낼까? 잠시 후 그는 불꽃이 치솟아 온갖 모양을 그리고, 하늘이 황금빛으로 뒤덮이는 광경을 바라본다. 별보다 더 빛나는 무수한 별들이 잠시 반짝이다가 연못 쪽으로 떨어진다. 대기와 물과 불을 구분할 수가 없다. 장은 생각한다. 이 오락은 호사를 능가하는군. 왕은 모든 것을 능가해.

『이피제니』가 파리에서 성공을 거둔다. 왕은 그의 직책을 크게 높인다. 장은 자신의 동상이 점차 형태를 갖춰가고 있으며, 자기 무릎 아래 흙더미에서 영지 취득이 시작되고 있음을 느낀다. 아카데미 회원, 프랑스 국고 관리인, 그가 획득할 직책이 아직 남아 있을까?

어린 후작은 그를 자기 살롱에 여러 차례 초대한다. 아무 존재도 아니었던 장을 명예로운 인물이 되리라 알아보았고, 그가 나날이 커가는 걸 봐온 사람으로서 자신 있게 초대하고, 식물에게나 던질 법한 평온한 눈길로 그를 바라본다.

이제 작위도 받았으니 만족하나? 후작이 그에게 말한다.

장은 그의 미소에 드리운 조롱의 낌새를 알아차리고, 자신이 무엇을 하건 무엇을 쟁취하건 왕과 후작과 같은 땅에서, 다시 말해 민중과 아주 멀리 떨어진 곳에서 태어났다는 특권은 결코 누리지 못하리라는 걸 인정한다. 또한 그는 가문 좋은 사람들은 마치 다른 사람들 사이에서 벌어지는 온갖 사건과 증거와 보복으로 채워진 싸움을 바라보듯 그 무엇에도 흥미를 갖지 않는다는 걸 깨닫는다. 장은 태연한 얼굴로 자신이 들르지 않으면 후작의 살롱은 명성을 잃게 될 거라고 후작을 이해시킨다. 그럴 생각은 전혀 없다고 덧붙여 말할 필요도 없이 후작은 알아듣는다. 그는 짐짓 성난 표정을 지으며 좋아, 라고 말했다.

장은 이제 글을 쓸 시간이 없다. 업무에 열중하고, 니콜라와 함께 책략을 밀어붙이고, 한층 커진 물질적 욕구를 드러내며 자신의 거처들을 장식한다. 이따금 마리만이 다음 역할을 기다리고 있다고 소식을 전한다. 그는 그저 곧 들르겠다고만 한다.

225 | 아네스는 첫 문장부터 깊은 구렁텅이를, 독을 언급한다. 결코 마리의 이름을 거론하지는 않지만, 죽음의 침상에서조차 영성체의 권리를 누리기 힘들 만큼 가증스런 사람들과의 빈번한 만남

과 불륜을 질책한다. 그녀는 그가 그녀를 찾아오는 걸 원치 않는다. 그녀의 질책은 버릇처럼 되풀이되는 것이지만 그는 꽤나 마음이 뒤숭숭해져서 낮 동안 품었던 자신감이 밤에 꿈을 꾸는 동안 느슨해진다. 심지어 자신이 습관을 넘어서서 고모의 저주에, 그녀가 촉발하는 번식력 강한 죄책감에 중독된 건 아닌지 자문하기까지 한다.

한 여자가 다가와 여섯 달 된 그를 자신이 입양했었다는 이야기를 털어놓는다. 그녀는 그야말로 성모처럼 그의 동정녀 엄마다. 그녀는 몹시 아픈 그를 받아주었는데, 그가 자신의 품에서 이내 나았다는 걸 증거로 내놓는다. 넌 그때 태어난 셈이었지. 그녀가 말한다. 그녀는 그의 고모를 닮았다. 이 이야기에서 그는 헛소리를 구분해내지 못한다. 그의 어머니가 동정녀였다면 그는 그리스도일 수밖에 없다. 그로부터 며칠 뒤 밤에 같은 여자가 다시 나타난다. 전혀 처녀 같지 않다. 오히려 정반대다. 그가 그녀를 만질 수 있었다면 뜨겁고 동물적인 둔중한 몸을 느꼈을 것이다. 그녀가 말한다. 남자가 문 너머에 있었어요. 그가 여러 번이나 와서 그녀에게 사랑을, 영혼 깊은 곳에서 느낀 부름을 얘기하고, 하느님의 명령을 공경하기 위해 그녀가 양보해야 할 몫에 대해 말했다. 여러 차례나 그녀는 손가락 뼈마디가 하얘지도록 문고리를 꽉 잡고 문을 열지 않았다. 손가락이 너무도 창백하고 투명해져서 누르고 열 힘이 없었다. 그는 역류하는 피 때문에 그리스 소설을 떠올린다. 갑작스레 핏기가 사라지는 이미지가 몇 주 동안 그의 머리를 떠나지 않는다. 어떤 기적 때문인지 모르지만 마치 주문이라도 한 듯 그는 밤마다 그 발광성 달을 만난다. 그녀가 자세히 묘사한다. 문 너머에서는 헐떡이는 남자의 숨결이 간간이 끊겼다가 커지면서 나무 칸막이 너머로 들려오죠. 그러면 바다가 갈라놓은 두 사람 모두 금지된 사랑의 노래를 흥얼거립니다.

그는 잠에서 깨면서 손가락 마디마디와 손목, 어깨에서 욱신거리는 통증을 느끼고 온종일 팔을 늘어뜨리고 다닌다. 상이군인처럼 뻣뻣한 걸음으로 걷고, 반대쪽 손으로 서명을 하고, 녹봉과 새 옷을 받고, 친구들을 맞이한다. 왜 그러느냐고 누가 물으면 그는 잘못 삐끗한 것뿐이니 괜찮아질 거라고 말한다. 아직은 아무에게도 자신의 새 비극 작품에서 그 여자의 손이 마침내 문고리를 돌리고 남자에게 자기 욕망을 개처럼 풀어놓는 순간을 이야기하리라는 사실을 말하지 않는다. 그녀가 문을 그대로 닫고 있었어야 했을까? 문을 연 게 잘한 일일까? 사실 그는 알지 못한다. 그가 관심을 갖는 건 두려움과 연민의 뒤섞임이요, 주물러서 생기를 불어넣고 싶은 두꺼운 반죽이요, 존재를 둘로 쪼개고 나누는 갈등이다. 파멸로 치닫는 욕망이다. 이 작품은 앞서 쓴 비극들보다 훨씬 더 잔인하고, 상호적인 사랑이라곤 없는 비극이, 갈랑트리 없이 피가 난무하는 격정적인 작품이 될 것이다.

그리고 그리스 여인이 그의 여주인공이 될 것이다. 그리스 여인들은 신과 긴밀한 관계를 맺고 있다. 게다가 그네들에게는 미노타우로스가, 영혼들이 길을 잃고 악마에게 농락당하는 미로라는 미친 공간이 있다. 여주인공은 베르사유의 흰 대리석 위를 비추는 빛의 얼룩처럼, 혹은 미세한 농담 차이 없이 메마른 금빛을 띤 위제스의 황금빛 들녘처럼 포화 상태의 욕망을 갖게 될 것이다. 땅 위의 네모꼴 하늘과 같은, 전율하는 균일한 단색의 욕망을. 작품 전체가 햇살 없는 저 태양을, 어떤 불보다 60배나 더 뜨거운 마지막 불꽃을 태우는 하얀 태양을 향하고 있다. 영원히 꺼지기 전에. 따라서 그녀는 태양의 딸이 될 것이고, 그 태양 아래서 녹아내릴 것이며, 주체 불가능하고 식힐 수도 없는 밀랍처럼 자신의 욕망이 흘러내리도록 내버려둘 것이다.

그녀는 다른 모든 인물들보다 말을 많이 할 것이다. 그는 통상적으로 비극 한 편을 이루는 1,600여 시구 가운데 적어도 3분의 1을, 어쩌면 그 이상을 그녀에게 할애할 것이며, 그것을 고백과 자신을 향한 저주와 죽음에 대한 갈망으로 배분할 것이다. 이런 역할을 맡았으니 마리가 어떻게 그를 떠날 수 있겠는가? 그는 아직 그녀를 곁에 붙잡아두고, 그녀가 난봉꾼들과 농담을 주고받지 못하게 막고, 모든 여자들이 꿈꾸는 영예와 위엄을 그녀에게 듬뿍 안길 것이다. 적어도 500여 시구는 할애할 것이다. 그는 벌써부터 그녀가 굶주린 동물처럼 시구들을 게걸스럽게 집어삼키고 덤벼들고, 지시에 따라 다시 연습하고, 재능을 으스대면서 자기도 모르게 그의 피조물이 되어가는 모습을 상상한다. 장은 꿰뚫어보는 눈이 있기 때문이다. 그가 연습 시간에 잠깐이라도 마리에게서 한눈을 팔면 그녀는 버림받고 방치된 느낌을 받는다. 그녀는 갑자기 힘이 빠져 주저앉고, 그러다 그가 다시 다가오면 벌떡 일어선다. 그녀는 아직 모르는 일이지만 그는 그녀에게 앉으라고 그 의자를 제공할 생각이다. 이것은 그가 새 비극 작품 속에 집어넣을 유일한 무대 지시 사항이다. 이번에 그는 그녀를 괴물로 만들 것이다. 이렇게 외치며 무대에 등장할 괴물로. "나는 사람들이 결코 듣지 말아야 할 것을 말했어요." 그녀가 그 후에 말할 내용은

아직 모르지만 그는 이 울부짖는 고백을 적어둔다. 그의 고모가
지도 그 골짜기에서 이 고백을 들을 것이다. 도를 벗어난 이단의
소리에 상처 입고 겁에 질려 아몽을 머리맡으로 불러들일 것이
다. 어두컴컴하고 싸늘한 그녀의 독방에서 두 사람은 어쩌다 장
이 그런 지경에 이르렀는지 자문하며 기도에 몰두할 것이다.

그는 장소와 시대, 인물들을 선택해야 하고, 남몰래 작업해야
한다. 모두가 그 같은 이야기에 덤벼들 태세로 그를 노리고 있다.
그의 작품들은 이제 전쟁 기밀이 된다. 누가 물어볼 기미만 보여
도 그는 입술에 손가락을 대고 미소만 짓는다. 적어도 사랑 이야
기인지만이라도 말해달라고 여자들이 요구하자 그는 그렇다고,
하지만 평소와는 다른 방식일 거라고 대답한다.

태양이 그의 필치를 강타할 것이다. 그녀는 미노스와 파시파에
의 딸, 페드르가 될 것이다. 에우리피데스의, 세네카의 페드르가
될 것이다. 선택이 끝나자 장은 마리가 그런 격정을, 그런 광기를
연기할 수 있을지 자문하며 그녀를 자주 쳐다보다가 흠칫 놀라
곤 한다. 아직 그녀에게는 아무 말도 하지 않았다. 그녀가 그의
눈길을 눈치채고 깜짝 놀라도 그는 입을 다물고 니콜라에게만
말한다.

또 여자야! 니콜라가 외친다.

하지만 오랫동안 없었잖아. 장이 항변한다.

하긴 그래. 너도 어쩔 수 없겠지, 안 그래?

이번 여자는 다른 모든 여자들보다 더 위대해질 거야. 두고 봐.

그는 벽 두 개를 세운다. 가두고 붙잡아두는 울타리 같은 벽이다. 그 벽이 무너지면 급류가 터져 나오듯 격렬한 욕망들이 고백 속에 터져 나오게 된다. 부글부글 끓어오르는 거품의 흰색에 영혼과 몸을 태우는 태양의 하얀빛이 호응할 것이다.

장은 땅바닥에 설계도를 펼친다. 책상이 충분히 크지 않아서다. 그는 도면 주변을 빙 돌고 나서 그 앞에 무릎 꿇고 앉는다. 차가운 돌에 닿은 무릎의 살갗을 더 이상 느끼지 못할 정도로. 그에게 질문을 던지는 성가신 사람들에게는 예외 없이 나중에 다시 오라고 명령한다.

전체 줄거리는 두 개의 중요한 고백 위에 세워질 것이다. 첫 번째는 절친한 여자 친구에게 털어놓는 고백이고, 두 번째는 사랑하는 남자에게 하는 고백이다. 그렇다. 고백과 고백이 거의 폭포처럼 쏟아진다. 1막과 2막의 같은 장소에서. 게다가 완벽한 대칭을 이루는 이폴리트의 고백도 있다. 이렇게 그는 잘못을 분산시켜 가볍게 만들 것이다. 더구나 그의 비극의 제목은 『페드르와 이폴리트』가 될 것이다. 그 대칭이 부각되도록, 그가 오직 여자들에게만 말한다는 비난을 받지 않도록. 그는 자신의 페드르가 불태워지는 우상이 되는 걸 원치 않는다. 그녀는 순진무구함을 간직할 것이고, 전적으로 죄인이 아니라 무고한 죄인, 선하면서 동시에 악한 인물이 될 것이다. 그녀는 온 인류가 될 것이다. 찢기고, 계보 아래 묻히고, 오래전부터, 세상이 생겨난 이후로 언제나 악을 행하고 있는 사람들이 앞섰기에 용서받는 인류가 될 것이다. 비너스가 될 것이다. 의자 하나만으로 시작할 것이다. 그는 무대장식가에게 이 사실을 말하고 강조해야 할 것이다. 의자 하나

말고는 아무것도 두지 말 것.

어느 날 저녁, 그는 마리의 접시에 그녀의 첫 번째 독백이 적힌 종이를 올려놓는다. 마리는 들뜬 손으로 종이를 펼치고 읽기 시작하더니 기뻐하며 후속작을 얼른 보고 싶다고 말한다. 하지만 그가 후속작을 건네자 그녀는 기분이 달라진다.

이런 분노를 설명하려면 적어도 그리스의 모든 신들이 공모해야 해요. 그녀가 말한다. 난 사랑을 알아요. 다른 남자들을 사랑했듯이 당신을 사랑해요…….

또 다른 남자들도 사랑할 것처럼 말이겠죠.

사랑 때문에 죽고 싶었던 적은 한번도 없었어요.

그렇다면 왜 옛날 사람들은 그 고통에 대해 그토록 많은 글을 썼을까요? 왜 세상의 위대한 시인들은 그 이야기를 하느라 노심초사했을까요?

사랑 이야기가 멋진 시를 만들기 때문이죠.

멋진 시는 생생한 샘물을 마시고 자라나는 거요.

말은 그렇게 하지만 당신은 그렇게 생각하지 않잖아요. 당신도 에우리피데스에게서, 또 세네카에게서 시구를 길어오곤 하잖아요. 보세요. "그런 이름을 붙인 건 당신이에요." 이건 한 마디 한 마디 그대로 베껴 쓰지 않았나요?

맞아요.

그러니 내게 생생한 샘물 얘기는 하지 마세요. 당신의 페드르는 비장해요. 사랑의 열정은 숙명이 아니에요. 거기서 벗어나려고 결심할 수 있어요.

어떻게 말이오?

결심을 하는 거죠.

장은 그녀의 날카로운 통찰력은 인정하지만, 판결을 내리는 듯한 그녀의 단호한 말투를, 그녀가 그를 본떠서 생각해냈을 그 방식을 참을 수가 없다. 그는 자신의 페드르를 걱정하지도 않고 화를 내지도 않고 그녀가 말하도록 내버려둔다. 그렇게 조심스런 태도를 취하더라도 마리는 그 역할을 완벽하게 해낼 것이다. 바로 그 조심스런 태도 때문에, 무엇보다 승리의 이점을 생각하는 그 현실감각 때문에.

장은 자기 비밀을 폭로했다. 이제 그는 자기 작품의 주요 부분부분을 니콜라에게, 그의 출판인에게 보여주고, 자신이 저질렀을지도 모르는, 언어를 거스르는 모든 오류를 낱낱이 알려달라고 부탁한다. "언어를 거스르는"이라는 말을 일부러 거듭 반복한다. 이번에는 정말 완벽한 텍스트를 갈망한다. 그는 들뜬다. 이 작품은 다른 모든 작품보다 그를 멀리까지 이끌 것이다. 어디가 될지는 모르지만 더 멀리까지. 지금 그는 기념비를 세우는 중이다. 너무 거대해서 아테네와 로마의 모든 기념비를, 에우리피데스와 베르길리우스의 모든 작품을 제압할 기념비를. 세상에서 가장 위대한 왕을 위한 가장 거대한 기념비를.

그렇다면 근친상간을 저지르는 그 미친 여자 말고 다른 주제를 선택했어야 하지 않나? 니콜라가 넌지시 의견을 제시한다.

아냐. 아리스토텔레스를 떠올려봐. 장이 말한다. 가장 긴밀한 동맹 속에서 생겨나는 갈등이야말로 가장 격렬하지. 내가 달리 무엇에 대해 쓰길 바라나?

누구도 그의 여주인공이 겪는 수난을 정말로 중요하다고 생각하지 않는다. 이따금 그는 자기도 모르게 같은 생각을 하다가 흠칫 놀란다. 마리의 목소리가 지닌 아름다운 억양을 들으며 이렇게 거듭 말하는 것이다. 마음만 먹으면 그런 시련에서 빠져나올 수 있지. 그의 여주인공 가운데 단 한 명도 빠져나오려는 결심을 하지 않았다. 영감을 주는 인물들 주변을 돌며 모색할 때, 옛사람들의 텍스트들을 뒤적일 때 그는 그런 가능성의 흔적을 발견하지 못한다. 여주인공들은 거부하고 포기할 뿐 결심하지 않는다. 그는 이 문제에 대해 나중에 관심을 기울일 것이다. 마리는 그가 언젠가는 잘라봐야겠다고 다짐한, 기이한 나무로 만들어진 사람이다. 몸에서 결코 결심이 배어 나오지 않는 메마른 물질, 시간이 가면 자연스레 딜레마가 흩어지는, 한 가지 사실과 그 반대를 동시에 원할 수 있는 메마른 물질로 이루어진 사람이다. 한쪽에는 남편을, 다른 쪽에는 그를 두고도 괴로워하지 않고 살아가는 그녀를 보기만 해도 알 수 있다.

텍스트가 완성되자 그는 배우를 고른다. 그가 젊은 배우를 요구하면 젊은 배우를 쓸 수 있다. 그는 이미 만들어진 음악은 원치 않는다. 그가 듣는 음악에 따라, 그 혼자만이 듣는 음악에 따라 산문과 노래 사이에서 시를 창작했듯이 연습도 창작한다. 그는 모순도 불평도 견디지 못한다. 그가 모든 것을 지휘한다. 배경, 조명, 사소한 동선까지. 무대장식가는 무대에 안락의자를 놓고 싶어한다. 페드르는 소박한 의자에 만족할 인물이 아니라는 것이다. 장은 고집을 부리며 고함친다. 소박한 의자 하나만, 다른 건 절대 안 됩니다!

공연은 성공을 거두고, 비방도 더 거세진다. 여자들은 불평한다. 이건 사랑이 아니에요. 당신이 지금까지 보여주던 게 아니잖아요. 이 작품에서 당신은 영혼을 독살하고, 신사들을 매도하고 있어요. 다른 비극 한 편이 그의 비극을 바짝 추격한다. 시구가 넘쳐나는, 바람에 다져진 키노의 비극이다. 인물들이 무능해. 니콜라가 덧붙인다. 반면에 네 페드르가 죽을 때마다 인간의 영혼은 졸아들지.

여주인공이 죄악의 정점에서 구원의 기회를 얻을 수 있도록 그가 죄의식과 순진무구함을 함께 엮었다는 사실은 누구도 보지 못한다. 그가 페드르라는 인물로 가장 격렬한 모순어법을 만들면서 산꼭대기까지 대조법을 밀어 올리며 느꼈던 감정은 그 와해 속에서, 그를 덮쳐오는 피로 속에서 오직 그 혼자만이 상상하고 느낄 수 있다. 곳곳에서 그의 시는 찬양하지만 악덕과 근친상간, 거짓에 끌리는 그의 취향은 비난한다.

그는 니콜라에게 말한다.

이번엔 정말이지 못 참겠어.

　　그곳은 그가 상상했던 것보다 덜 크고, 나무들의
키마저 덜 높아 보였다. 건물들은 더 우중충하고, 종소리도 그의
기억보다 훨씬 둔탁했다. 좁은 통로에 아이들은 거의 없고, 습기
와 고행에 등이 굽고 쇠약해진 형체들뿐이다. 왕은 관용의 몇 년
을 보내고 나더니 증오심을 되찾은 모양이었다.

　면회실에는 그가 떠나기 전날처럼 그의 고모가 있다. 그가 최
근에 출간한 작품은 경계를 넘어 그에게 지옥의 문을 활짝 열어
준다. 아녜스가 말한다. 이곳 사람들은 모두 점진적인 변화를, 점
점 더 강해지는 독을 확인했다. 연극이 반종교적이라는 건 너도
이미 알 테니 말할 것도 없고. 네 스승들이 기다리고 있어.

　그는 항변하지 않고 그녀의 말을 들으며, 독이 진실의 다른 이
름이라고 생각한다. 그녀의 피부는 메말랐다. 턱에는 우툴두툴한
뾰루지까지 나 있고 주름이 그녀의 얼굴을 뒤덮고 있다. 그런데
도 그는 그녀의 얼굴에 손을 대고 싶다. 머리를 맞대고 놀던 어

린 시절 그녀의 모습을 떠올린다. 세월이 흐르고 질책이 쏟아져도 그녀에 대한 애정은 달라지지 않았다.

같은 그림들이 복도 벽에 걸려 있었지만 장은 예전에 없었던 왕의 초상화를 금세 알아본다. 이미 의자에 빙 둘러앉은 그의 스승들이 그에게 앉으라고 권한다. 그는 검소하게 입으려고 신경 썼지만 벨벳이며 리본, 값비싼 따뜻한 직물이 그들의 해진 옷과 대조를 이루며 도드라졌다. 장은 메마름에 길든 습관을, 광대뼈와 손가락뼈가 불거진 그 모든 앙상한 뼈에 길든 습관을 잃었다.

그들은 그에게 과장된 말도, 애정의 표시도 하지 않는다. 그를 "내 아들"이라고 부르는 사람도, 손을 내미는 사람도 없다. 영혼을 위한 기도를 배가하라고 말하는 아몽의 눈길에만 다정함이 조금 깃들어 있다. 위대한 아르노는 곧 그가 은신해야 할 거라고 알리고, 그를 보러 일부러 브르타뉴에서 온 랑슬로는 그에게 그만두라고 요청한다. 누구 한 사람도 그의 삶이 달라졌다는 걸 상상하지 못하고, 그의 속생각은 더더욱 상상하지 못한다. 어린 장의 반항이 상당히 발전해서, 그가 예전에 두각을 드러냈던 점을 이제는 부인하고 있다는 걸 누구도 생각하지 못한다. 누구도. 그가 열 편의 작품을 출간한 후에도. 그럴 수밖에 없는 것이, 그가 자신의 책략에, 서문에, 줄거리에 쏟는 에너지도 그들의 엄격한 눈길, 그들의 어휘, 문장을 그리스 경구와 엮는 그들의 방식을 접하면 눈처럼 녹아버리기 때문이다. 왕국 어디서건 그리스어를 아는 사람은 수상쩍은 사람으로 취급당한다. 이곳만 예외다.

장은 고개를 숙인다.

아몽의 살갗은 손가락 뼈마디와 너무도 가냘픈 손목뼈를 따라 쪼글쪼글해졌다. 예전에는 크고 억센 손이었는데. 그에게 인간의 형체를 부여하는 모든 물질이 쪼그라들었다. 그는 곧 바람에 날려 흔적도 남기지 않고 사라질 것이다. 장은 더 이상 그에 대해 짜증은 전혀 나지 않고, 오히려 물구나무 섰을 때 머리로 피가 쏠리듯 애정이 몰려든다. 그래서 교만하지 않은 태도로 듣고, 자기 정당화도 하지 않고, 변명도 하지 않는다. 그는 그저 그 자리에 있을 뿐이다.

그곳에.

그들은 그가 그런 식으로 계속 살아서는 안 된다고 거듭 말한다. 그들이 한결같은 푸념을 늘어놓는데도 장은 마치 모닥불 한가운데에서 견디기 힘들 정도로 살을 파고드는 열기를 느끼며 환대받고 선택받은 느낌이 든다. 그 느낌이 너무도 강렬해서 기쁨과 고통이 뚜렷이 구별되지 않는다.

며칠 뒤 그는 마리를 떠난다. 이후로 다시는 여배우 품에 안긴 그를 보지 못하게 된다. 이것은 그가 바치는 조공이다. 마리는 그녀를 숭배하는 남자들이 아직은 우위에 있지만 필요하다면 언제나 그의 여배우가 될 거라고 말하고는 자기 남편 곁으로, 다른 연인들 곁으로 돌아간다. 그녀는 싸늘한 불신을 담은 마지막 말을 덧붙인다.

페드르 이후로 당신이 어떤 역할을 창조할 수 있을지 정말이지 모르겠지만 말이죠.

장은 이 말을 원망으로 받아들이고 싶어한다.

처음에는 그녀의 냄새나 목소리, 존재가 그리워지면 그는 마음 속의 비장한 동물과 싸우고, 온갖 지렛대를 작동시켜 슬픔을 틀어막기 위해 둑을 높이 쌓는다.

그들 사이에 왕이, 왕의 열정이, 태양 곁에서 빛나는 하늘이 있다. 그는 앞다투듯 거듭 말한다. 나는 왕을 생각하며 평생을 보내는 사람이다.

너는 그 네덜란드 이단자를 생각나게 해. 니콜라가 그에게 말한다. 콩데가 심취한 사람, 대담하게도 『신 즉 자연*Deus sive natura*』을 쓴 사람(스피노자를 가리킨다) 말이야.

어떻게 그런 말을 할 수 있어? 장이 책 몇 권을 집어 던지며 벌컥 화를 낸다.

신 즉 왕Deus sive rex. 니콜라가 말을 잇는다. 어떤 등치관계들은 말 한 마디 한 마디를 무의미하게 만들어버리는 재주를 갖고 있지 않아?

파급 효과 없는 그의 빈정거림에 장은 며칠 뒤 그들에 관해 떠도는 새로운 소문으로 대답한다. 그는 말한다. 세상에서 가장 위대한 왕을 위해서는 온전히 헌신할 가치가 있다. 왕이 돌아올 때는, 네덜란드 원정에서 돌아올 때는 모든 것이 준비되어 있어야만 한다. 니콜라가 난감한 얼굴로 다가오며 말한다.

왕은 최초로 시인들을 활용하는 인물이 되고 싶어해.

왕은 무엇보다 우리를 제지하고, 우리를 매개로 검은 짐승에게 굴레를 씌우고 싶어하지.

그는 나머지 세상에 자신의 언어를 퍼뜨리고 싶어해.

그렇다면 사실 시인이 아닌가?

언젠가 우리는 총애를 잃게 될 거야.

밤새도록 장과 니콜라는 왕이 자신의 이야기를 쓰도록 그들에게 연금을 지원하는 이유들을 짚어본다. 그들은 통찰력을 갖추고 냉소를 담아 거침없이 논쟁한다. 이따금은 서로의 말을 듣지 않고 말을 이어간다. 두 사람의 응수 사이사이로 종종 기쁨이 솟구쳐 넘쳐나며 표면이 주는 도취감과 웃음을 실어 나른다. 표면에서는 허영심이 최고조에 달해 그걸 누리고 만끽한다.

우리를 지켜볼 건가? 장이 묻는다.

그건 연장자로서 내 의무지. 니콜라가 대답한다.

그렇다면 나는 결혼을 생각해야겠군.

그의 사촌이 상당한 재산도 갖추고 좋은 교육을 받은 스물다섯 살 젊은 여자를 그에게 소개한다. 여자는 그의 비극을 전혀 읽지도 보지도 않았고, 막연한 대화를 통해 들어 알고 있을 뿐이다. 하지만 그게 바로 장이 원하던 바다. 서로에게 과거 없는 새로운 존재이길 바랐던 것이다. 장은 그녀를 자신의 취향이라 생각하고, 사랑에 대해 물어보지도 않고 왕이 귀환한 다음 날 바로 결혼한다. 전날 그는 신경 써서 마리의 거대한 전신 초상화를 떼어내게 했고, 그녀에게 가져가게 하려고 생각했지만 결국은 문서 보관실로 옮겨놓고는 앞면을 벽 쪽으로 돌려놓았다.

카트린과의 결혼 계약서 아래쪽에는 왕국에서 가장 눈부신 서명들이 줄지어 자리한다. 장은 전환점에서는 종종 돌아가고 싶은 충동이 끼어들리라고 짐작하면서도 여러 삶을 가질 수 있다는 생각에 기뻐한다.

왕은 그의 『페드르와 이폴리트』를 팔레루아얄에서 공연하게 한다. 다음 날 당장 장은 열광적으로 찬미하는 메시지와, 후보 심사에 앞서 공식 기념사를 해달라는 요청을 받는다. 마차 한 대가 그들을 데리러 오기로 한다. 그들은 자신들의 역량을 보여주기 위해 퐁텐블로까지 가는 여정을 준비할 것이다.

그들은 며칠째 먹지도 않고 자지도 않았다. 니콜라가 먼저 시작하고, 그다음을 장이 이어가는 식이다. 그들의 목소리는 떨리지 않는다. 연습을 많이 했으므로 낭독은 조금도 흔들림 없이 이어진다. 마차의 나무 향이 밴 축축한 공기가 톡 쏘아 그들을 더욱 각성시킨다. 왕은 동요 없이 듣는다. 그들이 끝내자 왕은 세 번 손뼉을 칠 뿐 한번도 더 치지 않는다. 그들은 미소 없이 서로를 바라본다.

장과 니콜라는 마차에서 내려 말없이 걷는다. 한 걸음 걸을 때마다 발밑의 폭신한 이끼 때문에 땅 위로 몇 미터 떠 있는 것 같은 기분이다. 그들은 차마 아무 말도 꺼내지 못한다. 장은 왕의 마차에 자기 존재를 몇 도막 남겨두고 내렸다. 그의 삶은 결국 계절에 따라 실내로 들여졌다가 밖으로 꺼내지는, 오랑주리의 화분에 담긴 나무들처럼 감금 상태로 이어지다 드문드문 야외 외출을 하는 게 아닐까? 그날 연회에 대한 기억이 엄습해온다. 그는 생각한다. 그때가 시작이었고, 그건 나의 다른 삶이었다. 그때 나는 아직 다른 작가들과 겨룰 작가가 되지 못했었고, 기다리는 중이었지. 그의 배 속 깊은 곳에서 꿀이 흘러내리는 것 같은 느낌과는 아무 상관 없는 기다림이었다. 그 기다림은 이제 채워졌다. 그는 자신이 이곳과 저곳에 동시에 있는 기쁨, 한 실존 안에서 여러 실존을 맛보는 기쁨을 위해 그 딜레마들과 갈등들에 열정을 쏟았던 건 아닌지 종종 자문할 정도다.

두 친구가 마침내 서로를 바라본다. 그들의 눈가에서 입가처럼 점액이 흐른다. "*Nec pluribus impar*(누구보다 높이)." 왕의 활동은 무한하다. 그들은 거듭 말한다. 사실도 어떤 진술도 그를 지치게 하지 못한다. 매년, 매달, 매일이 우리에게 새로운 기적들을 보여 줄 것이다. 하지만 우리가 그 기적들을 말해낼 수 있을까?

며칠 뒤 왕은 그들에게 "왕의 명령에 따라 그들이 작업할 여러 저작물을 고려해" 각각 6,000리브르를 하사한다는 지불 칙령을 작성한다. 내친 김에 왕은 베르사유에 완전히 정착할 생각이라고 공표한다. 장은 생각한다. 이동과 파견은 끝났군. 왕의 활동을 찬양하는 데도 일치의 법칙이 필요해. 극작품처럼.

　　　　장은 두 발이 진흙탕에 빠진 채 말의 뜨거운 입
김 너머로 얼굴과 몸을 후려치는 북쪽의 차가운 비를 느낀다. 그
의 경쟁자들이 좋아하건 말건, 파리의 모든 극장에서 기계장치
들이 삐걱거리고 쩔그렁거리건 그는 아랑곳하지 않는다. 진창을
뒤집어쓴 진짜 군대에 비하면 연극이 대체 뭐란 말인가? 매일 아
침 잠에서 깨면서 그는 자신이 왕을 섬기고 왕의 전투와 전쟁에
참여하고 있으니 나머지는 중요하지 않다고 다짐한다.

　이런 건 글로 쓰지 않겠죠, 그렇죠? 누더기와 살갗이 한데 뒤
엉긴 꼴을 가까이 들여다보고 있는 그를 보고 누군가가 묻는다.

　물론이지요. 그가 대답한다.

　단어들이 그의 펜 아래로 와서 적히지 않는다면 그는 단어들
이 펜과 종이 사이를 달리고, 거기에 단어들의 떨림을, 그 색채
를, 산 자들의 세상에 마침내 받아들여진 그의 그림자 사냥꾼 같
은 삶 속에 그 모든 새로운 것들을 내려놓는 소리를 들을 것이

다. 전투에 대해서는 활사법밖에 알지 못했던 그가 전투를 마주하고, 전투 속에서 전투를 바라본다. 그의 콧구멍을 끈질기게 파고드는 똥과 피 냄새를 맡으며.

새 임무를 완수하기 위해 그는 배운 대로 행동한다. 타키투스를 다시 읽고, 영토 지리와 지도, 군사전략 개론서들에 몰두한다. 그는 건넌 강의 수를, 고지대의 높이를, 답파한 거리를, 왕이 한 지점에서 다른 지점까지 가는 데 걸린 시간을 기록한다. 그의 새 직무를 비웃는 사람들은 그가 자신이 알고 있는 것을 얼마나 뛰어넘을 수 있으며, 방식을 바꾸고 시를 떠나 그에게 열리는 지식의 모든 영역을 받아들일 수 있는지 알지 못한다. 그는 밑에서 그를 들어 올려 그가 아직 걸어보지 못했고 그저 가능성만 알고 있던 경계 지역으로 데려가는 폭넓고 풍성한 바람을 느낀다. 궁정 사람들의 대화에서 누군가가 그의 임무를 이런 말로 묘사한다. "왕을 다른 사람들 위에 두기 위해 우화나 허구를 지어낼 필요는 없을 겁니다. 순수하고 명료하고 올곧은 문체면 될 것입니다." 장은 자신이 그런 사람이 되리라 다짐한다. 그는 모든 것을 쓸 줄 알고, 광범위한 글을 쓰는 예술이 존재한다는 생생한 증거가 되길 원한다. 그러기 위해서는 무궁무진한 주제인 왕과 왕의 기적들, 이루 다 이야기할 수 없는 왕의 삶을 주제로 삼는 것보다 좋은 방법이 있겠는가?

니콜라의 건강이 점점 쇠약해져서 대개 장이 왕을 따라 전장에 나선다. 그러나 짝을 이루는 두 사람은 언제나 조롱의 표적이 된다. 두 사람이 낙마해서 피 한 방울이 흐르자마자 기절하고,

참호 속에서 목이 쉬도록 울부짖는 모습을 묘사한 그림과 판화들이 나돈다. 하지만 장이 거의 일주일 동안 피가 흐르는 걸 본 전장을 제외하고—진흙과 범벅이 된 끈끈한 갈색 피가 사람의 몸에서 나온 건지 땅의 내장에서 나온 건지 알 수 없어 장은 왕의 의사들에게 상처의 깊이와 괴저의 위험 정도를 묻지 않을 수 없었고, 그 때문에 의사 가운데 한 명은 그를 냉대했다—그 이전에 왕의 어떤 사가史家도 전장을 그만큼 본 적은 없었다. 그의 역할은 진흙을 황금으로 바꾸는 것이 아니었던가? 그 반대가 아니라. 왕의 군대가 한 행동은 요새화된 도시와 광장으로 엄숙하게 들어선 것뿐이다. 장도 매료되지 않은 건 아니다. 그는 군대의 움직임을 왕이 근엄한 열정을 품고 통솔하는 거대한 규모의 춤처럼 바라본다. 그의 발걸음 하나하나가 간략한 국새의 효과를 내는 춤처럼. 그는 몸짓 하나, 말 한 마디, 눈길 하나가 그의 눈길 아래에서 의식이 되고 상징이 되는 걸 보기를 좋아한다. 왕이 들어와 땅을 밟고 스치고, 당신의 눈부시고 무한한 실체를 만인에게 매번 조금씩 내준다. 그러면 장은, 머리로는 온갖 예방책을 생각해 두었지만 어쩌면 다른 사람들보다 더 매료되어 섬세하게 반짝이는 가루의 광채를 보았음을 부인하지 못한다. 왕이 신하들을 거느리고 바이에른에서 온 황태자비를 향해 나아가던 그날처럼.

국경에서 왕은 첫 경험의 격정에 휩싸인 채 대열을 떠나 홀로 걸었다. 그는 황태자비를 향해 팔을 내밀었고, 그러한 접촉에서 장은 눈앞에서 만들어지고 있는 역사의 맥박을, 온 국가의 운명을 알아보았다. 감동해서 눈물이 맺힌 그의 눈 아래에서 단순한 순간이 역사적인 날짜로 바뀌는 걸 보았다. 그가 그 기적을 이야기했을 때 니콜라만이 그의 감동을 공감하고 이해했다. 더구나 그가 바란 건 그저 그뿐이었다. 적어도 한 사람만이라도 그를 이해해주어 그 감탄으로 그가 머리끝까지 흥분하지 않고, 그것에 대해 편지 속에, 속내 이야기에 털어놓을 수 있기를 바랐다.

그는 아내에게는 절대 아무 얘기도 하지 않는다. 집으로 돌아가면 집안일에 대한 얘기를 주의 깊게 듣고 걱정하지만, 자신이 목도한 놀라운 사실들은 모두 내면에 간직한다. 그의 삶은 이제 명백히 둘로 나뉜다. 한쪽에는 강렬한 서사시가 있고, 다른 쪽에는 차분한 건축이 있다. 둘 중에서 고를 필요는 없다. 그가 두 세계 사이에 나날이 튼튼한 칸막이를 세운다면 동시에 모두를 가질 수 있다. 그 충만함을 만끽하기 위해 장은 궁정에서 오랜 체류를 마치고 돌아오면 거친 정사를 즐긴다. 그럴 때마다 카트린은 당황하고 심지어 충격을 받기까지 하지만 경건하고 온순한 성격 때문에 다만 말을 하지 않을 뿐이다. 열정 없이 거칠기만 한 그런 정사에서 장은 자신의 후방을, 지식을, 후대에 대한 완전한 권리를 부각시킨다. 그는 비극 작품들을 썼듯이 앞으로 아이들을 만들 것이다. 첫째 아들이 태어난다. 그는 아들의 이름을 루이가 아니라 장 바티스트라고 붙인다. 소박한 평민의 이름을.

황태자비가 온 뒤로 왕이 종종 장의 비극들을 다시 공연하게 해서 장은 참가하지 않을 수가 없다. 그는 그 의무를 면제받고 싶지만 앞으로 파리의 공연장들에 아예 발을 들여놓지 말든지 아니면 젊은 여자의 수다스런 논평을 한쪽 귀로 듣는 수밖에 없다. 그는 사랑했던 존재를 냉정하게 떠올리듯이 자기 작품들을 보고 듣는다. 궁정에서 마리가 그의 베레니스를 연기하도록 다시 부른 날까지는.

2막에서 심란해진 장이 황급히 객석을 떠나자 니콜라가 따라나온다.

슬픔은 악화되었다 주춤하곤 하는 열병이야. 니콜라가 말한다.

무슨 슬픔? 장이 묻는다. 난 행복한 사람이야.

그러나 어린 시절처럼 별안간 구토가 올라온다. 그는 친구가 연민 어린 눈길로 바라보는 가운데 형체를 알아볼 수 없는 물질을 토해내면서, 자신이 모든 걸 들을 수 있고 모든 걸 견딜 수 있는 날이 오길 희망한다. 정신이 들었을 때는 관자놀이에서 어렴풋한 웅성거림이 윙윙거리는 듯하다. 눈물과 분노로 하나가 된 그의 여주인공들의 웅성거림이다. 에르미온, 아그리핀, 베레니스, 록산, 모님, 페드르……. 마리가 그 여주인공들 가운데 하나를 다시 연기하는 걸 보았을 뿐인데 모든 여자가 튀어나온 것이다. 디도의 노래를, 그 배척당한 보편적인 탄식을 잇기 위해 그가 창조한 그 모든 여자들이 그를 에워싸고 애원한다. 고아 자매들처럼, 두 번 버림받은 애인들처럼.

우리가 사랑한 것을 버리고 결코 무사할 수 없지. 니콜라가 말한다.

몇 달 뒤 장은 첫 자산을 획득한다. 그는 새로운 행복을 느끼며 바라보고 걸어보고 헤아려본다. 자신의 가정이 고유의 공간 속에 대형을 펼치고 마침내 자리를 잡아, 전달할 오직 한 가지 진리밖에 갖고 있지 않은 어머니의 보호와 인도를 받는 걸 보는 행복이다. 그의 정착은 이제 소문을 퍼뜨리는 사람들에게도, 12음절 시에도 달려 있지 않다. 그는 돈을 빌려주고, 신용을 늘리고, 자비를 나눠 주고, 무리의 우두머리가 된다. 그는 이를 자축하며 오랜 세월 끝에 마침내 지고의 경지와 안전을 겸비하는 데 성공했다고 니콜라에게 털어놓는다. 호사와 봉토를 말하는 거겠지, 하고 니콜라는 고쳐 말한다. 사용하는 용어가 무엇이건 두 사람 모두 동시에 번영의 기하학을 보여준다. 열망과 과시, 오르기와 넓히기. 그의 삶은, 그가 완벽한 균형을 이루며 가운데 선 십자가의 힘을 갖고 있는 게 아닐까? 그런데 사생아들, 독살, 주술 등이 문제되었던 오래된 사건에서 장의 이름이 거론되기 시작한다. 사람들은 그가 그토록 사랑했고 딸까지 낳은 뒤파르크의 죽음을 초래하고는 그 사건을 묻어버렸다고 비난한다. 숨을 쉬기 힘든 날들이 이어진다. 주장들, 환영들, 그리고 형벌의 위험 때문에 숨이 턱 막히는 날들이다. 그가 줄곧 낭송해대는 광적인 열정은 온 국민의 지탄을 받고 최고의 형벌을 받아 마땅한 것이 된다. 그는 자신의 여주인공들을 혐오해 걸핏하면 그들을 부인한다. 니콜라 앞에서 그들의 이름을 거론하며 그들을 단죄한다. 니콜라는 갑자기 그 여자들이 그들의 눈앞에서 실물처럼 살아 움직이는 것에 놀란다.

네가 그 여자들을 모두 창조했다는 사실을 잊었어?

바로 그래서야. 내 안에서 그 여자들을 그런 모습으로 만들어 냈다는 사실에 화가 나…….

그러나 왕은 특별 법정을 꾸리고 화형 법정이라고 명명한다. 법과 정의가 동원되어 그 법정을 정당화했지만, 그 불은 하마터면 모든 걸 태워버릴 뻔했다. 판결이 내려지던 날 저녁, 가족 식탁에 앉아 식사 기도를 하는 동안 그는 이마를 자기 심장 쪽으로 숙이고 온 힘을 끌어모아 뜨거운 불은 거부하리라고 다짐한다.

종이 울리고, 대포 여러 대가 때로는 함께, 때로는 연달아 쾅쾅 울린다. 3만 명의 군대가 여름부터 이 도시를 점령했다. 그들은 전쟁을 벌이지는 않고 위협만 한 채 곳곳에 둥지를 틀고 도시를 압박한다. 왕은 그저 목덜미에 한 손을 얹고 위엄 있게 목을 한 번 돌리기나 하면 된다. 마치 힘껏 쳐서 척추를 제자리에 맞추듯이 말이다. 그리고 승리를 기념하기 위해 메달을 주조하도록 시키기나 하면 된다. 게르만족에게 문을 봉쇄한 갈리아. 라인란트에서 떨어져 나온 스트라스부르는 이제부터 보주 쪽만 바라본다. 왕이 그저 스트라스부르 대성당에 들어서기만 하면 이미 끝난 일이다(1681년 자치도시였던 스트라스부르는 루이 14세가 지휘하는 3만 명 군사에 점령당하고, 이틀 뒤 협상 끝에 항복한다. 스트라스부르는 정치적, 종교적, 행정적 차원의 기본 자유는 고수하되, 대성당은 가톨릭 교인들에게 돌려주기로 한다. 1681년 10월, 루이 14세는 이 도시의 프랑스 병합을 기념하는 종소리와 대포 소리가 울리는 가운데 성대하게 대성당에 들어선다).

장은 이 공략에 대해 자세히 얘기하지 않고, 폭력 행위는 건너뛰고 행위들의 완벽한 일치에만 신경 쓴다. 모든 행위가 한 치 오점도 없이 하나의 손에 의해 지휘되는 것처럼. 그는 그 유일무이한 순간을 재현하고, 자연스럽게 떠오르는 이미지들과 얼굴들을 처음에는 새어 나오도록 두었다가 곧 다듬고 벗겨내고, 글의 수프를 졸여서 날짜와 시간, 달력만 엄격히 준수한다. 그가 일련의 논리적 사실들을 끼워 맞추고, 완벽하게 생각해서 배치해 마무리 짓는다면 훨씬 더 강력한 승리가 될 것이다.

니콜라는 그가 쓴 페이지들을 내려다보며 눈썹을 찌푸린다. 그는 그 글들이 무미건조하고 지나치게 엄격하다고 꼬집지만, 장은 절로 조절되고 자제되는, 선명하고 곧은 문체의 위대함을 내세워 반격한다.

물론이지, 물론이야. 설득당한 니콜라가 말한다.

이제 마지막 한 가지만 묘사하면 돼.

장은 방을 가로질러 가더니 니콜라의 손에서 자기 글을 빼앗아 큰 소리로 읽는다.

"폐하께서 건축가 보방 씨에게 특별한 요새 계획을 세워보라고 요구하셨다. '스트라스부르는 탁월한 방어력을 갖춰 불굴의 도시가 되어야 합니다.' 왕이 위압적인 목소리로 선고했다. 그리고 건축가에게 열흘을 주었다. 엔지니어는 마땅히 명령대로 단행했고, 왕이 그에게 전권을 부여했기에 자기 설계도를 실행했다. 그는 요새 건설을 위해 3천 명의 인부와 300척의 배를 브리작에서 오게 했다. 초석들이 놓였다. 1681년 12월 23일, 보방은 스트라스부르를 떠날 수 있었다." 들었어? 모든 게 사슬처럼 이어지고, 모든 것이 결과에 이르지. 이건 완벽한 전개야. 그가 흡족한 표정으로 말한다.

패배를 이야기해야 할 때 우리 임무는 훨씬 더 어려워질 거야.

절대로 패배는 없을 거야.

위대한 왕이시여, 승리를 그만두신다면 제가 글쓰기를 그만두겠습니다! 니콜라가 외친다.

장은 머뭇거린다. 풍자에서 그는 그의 친구만큼 순발력을 갖추지 못했다. 지금은 그 어느 때보다 더 그렇다. 언제라도 고장 나 모든 걸 갖든지 모든 걸 포기하게 만들 위험이 있는 균형추를 세월만으로는 작아지게 만들 수 없었다.

장은 이동하면서 자기 눈을 훈련한다. 그는 군대가 한데 모은 수천 명의 몸으로 구성되어 있다는 것을, 1만 또는 2만의 사람들은 언제나 하나의 몸에 또 하나의 몸을 더하고 또 다른 몸을 더한 것임을 깨닫는다. 그리고 명예로운 전투부대에서 부대의 몸집을 키우기 위해 강제로 징집한 빈민과 부랑자들을 본다. 또한 보급 창고와 수레도 발견한다. 왕의 수훈 아래, 승리 아래 감춰진 온갖 저속한 것들을 발견한다. 사실 보병은 잡다하고 고분고분하지 않고, 노예처럼 비굴하면서 멍청하고, 게으르고 굶주렸다. 무리가 내는 효과는 세부 사실과는 아무 상관 없다. 전장에 발을 들여놓기만 해도 군중이 얼마나 무질서하고 제멋대로이며 불결한지 알 수 있다. 그것은 배우 집단에서도, 궁정 발레단에서도 보지 못하는 사실이다. 훌륭한 중대장은 부하들의 공격성을 야만 행위로부터 떼어놓을 줄 알아야 한다.

전투마다 공격마다 돌에 흔적을 남긴다. 보방은 매번 정복한 지방과 도시들을 보호하는 성벽을 세운다. 경이로운 일이다. 군대가 지나간 곳마다 성곽이 세워지고, 성곽은 언제나 단련된 병사 무리가 적들을 향해 달려 나갈 태세로 지키고 있다는 환상을 만들어낸다.

왕은 장과 니콜라를 침상까지 초대한다. 그가 몸이 편치 않을 때 그들이 그의 이야기를 읽어주길 바란다. 두 사람은 교대로 읽는다. 그러나 몇 달이 흐르면서 니콜라의 목이 쉬어 소리가 나오지 않자 장의 목소리가 왕의 집무실이나 내실에서 여느 때보다 아름답고 강하게 전투와 의식을 풍성히 되살려낸다. 장의 아내는 고개를 끄덕이며 대단히 근대적이고 색다른 그 선택에 기뻐한다. 시인 둘이 모든 사가들보다 낫다는 의미이기 때문이다. 그런데 한번은 장이 혼자서 낭독을 했을 때 왕이 놀라운 방식으로 마무리한다.

그대가 나를 그렇게까지 찬양하지 않았더라면 난 그대를 더 치하했을 것이오.

장은 니콜라에게 달려가 새로운 전략을 짜야 한다고 알린다. 찬양을 숨겨서 칭송처럼 보이지 않게 칭송하고, 훨씬 더 간접적이고 강이나 거대한 대하처럼 우회하는 표현을, 왕의 이미지를 표시 나지 않게 무한히 비추지만 결코 앞에서 포즈를 취하는 모습을 보여주지는 않는 거울 같은 표현을 써야 한다고 말한다. 거울의 방이 일종의 절대적인 모델이 된다.

거울 말고도 우리의 초상화 하나하나가 왕의 초상화의 음각이 되어야 해. 니콜라가 한 술 더 떠서 말한다. 사령관에 대해 말하건 사제에 대해 말하건 우리는 언제나 왕에 대해 말하는 거야.

강박증에 더해진 강박증이, 점점 더 촘촘하게 짠 술책이 실존에, 모든 생각에, 모든 쉼표에 의미를 부여한다.

저 태양에는 얼룩이 있어.

그녀가 대뜸 그에게 말한다.

장은 고모를 찾아가려고 새벽부터 일어나 있었다. 시간이 빠듯하지만 그는 이날 여름 아침의 감미로운 대기 속에서 면회실 쪽으로 나아갔다. 근심도 무거운 마음도 없이 가벼운 걸음으로.

이것은 장이 골짜기에서 멀리 떠나 은신해 있는 아르노의 펜 아래에서 이미 읽은 말이다. 아녜스는 더 이상 장의 구원을 걱정하지 않는다. 그가 마침내 연극과 여배우와의 난잡한 생활을 정리하고 경건하고 의젓한 삶을 택했기 때문이다. 그녀가 난잡한 생활이라는 말을 내뱉는 방식에서 그는 증오와 두려움을 듣는다. 그녀는 수도원에 반대하는 왕의 불호령을, 탄압 협박을, 숨 막히는 분위기를 언급한다. 그리고 앞으로는 새 보조 수녀가 오는 것이 금지되었으며, 아몽만 빼고 모든 남자들이 떠났다고 알려준다. 우리 수련수녀들이 불결한 여자들처럼, 행실 나쁜 여자들처럼

252

흰옷이 진흙과 말의 침으로 온통 더러워진 꼴로 이곳을 나가는 걸 네가 봤어야 하는 건데. 그녀가 자세히 말한다. 네가 칭송하는 저 태양의 그림자가 이곳에 내려앉더니 점점 커지고 있어.

장은 불안한 마음으로 왕과는 아무 상관 없는 일이며, 왕의 예수회 교도 고문들이 적의를 드러내 보이는 것이지만, 이번에도 폭풍은 지나갈 거라고 고모를 안심시킨다. 그는 자기 지위를 내세우며, 그런 태양은 얼룩을 용인하지 않으니 왕의 마음이 누그러지도록 설득하기 위해 애써보겠다고 말한다.

도대체 언제쯤 그런 어리숙함에서 벗어날 거냐? 그의 고모가 차갑게 묻는다.

그는 면회를 끝내고 물러난다. 그는 거듭 생각한다. 어둠에 빠진 정신에만 그림자와 얼룩이 있다. 멀리 정원에서 그는 아몽의 형체를 알아본다. 그는 걸음을 멈추고 나무 뒤에 숨어 지켜본다. 그리고 왜 몸동작은 더 단순한 충동에 응하지 않는지, 왜 어릴 때처럼 자신이 늙은 의사에게 다가가고 싶은 마음이 없는지 자문한다. 왜 감정은 우리 안에 항구적인 일탈을 품고 있는지. 우리를 이끄는 바퀴 가운데에는 왜 수천 개의 바퀴살이 있는지?

그는 가던 길을 되돌아가 백 개의 계단을 올라간다. 몰려드는 다른 의문들을 신경질적으로 억누르며 발걸음을 재촉한다. 다른 신이 절망적으로 몸을 숨긴 채 인간들에게서 가차 없이 당신의 은총을 박탈하기 때문에 환히 넘쳐흐르는 왕의 은총이 두 배 세 배로 중요한 게 아닐까?

전임 사료 편찬관이었던 폴리송의 글을 다시 읽기만 해도 그런 확신이 든다.

젊은 왕은 겨우 스물네 살이다. 그는 프랑스 왕국의 대사보다 에스파냐 대사의 마차가 앞서 지나가게 한 것에 대해 에스파냐가 마땅히 해야 할 사과의 말을 유럽의 다른 모든 군주들이 지켜보게 강요했다. 그건 단지 사과의 말이 아니라 하늘의 몸짓이고, 축복이고 숭배이며, 기독교 세계의 최고 왕국에게 다른 모든 왕국이 바치는 합의된 고행이다. 궁정의 울타리 안에서는 모든 머리가 그의 머리 앞에 고개를 조아린다.

몇 달 뒤 그는 한층 더 멀리까지 나아간다. 카루셀에 모인 군중 앞에서 왕은 은실과 금실로 수놓은 양단 갑옷을 입고 있다. 그곳에는 궁정 신하와 파리 사람들만이 아니라 한 국가를 구성하고, 그 국가가 참으로 눈부시고 혈기 넘치는 왕이 통치한다는 걸 본다는 생각에 열광하는 온 나라 국민이 자리하고 있다. 왕은 손에 방패를 들고 있다. "*Ut vidi vici*(보자마자 이겼노라)." 그는 그 경구와 일체를 이룬다. 왕이 첫 번째 방무方舞를 연다. 장은 그 영예로운 이틀 동안 자신이 한 일을 이젠 기억조차 못하지만 왕이 당시 사관에게 받아 적게 했던 말들은 외우고 있다. "우리는 태양을 몸으로 선택한다. 이 예술의 규칙 속에서 태양은 그 모든 것보다 고귀하며, 명백히 위대한 군주의 가장 생생하고 아름다운 이미지다."

　　　그러나 며칠 뒤 그는 수도원으로 돌아온다. 그의
두 어린 꼬마는 정원을 걷는다. 카트린은 다정하게 그의 팔을 붙
든다. 이따금 그는 산책 중에 침묵을 깨고 어린 시절의 추억을,
옛날에 앉았던 장소를, '고독'의 자리가 그를 겁먹게 했던 방식을
얘기한다. 그리고 큰아들 가까이에 무릎을 꿇고 앉아 이런저런
방향으로 팔을 뻗어 흰옷을 입은 수녀들이 멀리 걸어가는 모습
을 여러 차례 가리킨다. 한순간 쓰러질 뻔한 그는 아이의 작은
어깨에 매달린다. 그는 자문한다. 삶이란 무엇일까? 어수선하고
우발적인 장면들을 엮어놓은 것? 아니면 구불구불하지만 언제나
과오를 범하지 않는 어떤 의지, 달라지는 배경보다 훨씬 강력한
의지가 이끄는 길일까? 그는 알지 못한다. 그는 최대한 확신을 실
어 아들을, 딸을, 그리고 둘 모두를 끌어안고 두 아이의 손을 잡
고 출구를 향해 다시 올라간다. 그러나 그들은 그의 손을 놓고
앞장서서 거대한 나무 둥치 사이로 지칠 줄 모르고 달려간다. 그

는 아이들을 잃을까봐 겁이 나서 걸음을 재촉하고, 평온하게 웃
는 아이들과 눈길을 마주치고, 힘차게 달려가는 그들을 본다. 어
린 시절 그가 어떤 눈에 그렇게 자기 눈을 한데 묶고, 자신이 사
라지고 나면 어둠 속에 빠질 누군가가 있다는 걸 깨달은 적이 있
었던가? 아마도 이따금 기도 속에 그의 이름을 집어넣을 아몽
말고는 아무도 없었을 것이다.

　요사이 그대는 그곳에 너무 자주 가는 것 같습니다. 왕이 말한다.
　이따금 갑니다. 제 고모님을 찾아뵙고 있습니다.
　짐은 그대가 거기 간 걸 알면 기분이 썩 좋지 않습니다.
　염려하지 마십시오.
　염려가 됩니다.
　왕은 그를 내밀한 집무실로 불러 그에게 포르루아얄 사람들은
모든 걸 포기하고 독방에서 살듯이 이 세상을 살아간다고 설명
한다. 사물에 가치를 부여하지 않고 인간의 활동을 헛된 일일 뿐
이라고 말하면서 왕국을 통치할 수는 없습니다. 그들이 제시하
는 건 너무 캄캄한 어둠이고, 어둠은 국가를 절망에 빠뜨릴 수밖
에 없잖습니까.
　그렇지만 위대한 정신들이 그 어둠 속에서 형성되었습니다. 장
이 말한다.
　왕은 그의 마지막 말에 대답하지 않고, 그에게 물러가라는 손
짓을 한다. 왕을 가까이서 대면하면서 장은 둘 사이의 맹점盲點을
좀 더 명료하게 지각하기 시작한다. 그 맹점에서 그는 그들이 서
로에게 매료되어 빠지게 된, 믿기 힘든 마비 상태를 알아본다. 그

것은 장에게는 눈부신 경탄이고, 왕에게는 두려움이다. 아카데미 회원이자 위대한 시인이요, 열렬한 신하이지만 지독하게 엄격한 얀센파 사관을 선택한 사실을 몇몇 고문들 앞에서 정당화해야 할 때 살아나는 두려움이다. 이따금 왕은 이렇게 대답한다. 그의 시를 휘감은 검은 어둠이 없었다면 그 시들은 결코 그렇게 찬란하게 빛나지 않았을 겁니다.

1684년 10월에 코르네유가 죽는다. 장은 운명에 따라 차기 아카데미 원장으로 지명된다. 물론 그는 전혀 슬픔을 느끼지 못하지만, 그 나이가 되면 죽음이 이웃으로 초대받는다는 사실을 확인한다. 덮쳐오기 시작한 그 모든 죽음이 낳는 결핍을 그의 여러 자식들과 그들의 발랄함이 여느 때보다 잘 메워주었다. 1월 초에 코르네유의 후임을 맞이하게 될 추도사는 그의 몫이 된다. 코르네유의 동생이 후임으로 거론되지만 장은 다른 후보들을 지지한다. 그러나 헛수고였다. 토마 코르네유가 선택된다. 그는 생각한다. 난 저 이름과는 절대 끝장을 보지 못할 거야. 니콜라는 그에게 그저 전략적이고 관례적인 방식으로 추도사를 쓰라고 용기를 북돋운다.

그러나 장은 밤낮으로 불안해한다. 때로는 가시 돋친 경쟁 관계에 대한 기억에 사로잡히고, 때로는 말 없는 회한에 사로잡힌다. 그런 순간에는 코르네유의 죽음이 그에게 생각보다 큰 타격을 입혔다는 느낌이 막연히 든다. 이건 그가 이중의 죽음을 추도해야 하기 때문이 아닐까? 한 인간의 죽음, 그리고 그 인간이 더 이상 행하지 않는 예술의 죽음. 이 이중의 죽음에서 그는 바로 자신의 모습을 보지 않는가? 그가 가시 돋친 마음을 누그러뜨릴 유일한 방법은, 몇 년 뒤 다가올 앞날에 자신을 투영해보는 것이다. 그가 죽고 없을 때, 그와 그를 알았던 모든 사람들이 죽고 없을 때, 그가 썼으나 분실되었다가 되찾은 글들만 남게 될 때, 시간이 몇몇 이름만 빼고 모든 이름들을 지웠을 때에 자신을 투영해보는 것이다. "후대는 훌륭한 시인과 위대한 장수를 나란히 걷게 합니다." 추도사에서 그는 거꾸로 시를 향해 다시 거슬러 올라간다. "네, 그렇습니다. 무지가 달변과 시를 멋대로 격하시키고, 능숙한 작가들을 국가에 무용한 인간으로 취급할지라도 우리는 그것을 문학에 유리하게, 그리고 지금 여러분이 속한 이 저명한 집단에 유리하게 말하는 걸 조금도 겁내지 않을 것입니다. 숭고한 정신들이 통상적인 한계를 훌쩍 뛰어넘어 두각을 나타내고, 선생님의 형님 되시는 분의 작품들 같은 걸작으로 불후의 명성을 얻는 순간, 그들의 생전에 운이 그들과 가장 위대한 영웅들 사이에 만든 기묘한 불평등, 그 차이도 그들이 죽고 난 이후에는 멈춥니다." 이렇게 마침내 그 저주의 이름이, 그가 창작한 모든 것에 매번 쌓이는 비열한 먼지의 이름이 명명된다. 무용성.

그가 아몽과 함께 나무와 흙을 바라보곤 했을 때, 한 사람의 손이 움직이고 파헤치는 동안 그의 손은 가만히 무용하게 남아 있었다. 그가 전장에서 외과 의사와 의사들을 바짝 뒤쫓으며 콩데 가문 사람들, 콩티 가문 사람들, 병사들을 정복 전장으로 이끌 수 있는 그 모든 전사들, 흙으로 불굴의 새 나라를 세우는 엔지니어 보방에 감탄한 것도 그가 세상에 펼치는 날개의 비물질성을 보상하기 위해서가 아니던가? 그러나 사물들의 가장자리를 접어 감치러 오는 그림자들 없이, 물질이 휘파람 소리를 내게 하는 뱀들 없이 어디에 노래가 있고 어디에 광채가 있겠는가? 이곳 이승에서의 그의 삶은 보고 말하는 것이 아닌가? 그의 아내는 그가 구원을 충분히 믿지 않는다고 종종 비난한다. 그게 아니면 당신은 그만큼 글을 쓰지 않을 테고, 그게 아니면 그만큼…… 걱정도 하지 않을……. 하지만 카트린은 말을 끝맺지 않고 두 손바닥을 맞대고 기도하기 시작한다.

장은 추도사 밑바닥에 현기증 나는 거울을 놓아둔 느낌이 여러 번 든다. 그의 눈길을 질겁하게 하고, 자기 주제를 마주하지 못하게, 분리되지도 못하게 가로막는 현기증 나는 거울을.

이런 걸 누가 생각이나 할 수 있겠나? 그는 니콜라에게 털어놓는다. 평생 그와 맞서 싸웠는데 막상 그를 땅에 묻는 순간에는 이겼다고 느끼지 못하다니. 내가 그를 땅에 묻는 건 분명하지만 그와 함께 나도 무덤 속에 뛰어드는 것 같아.

이틀 뒤 왕이 장에게 집무실로 와서 그의 연설을 읽어달라고 청한다. 정원, 성, 모든 게 매장된 듯 보인다. 그는 발이 눈 속에 빠져 미끄러지다가 마지막 순간에 균형을 되찾고 몸을 떤다. 그리고 1월의 죽은 새하얀 공간을, 샹들리에와 쓰레기가 가득한 복도를 가로지른다. 코를 찌르는 악취를 맡으며 왕의 집무실을 향해 나아간다. 그는 고개를 돌리지 않고 거울에 비친 자기 실루엣이 벽 모서리를 만나 군데군데 잘렸다가 끝없이 이어지는 영상을 힐끗 본다. 군대처럼 하나이면서 여럿이군. 그는 생각한다. 나는 나 혼자만의 군대야. 마지막 문 앞에서 최종 명령을 기다리는 순간에 그는, 그제야 꼼짝 않고 조금 오랫동안 자기 자신을 바라보고는 가발에 덮인 자신의 얼굴이 추위로 우스꽝스럽게 빨개졌다고 생각한다.

그가 들어서자 왕이 외친다.

아, 드디어 왔군요. 그대의 낭독을 그리워하고 있었어요.

장의 다른 아이들이 또 잇달아 태어난다. 카트린은 하늘이 내린 그 선물을 보살피고, 매번 새로운 피조물을 전과 똑같은 정성으로 감싸고, 이따금 장을 덮치는 감정들을 늦추고, 일정한 중간 온도를 유지한다. 그가 자기 임무와 관련해 어떤 불만을 드러내면 그녀는 신의 선의를 내세운다. 그가 아직 슬퍼할 때면 그녀는 완벽하게 건강한 자손을 기르는 행운을 일깨운다. 모든 것이 그녀의 입술 위에서 대답과 위안을 발견한다. 그가 니콜라에게 말한다. 그렇게나 관대하고, 과오를 범하지 않을 만큼 선한 신에 대해 말하는 걸 듣는 건 횡재야. 난 그런 얘기가 싫증나지 않아.

이어지는 2년 동안 이 선의가 그의 내면에서 그때껏 흘렀던 모든 꿀보다 훨씬 단단히 자리 잡는다. 그것은 훨씬 끈끈한 설탕이다. 더구나 기도나 감사 기도를 하는 동안 장은 그 만족감이 더이상 그의 배 속에 아니라 더 위쪽, 그의 심장이 있는 곳에 자리 잡고 있다는 걸 정확하게 지각한다. 이제 그의 심장은 조여들 수는 있어도 쪼개지지 않는다. 아몽의 죽음을 알았을 때조차도.

한 보초가 그에게 전한다. 마지막 시간 동안 아몽은 눈을 십자가에 고정하고 몇 마디를 내뱉었다고. "예수, 마리아, 신랑, 신부." 짤막한 네 마디 말, 완벽하게 대칭을 이루는 닫힌 말을. 그리고 잠시 후에는 더 강력한 다섯 번째 말을 내뱉었다. "침묵." 말년에 아몽은 수녀들의 의사였을 뿐만 아니라 모든 직무를 맡았다. 심지어 고해신부가 자리를 비웠을 때는 수녀들의 고해까지 들었다. 마지막까지 그는 포근함도 안락함도 없는 널빤지 위에서 잠을 잔 모양이었다. 니콜라는 그 성자에게 경의를 표했으나 장은 아무 시도 짓지 않는다. 그저 아몽이 죽어가면서 내뱉은, 선율을 타는 네 마디 말을 반복한다. "예수, 마리아, 신랑, 신부." 그리고 속생각인지 아니면 메아리인지 그의 귀에는 다른 소리가 들리는 듯하다. 그 소리는 울려 퍼지면서 그어진 선을 두 배로 늘리고, 거기에 세속적인 파동을 포갠다. "티투스, 베레니스, 그의 뜻도 아니고, 그녀의 뜻도 아니게."

그 보초가 그에게 원고 하나를 맡기며, 그것은 기밀이며 금지당할지도 모른다고 밝힌다. 장이 그 원고에 다가가 페이지를 넘기기까지는 며칠이 걸렸으나 시작한 뒤로는 멈출 수가 없다. 그것은 고독에 관해 쓴 책으로 300쪽이 넘었다. 그 책에서 아몽은 세상의 사랑에 맞서 싸운다. 장은 그 엄청난 몰입에 감탄한다. 긴 시밖에 써본 적이 없었던 그가 이제는 연대기 쪽으로 끌리면서 관심이 분산된다. 그의 눈이 과일 껍질을 벗기듯 아몽의 몇 문장을 벗겨낸다. "내가 나 자신을 너무 드러낸다는 걸 알았다……. 말을 하는 오만한 자들은 쓰러지고 무너진다." 아몽의 문장들이 늙은 그가 죽어간 독방에서, 그가 장을 자주 맞이했던 진료실에서 장을 바라본다. 사시나무 밑동에서 문장들이 장을 질책하는데, 거친 힐난이 아니라 예문처럼 명료한 질책이다. 장은 심장이 죄어드는 통증을 느끼며 생각한다. 어떻게 저렇게 겸손할 수 있을까? 그는 글을 읽으면서 점차 아몽 곁에 다시 자리 잡고, 그의 흔적

속에 둥지를 튼다. 아몽의 목소리를 다시 듣고, 그가 뜨개질하는 소리마저 듣는다. 누구도 장을 방해하지 않고, 누구도 그 마지막 교류를 방해하지 않는다. "이 비유적인 설명들은 보통 하나의 진실과 진실의 이미지를 담고 있다. 그런데 진실과 그 이미지의 결합은 그 진실을 더 민감하고, 더 명료하고, 더 마음을 파고드는 것으로 만든다. 이미지들은 정신을 동일한 진실에 더 오랫동안 멈춰 세우고 효과와 인상을 증대함으로써 그 진실을 붙잡아두도록 도와 일종의 인위적인 기억과 같은 구실을 한다."

장은 읽기를 중단하고, 책을 자기 책상으로 가져가서 적는다. 이렇게 아름다운 글을 읽는 건 참으로 오랜만이다. 그는 왜 자신이 이미지를 좇는지, 왜 자신의 비극 작품들을 위해 이미지들을 그토록 필요로 했는지, 왕의 이야기를 이미지에 기대지 않고 쓸 수 있었더라면 얼마나 더 찬란했을지 깨닫는다. 왕실의 사실들은 그 자체로 충분한 효과를 갖기 때문이다. 그가 그 사실들에 제공할 기억은 그저 자연스러울 뿐 그 이상은 아닐 것이다. 그는 포르루아얄만이 인간들의 정신에 그런 정확성을, 그런 적확함을 안길 수 있다는 사실도 깨닫는다.

그는 원고를 돌려주기로, 직접 수도원까지 가서 안전한 손에 넘겨주기로 약속했다. 그날 왕은 그의 사관이 어디 갔는지 묻는다. 그가 궁에도 없고 그의 집에도 없었기 때문이다. 모른다는 답변이 돌아왔지만 왕은 안다. 그는 고분고분하지 않은 골짜기의 어두운 산책로를 즉각 떠올린다.

장은 묘지 쪽으로 향한다. 그리고 무덤 사이를 거닐며 돌 하나 하나마다 그 앞에 멈춰 선다. 모든 비문을 아몽이 썼다. 그는 한 비문에 다가갔다가 또 다른 비문에 다가갔고, 더 이상 어찌할 바를 모른다. 비문들이 그를 에워싸고 두 맞바람이 충돌하듯 휘파람 소리를 낸다. 그러나 그는 냉정을 되찾고 큰소리로 비문들을 읽기 시작한다. 그는 수준 높은 라틴어를, 찬양하지 않는 찬사의 극단적인 간결함을 음미한다. 그는 생각한다. 이곳에서 세상은 한 권의 책이야. 수세기에 걸쳐 대리석에 새겨져 단 한 줄도 지워지지 않을 책. 이날 그는 출구 쪽으로 돌아가면서 무릎을 꿇고 백 개의 계단을 기어오른다. 그가 자주 보았던, 고행하는 수녀들이 했던 것처럼. 그는 더 이상 울음을 참지 못한다. 그리고 상처 때문에 며칠 동안 걷지 못한다.

왕은 그랑드 갈르리에 전시된 르브룅의 거대한 그림들 아래 적힌 거창한 문구를 바꾸라고 요구한다. 그리고 사료 편찬관들에게 단순하고 숭고한 글귀를 주문한다. 저 그림들이 위대한 만큼 우리의 경구는 소박할 것입니다, 라는 말로 그들은 왕을 안심시켰다. 위대한 초상화들 아래 몇 마디 말이 황금에 새긴 비문처럼 자리할 것입니다.

"왕은 1672년 네덜란드의 중요한 광장 네 곳을 동시에 공격하라는 명령을 내린다. 1678년 6일 만에 헨트 요새와 도시가 함락된다."

사실들, 숫자들, 날짜들 뿐, 다른 것은 없다.

조심해. 니콜라가 조롱하듯 말한다. 너무 간결하려다가 언젠가는 단 한 마디도 쓰지 못할지도 몰라.

그러면 침묵을 쓰는 거지. 장이 말한다.

아카데미에서, 외부에서, 사방에서 논쟁이 다시 시작된다. 코르네유와 장 사이의 경쟁 관계가 잡초처럼 땅에서 다시 자라나, 그가 얼마 전에 땅에 묻은 청춘기의 괴물을 되살린다. 사람들은 둘을 남성적 천재와 여성적 천재로 구분하고 내기를 건다. 여느 때보다 사람들은 두 작가 가운데 누가 남을 것이며, 누가 더 오랫동안 프랑스의 천재성을 구현할지 궁금해한다. 니콜라는 아픈 몸임에도 악마처럼 흥분하더니 장의 눈앞에서 원기를 회복한다. 장은 몸을 사리고, 집중해서 이따금 겨우 몇 마디 응수한다. 코르네유의 시신을 보자 바로 자기 시신을 보는 것 같았기 때문이다. 사람들은 틈만 나면 따져보면서 둘 중 누가 더 오래갈 것이고, 더 무게감 있으며, 더 냉정한지 알고 싶어할 것이다.

그는 집무실에 틀어박힌 채 비극 작품 열 편의 개정판을 준비하며 최근 연설문 두 편을 덧붙인다. 꼼꼼하게 다시 읽으며 구두점을 살피고 화려한 수사보다는 문법에 더 신경 쓰는데, 멀리서 카트린과 아이들의 목소리가 들릴 때마다 흐름을 놓치고 흔들린다. 왜 그렇게 몇 시간째 틀어박혀 있는지, 혹시 걱정거리라도 있는지 아내가 물으면 그는 왕에게 써줘야 할 페이지만 얘기하거나 아무것도 아니라고 말한다. 그러나 그보다 더한 거짓은 없다. 그를 지치게 하고 절망에 빠뜨리는 의문들이 그 시간을 잠식하고 있었다. 이를테면 그는 오랫동안 망설인 끝에 『페드르와 이폴리트』의 제목을 바꾸기로 결심한다. 앞으로 이 작품은 『페드르』가 될 것이다. 이날 그는 무심한 표정에 안심한 듯 평온한 눈길로 가족 식탁에 앉는다. 카트린은 걱정하며 그가 기진맥진한 것 같다고 생각한다. 그는 그녀를 안심시키면서 건전하고 진실한 결정이 안겨주는 행복을 언급한다. 그녀는 그가 무슨 말을 하는지 알지 못하지만 고개를 끄덕인다.

개정판이 출간되었을 때 누구도 그의 선택에 놀라지 않는다. 그는 맹트농 부인의 논평을 기다렸지만 논평은 없었다. 그녀가 죄와 구원에 대해 말할 때 윗입술만 살짝 떨렸을 뿐 얼굴 아래쪽에는 그늘이 드리웠다. 모든 게 저 가벼운 떨림 속에 있어. 장은 생각한다. 과거의 물을 헤쳐나가려는 저 기세. 그리고 그는 유럽에서 가장 강력한 군주의 여자가 여전히 자신처럼 둘로 쪼개진 피조물이라는 사실을 결코 잊지 않는다. 그녀가 자기 삶에 탄성을 넣기 전까지는 가만있지 않을 피조물 말이다. 삶의 여러 시기들 사이에 겹치레일지언정 지속성을, 부도덕성을 줄이다 못해 없애버리기까지 하는 흐름을 넣기 전까지는.

베르사유에서 몇 백 미터 거리에 자리한 처녀들의 새 집에 처음 들어설 때 장은 비틀거리며 만약 수녀원장이 사라진다면 더이상 살아갈 힘을 찾지 못할 것이라고 속삭이는 자신의 목소리를 듣는다.

맹트농이 그를 그 집 곳곳으로 안내한다. 그녀는 그곳에서 가르치는 모든 것을, 자신의 야심 찬 모든 계획을 그에게 설명한다. 그는 어린 여자들이, 젊은 여자들이 미소 짓고 킥킥거리고 즐거워하고, 나지막이 그에게 인사를 건네는 모습을 본다. 거닐면서 그는 그 연약한 형체의 무리들 너머로 그가 예전에 백 개의 계단에서 숱하게 바라보았으며, 그의 다섯 딸들 사이에 끈질기게 그림자를 드리우고 있는 처녀들을 알아본다. 그러나 방문이 끝날 무렵 그는 그 모든 촌스러운 재잘거림이 거슬려 몸이 뻣뻣하게 굳는다.

우리는 저 아이들에게 더없이 순수한 프랑스어를 말하는 법을 가르칠 겁니다. 맹트농이 말한다. 그러기 위해 가장 위대한 시인이 필요해요. 나는 저 아이들이 하느님의 말을 하고 노래를 할 줄 알게 되길 바랍니다. 당신이 저들에게…… 일종의…… 시를 지어주시면 좋겠어요.

하지만 저는 지금 왕의 사관입니다.

당신이 사관인 건 바로 시인이기 때문이지요.

저는 이제 시를 쓰지 않습니다.

한번 시인은 평생 시인이고 죽어서도 시인이라는 걸 당신도 아실 겁니다. 그렇지만 조심하세요. 나의 처녀들을 위해 사랑을 주제로 삼는 건 바라지 않아요. 하느님의 말, 오직 하느님의 말이어야 합니다.

그녀는 그에게 가장 뛰어난 제자들 가운데 몇몇을 소개한다. 그중에는 그의 『이피제니』를 연기한 여자들도 있는데, 그들은 그에게 너무 깍듯이 인사하다가 하마터면 넘어질 뻔한다. 반면에 그의 자식들은 그 작품의 존재조차 알지 못한다.

돌아오는 길에 그는 숨이 막힐 것만 같다. 아첨과 명예만으로는 충분하지 않다. 그는 소환에 응하듯 시로 돌아가야 할 뿐 아니라 왕으로부터 멀어져야 한다. 모든 참석자를 왕이 지명해 선택하는 마를리의 만찬을 한동안 떠나야 할 것이다. 왕이 그의 이름을 말한 그 순간, 선택받은 다른 사람들과 더불어 그를 선택한 그 기적적인 순간의 결과를 스스로 포기해야 할 것이다. 일종의 시를 써달라니. 편지에서 니콜라는 그런 모호한 태도를 경계하라고 하지만, 장은 그 모호한 안개 위로 새롭고 참신한 무언가를 도드라지게 하게 되리라는 직감 뒤로 몸을 숨긴다. 어쨌든 그에게 선택권이 있는가? 맹트농은 며칠 뒤 다시 시도한다. 그가 연대기를 쓰느라―물론 명예로운 사실들이지만―발생했다는 것만이 유일한 이점인 사실들을 쓰느라 지치지는 않았는지 묻는다. 그는 아니라고, 전혀 지치지 않았으며, 연대기는 그에게 명성을 안겨줄 뿐 아니라 무한한 휴식의 근원이라고 대답하고 싶지만 그저 미소만 짓는다. 9년을 보내고 나니 그는 가정사나 토지 투자와 마찬가지로 쉽게 그 자리에 둥지를 트는 데서 날마다 즐거움을 맛본다.

그녀가 말을 잇는다. 당신이 이 자리에 오기 전의 세월을 다시 써야만 했을 때 당신 작품은 언급조차 하지 않았다는 사실을 눈여겨봤어요. 보세요, 당신은 1672년에 관해 쓰면서 당신의 『바자제』에 대해서는 한마디도 없습니다! 어떻게 그 정도로 자신을 잊을 수가 있지요? 적어도 내가 부탁하는 일이 당신 자신을 떠올릴 기회는 주지 않나요!

부인, 부인께서도 저처럼 망각의 미덕을 아실 테지요.

그는 다시 그녀의 윗입술이 떨리는 걸 본다.

장은 『에스테르』의 주제를 아주 빨리 선택한다. 하지만 막상 계획을 구상하기 시작하자 그는 잠을 잃고 알록달록한 대기를 몇 시간째 뚫어져라 응시한다. 하루 저녁, 이틀 저녁, 그는 끈기 있게 기다리다가 다시 일어나 집무실에 칩거한다. 첫 말을 내놓고 그 소리를 들으려면 밤의 고요한 대기가 필요하다. 그는 근육을 다시 작동시키고, 습관의 끈을 되찾으려 애쓴다. 초조한 마음이 솟구치고, 그 모든 단식의 세월에, 구속당하고 정렬당하고 매몰당한 식욕에 격노해서 흥분한다. 그는 집무실에서 나와 자기 가족을 저 멀리 보이는 야트막한 구릉처럼, 그가 합류하고 싶지 않은 구릉처럼 바라본다. 카트린의 질문에 그는 살짝 짜증까지 내며 대답한다.

그는 맹트농에게 운문으로 쓴 모든 장면을 보여준다. 그녀는 조금 더 단순하게 만들라고 촉구한다. 그녀의 젊은 여자들이 그의 시를 단번에 이해할 수 있어야 한다는 것이다. 그는 자신의 시는 단번에 이해되기 위해 쓰인 게 아니라고 말하지도 반박하지도 않고 수정한다. 그저 니콜라에게 이렇게 털어놓는다. 새로운 세대의 청춘들이야. 노래되는 이 시구들에서 그는 음절을 제거한다. 이때까지는 7음절, 5음절, 4음절 시는 감히 시도해본 적이 없었다. 맹트농은 그를 칭찬하며, 하느님의 말은 짧고 순간적이고 미묘한 기호여서 악절도 긴 구절도 필요 없다고 말한다. 단순하고 숭고하죠. 그녀가 열광하며 말한다. 이 연약한 목소리들에 천사들의 비상을 제공할 음악은 고려하지 않더라도 말이에요. 후원자가 열광해도 장은 종종 겁이 난다. 그는 그녀가 만들게 하는 그 새로운 혼종 몸체보다, 그 괴물보다, 비극의 낡고 무거운 골조를 손에 쥐고 싶어한다.

초연일 저녁, 왕은 입구에 서서 초대객들을 일일이 직접 확인하고 지팡이로 막아 세운다. 장은 니콜라에게 말한다. 거의 꼴불견이었지. 니콜라는 그에게 대답한다. 왕국 곳곳에서 전선이 늘어나고 있으니 어쩌면 왕에게는 작품이 요새 역할을 하는지도 모르지. 어쨌든 사방이 전쟁통이고 금고가 비어가니, 사랑하고 울고 기도하는 저 어린 여자들이 얼마나 위안이 되겠어.

장은 몸이 굳는다. 그는 왕국을 헐뜯느니 차라리 자기 작품을 헐뜯길 바란다. 세월과 더불어 그의 인격과 왕의 인격 사이의 간극은 더욱 줄어들었고, 그래서 왕이 마치 자기 작품이라도 되는 듯이 그의 작품의 관객을 맞이하는 걸 볼 때 자신만 착각하는 것이 아니기를 바란다. 그는 왕이 만약 사라지기라도 한다면 더 이상 살아갈 힘을 찾지 못할 거라고 중얼거리는 자신의 목소리를 듣는다.

『에스테르』는 눈에 띄게 성공을 거둔다. 저녁마다 왕은 그를 칭송하고, 맹트농은 으스대며 조신들을 선별하고 대중 공연은 전혀 허락하지 않는다. 모든 것이 학교 울타리 안에서 이루어진다. 천 명도 넘는 사람들이 보고 싶어하지만 200명만 배석한다. 사람들은 그에게 말한다. 이걸 복귀라고 한다면 엄청나게 화려한 복귀입니다. 하지만 그는 "나의" 『에스테르』라고 말할 수가 없다. 그의 모든 소유는 이제 그의 직무로, 공식 직책으로, 재산으로, 가족으로 축소된다. 그가 자신의 작품을 다시 읽고 무미건조하다고 생각한 건 같은 이유에서일까? 시가 발음되자마자 바로 이해된다면 그건 투명한 물이나 다름없어⋯⋯. 시는 음악처럼 들어야 해. 그는 확신을 갖지 못한 채 속으로 거듭 되뇐다.

광기의 바람이 기숙사와 정원의 숲을 덮친다. 젊은 여자들은 흥분해서 오직 시로만 말한다. 맹트농은 그들의 덕성을 걱정한다. 열정이 격정으로 바뀌는 건 용인할 수 없어요. 다음번에는 시와 무대의 위험에, 머리로 솟구치는 그 모든 기운에 여자들을 더 잘 대비시켜야 할 것 같아요. 장은 못 들은 양 처신한다. 그가 그녀의 떨리는 입술을 보았다는 걸 알았는지 그녀는 반복해 말하지 않는다.

그의 고모 역시 수녀원이 극장으로 전락할까봐, 그 모든 젊은 여자들의 머릿속에서 범법 행위들이 싹트기 시작할까봐 겁낸다. "젊은"이라는 말을 내뱉을 때 그녀의 얼굴은 오래전부터 늙은 수녀들만 접해온 그녀에게는 한낱 공상일 뿐인 그 말을 받아들이지 못하고 닫혀 있다. 그녀 앞의 미래는 거대하고 시커먼 덩어리 속에 떨어진 작은 바늘 머리에 불과하다고 장은 생각한다. 더구나 그의 경우도 마찬가지다. 그는 대답한다. 그는 영혼이 다양한 주름으로 이루어져 있다는 걸 누구보다 잘 안다. 독피지처럼 얇은 환상들을 그 주름 사이에 끼워 넣기란 쉬운 일인데, 그 환상들은 결국 부풀어 올라 영혼을 질식시킬 것이다. 그리고 그는 순수는 별것 아닌 것에 산화되므로 그 무엇도 그의 딸들의 정신을 변질시키지 못하도록, 딸들이 관심을 딴 데로 돌리지 못하도록, 욕망이 사소한 불행이나 열정의 낌새조차 싹틔우지 못하도록, 그 아이들이 성녀처럼 남도록 보호하고 싶다고 덧붙인다. 아녜스는 죄가 될 수 있을 그 말을 자르고, 박해를 보여주기 좋은 작품의 작가가 된 것을 축하한다고 말한다. 몇 년 만에 처음으로 그녀의 눈이 기쁨으로 빛난다.

그는 자기 딸들을 경이로운 존재처럼 바라보지만, 이따금 아내에게는 너무 많이 낳았다고 불평한다. 그러다 딸애들이 완벽하게 건강하다고 카트린이 대답하면 그는 부끄러운 듯 자신의 불평을 슬그머니 해체한다. 그렇기에 그는 조금만 아파도, 궁에 있을 때면 특히나 공포가 파놓은 깊은 구렁에 홀로 빠져 하느님이 내려주는 밧줄 외에는 다른 어떤 밧줄도 없이 허덕인다. 병이 오래가거나 심해지면 악몽이 온갖 장면들을 보여준다. 그는 한 아이를 빼앗기고, 그의 가족이라는 큰 몸체는 사지를 절단당한다. 그래서 카트린이 마침내 좋은 소식을 보내오면 그는 애정 표현을 한껏 쏟아내며 응답한다. 그의 손가락 사이로 흘러넘치는 꿀물이 그의 아내를 "나의 심장"이라고 부르게 만들고, 그녀의 손에 입맞추고, 그의 사정거리 안에 있는 손마다 입 맞추고, 하느님에게 감사하게 만든다.

맹트농이 그에게 또 다른 시를 한 편 주문한다. 왕께서 당신의 시만 듣고 싶어하십니다. 그녀가 그에게 말한다. 왕국이 생시르에 집결하는 시간에, 왕이 더 이상 전장으로 떠나지 않는 시간에, 아들들을 전장에 파견하는 시간에, 늙은 장수는 늙은 시인 곁에 피신한다. 마지막 공연 이후로 겨우 두 달이 지나 장은 『에스테르』가 총애 덕에 우연히 분에 넘치는 성공을 거둔 것뿐이라는 확신을 갖고 다시 작업에 매달린다.

총애를 받을 자격이 있다고 니콜라가 고쳐 말한다. 왕국에 일종의 관용어법을 제공했다는 느낌이 들지 않나?

그건 그가 참으로 바라는 소원이지만, 이 작품도 전 작품들도 그 소원을 완벽하게 이뤄주지는 못했다. 그는 보방도 르보도 아니므로 돌을 다루듯 확실하게 재료를 다루지 못한다.

그는 5막의 구조와 12음절 시의 길이를 되찾고, 결구로 된 합창시를 버리고, 노래가 낭독을 변질시켜서는 안 된다는 고정관념을 되찾는다. 그리고 두려움과 연민, 동맹과 학살을 다시 되살린다. 그는 레퍼토리에서 길어오는 걸 망설이지 않고, 꿈을 행위의 중심에 자리 잡게 한다. 그리고 니콜라에게 말한다. 이건 단순한 환상이 아니라 흔적이고 강렬한 기억이야. 그는 단순한 세부 사실들, 대중의 눈이 채취하기만 하면 되는 이미지들, 훨씬 밝은 덩어리 속의 어두운 시 몇 편, 낮 속의 밤의 파편들을 가지고 쓴다. 그리고 거기에 그림자들, 상처 입은 생생한 살점들, 그의 『아탈리』 속의 디도를 약간 집어넣는다.

아이들을 위해 쓴다는 사실을 잊지 마, 니콜라가 그에게 일러 준다.

맹트농이 그에게 작품이 준비되었는지 물을 때마다 그는 시간을 늦추는데, 마침내 집필을 끝내자 이번에는 그녀가 작품의 공연을 미룬다. 장은 내심 전혀 놀라지 않지만 굴욕은 언제나 시와 관계 맺고 있다는 사실을 확인한다. 그는 니콜라에게 말한다. 그렇게 부탁하고 애원해놓고는 잊는 거야, 그는 다시는 거기서 작업하지 않으리라 다짐하고, 그저 파리의 살롱에서 자기 작품을 읽게 한다.

맹트농은 온갖 종류의 압박을 해온다. 그녀의 조언자들은 기숙 학생들의 동요, 우레 같은 박수갈채, 공원 숲에 몸을 숨긴 젊은 사람들을 환기한다. 그들은 장의 시가 낭독되기도 전에 그 시를 비난하고 금지해야 한다고 주장하지만 왕은 단호하다. 『아탈리』는 계단식 좌석도 의상도 없이 비공식적으로 공연될 것이다. 이런 제약에도 장은 기분이 나쁘지 않다. 오히려 그 반대다.

맹트농의 거처에서 젊은 여자들은 음악 없이, 겨우 클라브생 하나에 맞춰 낭송하고 노래한다. 그러나 둘째 날 저녁부터 장은 서투른 결점들이며 시골 억양, 우둔한 실수 등을 지각한다. 음악이 감춰주던 모든 것이 그의 눈에 띈다. 그는 국가적 천재라는 옷을 빼앗기고 후원 작가라는 옷을 걸친다. 물론 여전히 미소 짓고, 맹트농이 고분고분한 젊은 얼굴들과 그녀를 잇는 실처럼 허공에 풀어놓는 온갖 감탄사를 머리를 끄덕이며 받아들인다. 장의 얼굴이 늙고 비굴한 만큼 여자들의 얼굴은 젊고 고분고분하다. 그 여자들이 얼마나 연기를 못하며, 그의 시를 얼마나 이해하지 못하는지, 얼마나 시를 학살하고 있는지 왜 그는 말하지 않을까? 왜 그는 자기 내면 어디에서도 그런 도약을 지탱할 바닥을 찾지 못할까? 그의 분노를 무장시킬 수 있을 바닥을? 그녀가 여전히 기숙 학생들의 도덕성에 대한 염려를 표하는 동안 장의 미소는 일그러지기는커녕 독립적인 피조물처럼, 공기 입자들에 매달린 기이한 동물처럼 그의 얼굴에서 떨어져 나온다. 그가 길들이려고도 내쫓으려고도 하지 않는 동물처럼.

『아탈리』는 세상에 나온 적이 없어. 이후로 그는 차라리 이렇게 생각한다. 궁정과 아카데미 사람들을 덮친 침묵은 이제는 맹트농이 아무 주문도 하지 않으리라는 사실을 잊게 해준다. 조언자들은 그녀의 귀에다 대고 이 얀센파 작자가 이 작품에 암호처럼 메시지들을 집어넣고, 유대인들에 대한 박해를 매개로 포르루아얄에 대한 박해를 불평한 것이라고 말했다. 그래서 위험을 송두리째 제거하기 위해 처녀들의 기숙사에서는 책과 글을 불태운다. 기숙 학생들에게는 작품 없이는 쉽게 사라지는 열정만 허용된다. 장은 처음에는 그 처녀들에게 무한한 연민을, 얼마 후에는 체념 섞인 낙담을 느낀다. 니콜라는 그가 가장 아름다운 비극 작품을 내놓았다는 말을 거듭하지만, 장은 자신의 가장 아름다운 비극은 『페드르』였다고 응수한다. 『아탈리』는 세상에 나온 적이 없어. 이렇게 말하고 그는 왕의 명령에 따라 전장으로 다시 떠난다.

그는 관찰과 연대기에 몰두한 채 잘려나간 머리들에 대해, 장성들이 텐트 속에서 즐기는 오락에 대해 탐욕스레 얘기한다. 그는 할 수 있는 곳에서 할 수 있을 때, 탁자 한구석에서, 바람과 소음 속에서 이야기들을 쓴다. 그에게는 집무실이 여느 때보다 치명적인 죽음의 공간처럼 보인다. 그가 편지에서 아들에게 그의 집무실에 틀어박혀 라틴어 번역 버전을 완성시키라고 조언했을 때만 빼고 그 어느 때보다. 그의 다른 일부가 되살아나는데, 그는 그것을 아버지의 일부라고 생각하지만 그보다는 아이의 일부일 것이다.

연말에 그는 '왕의 집'(왕을 모시는 1천~2천여 명의 시종 조직)의 상임 시종(왕의 메시지를 전달하는 시종)으로 임명된다. 그는 신들을 걸고 술수를 쓰지 않았다고 니콜라에게 맹세하는데, 니콜라는 귀도 먹고 기력도 쇠했지만 한마디도 믿지 않는다. 저자들 가운데 가장 질투 심한 이들도 그 소식에 기뻐한다. 마치 장이 동업조합이라도 이끌고 있는 것처럼, 어떤 이들의 재능이—혹은 그들의 행운이—신분과 혈통을 바꿀 수 있기라도 한 것처럼. 그의 혈관 속에 다시 꿀이 흐르기 시작한다. 이제 그는 전장에서도 다른 마차들 사이에 자리하고, 매개자 없이 보방과 얘기를 나눌 수 있게 된다. 그는 진흙이 황금으로 바뀌었다고 아내에게 말한다. 이듬 해 봄의 전장에서 왕은 매일 저녁 야영지에 황금비를 내리게 하라고 친히 명령한다. 니콜라는 편지에서 왕의 광휘가 쇠퇴할 가능성을 가지고 그 광휘를 입증한다. 그는 자신이 무슨 얘기를 하는지 알지 못한다. 쇠퇴는 장이 매일 보는 것보다 결코 더 멀어진 적이 없었다. 사열종대로 정렬한 12만 명의 사람들, 전체를 훑어보려면 2시간으로도 부족했다. 로마가 집결시킨 것보다 더 많은 수였다. 그가 로마라고 쓰는 건 더 이상 예전과 같은 이름이 아니고, 결코 수사도 아니고 허풍도 아니다. 그건 대리석과 사원의 광채가 아니라 보병 부대와 국경 너머로 던져진 수천 개의 창을 뜻한다. 그건 시가 아니라 역사다. 그 역사를 기준으로 그는 세상에서 가장 위대한 왕의 역사를 잰다. 왕은 그 역사가 여러 세기의 침묵 속에서 울리도록 그와 더불어 그 속에서 역사를 뛰어넘는다. 그것은 파리 거리만큼이나 꼬불꼬불한 참호이며, 북풍 아래 흔들리는 크리스털 샹들리에다. 진흙이 그 정도까지 황금으로 바뀌지 않은 건, 쇠퇴가 아니라 위험이 계속 증대되었기 때문이지. 그가 니콜라에게 설명한다. 전장은 혹독하고 목숨이 위태로운 곳이야. 귀부인들은 베르사유로 돌려보내지. 사람들은 허세를 경계하지 않는 왕의 안위를 걱정해. 니콜라는 홍수처럼 쏟아지며 나라를 덮치고 병사들을 진창에 빠뜨리는 비에 관해 말하며 부러움을 살짝 드러낸다. 서사시의 대상이 될 만한 혹독한 상황을 넌지시 찬미하는 것이다.

나무르 공격 이후 왕은 시련과 질병으로 기진맥진하고 수척해졌는데, 장은 여느 때보다 강해졌다고 느낀다. 새 직위로 수입이 한층 더 늘어났고, 수입과 더불어 그의 삶도 풍성해졌다. 첫째 아들이 열네 살 때 둘째 아들이 태어났다. 그 아들은 두 번째 영토를 요구할 텐데, 그에게는 아직 그럴 수단이 없지만 앞으로 얻게 될 것이다. 딸들의 저주가 드디어 멈췄다. 그는 동분서주하며 모든 직무를 이행한다. 홀로 왕의 곁을 지키고, 전임자가 죽자 모든 문서를 자기 집으로 가져오게 한다. 그의 코앞에서 몇 시간 동안 사람들이 오간다. 그들이 떠나자 그는 집무실에 산더미처럼 쌓인 문서 앞에서 국보 앞에라도 선 듯 기뻐한다.

베르사유에서 장은 이제 궁정 사람 수천 명 가운데 뽑힌 서른 명의 다른 귀족과 함께 왕의 기상 의식에, 신발 벗는 의식에 참석한다. 그 서른 명 가운데 맨 앞에서 문을 통과하는 사람은 넷뿐이다. 왕의 주치 외과의. 군사고문 둘, 그리고 그. 그들이 들어서고 나서야 방이 채워지는데, 외과의와 그가 맨 앞줄에 선다. 외과의는 왕의 건강을 살피고 왕의 몸을 촉진하므로, 장은 만질 수 없는 중요한 기관인 왕의 찬사를, 그리고 그 찬사에 담긴 그의 언어를 보살핀다. 날에 따라 왕은 그에게 라틴어나 어휘에 관한 질문을 던지고, 특히 아파서 침상에 머물 때면 독서를 청한다. 장은 목소리를 높이지 않고 거의 중얼거리며 대답하길 좋아하고, 자신의 말들이 밀폐된 공기 속에서 밤의 냄새를, 두 사람의 얼굴 사이에 가녀리지만 소중한 끈을 엮는 것을 느끼길 좋아한다. 오렌지 꽃의 첫 향기가 떠돌기도 전에. 그 뒤섞임은 오히려 무엇 하나 퇴색시키지 않는다. 사람들이 우상을 향해 품는 경외의 감정은 우상이 침을 삼키거나 뱉는 걸 봐도 추락하기는커녕 더 커지고 더 높아질 뿐이다. 마치 우상이 두 세계에 속하고, 인간의 형이상학과 신의 형이상학이라는 두 형이상학을 참조하고, 그 놀라운 양면성이 우상의 장점을 더 키우는 것처럼.

최고의 혈통에서 그렇듯이 왕이 자신의 직무를 자신의 장남이 승계하도록 허락하자, 장은 모든 의전과 총애를 뛰어넘는 단순한 일을 꿈꾸는 자신을 발견하고 놀란다. 증인 없이 단둘만의 대면 말이다. 맹트농도 하인도 그 누구도 없이. 그러면 왕은 그에게 앉으라고 권할 것이다. 두 사람의 눈이 서로를 바라볼 테고, 장이 어찌할 바 몰라 몸을 비틀어도 왕은 눈썹 하나 꿈쩍하지 않을 것이다.

그래, 무슨 할 얘기라도? 왕이 그에게 물을 것이다.

장은 대답할 말을 찾지 못할 것이다. 그저 그 자리에 있으면서 바라보고, 바라보는 대상이 되고, 두 사람의 호흡이 교대로 이어지는 소리를 듣고, 같은 공기를 마시고, 먼지가 일었다가 다시 내려앉는 걸 보고 싶을 뿐이기 때문이다. 예상과 달리 왕은 초조해하지 않을 것이다. 그들은 그렇게 서로 마주 보며 꼿꼿하고도 침착하게 미소를 띠고 있을 것이다. 그의 꿈속에서 왕은 장에게 아무것도 요구하지 않고 더 인내할 것이다. 아니면 침묵을 깨고 『베레니스』의 시 몇 구절을 암송해달라고 청할 것이다.

그리고 25년이 흘러 장은 그의 모든 여주인공을 통틀어 가장 죄 많은 여주인공을 또다시 부인하라는 요구를 받아들일 것이다. 그러나 그는 그러지 못한다. 그의 신앙도, 평판으로 그에게서 얻어낼 수 있는 모든 것도 무시하고 그는 딱 잘라 거부한다. 맹트농은 생시르 학교 처녀들을 위한 성가를 주문해 그에게 추문을 질식시킬 기회를 제공한다. 장은 그 상황에서 대단히 기독교적인 딜레마를, 악의 뿌리를 공략할 기회를 본다. 이번에는 어떤 술책도 없이, 지방질이 제거된 발가벗은 뼈에 덤비듯이. 그는 시구들을 구성하고, 한 구절은 여기, 또 한 구절을 저기로 옮기며 몇 시간을 보내고, 8음절 한가운데 11음절을 끼워 넣어보지만 모두 헛된 일만 같다. 이제 그는 뜨개질하듯이 글을 쓰고, 늙은 아몽을 추억하고, 아들이나 공증인과 보내는 시간과 자기 작품을 기꺼이 바꾼다. 허구를, 과장된 말투와 과시를 그리워하고, 중요한 꼭두각시들을 동반한 보잘것없는 비유들로 대체해버린 인물들을 그리워한다. 그는 니콜라에게 말한다. 연극은 우리 삶을 극화해. 다른 무엇도 그러질 못하지, 특히 기도는 더욱 그렇고.

주문한 작품이 배달되자 맹트농은 기뻐한다. 장은 부족함 없는 숭배를 되찾는다. 왕과 왕비가 저녁마다 대개 그의 「성가」 소리를 듣고 휴식을 취하며, 병이 점점 더 깊어지는 왕이 그 소리에 큰 위안을 얻는다는 말이 들려온다. 그 말에 장은 즉각 자기 아내의 입술 이미지를 대비시킨다. 얼굴 한가운데 귀가 자리한 것처럼 그의 시 「내 안에서 두 남자를 발견한다」를 듣고 전율할 아내의 입술을.

아르노의 심장은 포르루아얄로 보내졌다. 그것은 브뤼셀에서 방부 처리되어 심장 모양의 은제 용기에 담긴 채 여행했다. 그가 그곳에 간다면 왕이 싫어할 것이다. 장은 배려와 예의 갖춘 태도 뒤로 배신당하는 감정, 혹은 그저 선택받지 못한다는 감정은 더없이 둔감한 육신마저 상처 입힌다는 걸 안다. 만약 왕이 다른 시인을 택한다면 그도 똑같은 감정을 느낄 것이다. 그런데도 그는 포르루아얄로 가기로 마음먹는다.

그는 처음으로 작은 교회당에 발을 들여놓는다. 사람들은 그를 쳐다보고, 뚫어지게 응시하고, 가벼운 고갯짓으로 그 자리에 와준 것에 감사를 표한다. 그러나 장은 수의를 걸친 그 심장만 바라본다. 그 심장에서 예전에 아몽이 이야기했던 보랏빛 도는 풀무를, 반짝이며 펄떡이는 덩어리를 짐작한다. 아몽은 말하곤 했다. 심장이 펄떡이는 걸 보는 건 그야말로 기적이야. 그건 하느님이 물질에 불어넣은 움직임에, 하느님의 유일한 의지에 아주 가까이 다가가는 일이지. 펄떡이는 심장을 어떻게 볼 수 있다는 건지 그때는 이해하지 못했다. 그 이율배반만으로도 그의 이야기는 기적 같았다. 그는 그곳에 있는 동안 그곳에 온 걸 후회하지 않는다. 의식이 끝나고 고모 곁을 찾아가서도 후회가 없다. 그녀는 소멸에 대해 말한다. 그 말을 하면서 시선을 떨구지 않는다. 장은 늘 하던 대로 왕에게 넌지시 말해보겠다는 대답을 하지 못한 채 벽에 기댄다. 그녀는 누구에게 어떤 말이건 넌지시 할 때가 아니라, 마치 이미지들이 장의 눈에 강한 인상을 남길 시간을 주려는 듯이 음절 하나하나를 끊어서 천천히, 소멸의 전망에 맞서 무장할 때라고 말한다. 그는 그녀의 말을 들으며 불현듯 그녀의 허약한 몸이 긴장하는 걸 감지하고 고개를 끄덕인다. 그녀는 거북한지 입을 다물더니 조금 더 평온한 호흡을 되찾고, 장에게 그의 일곱 아이들의 소식을 묻는다. 그러나 그가 떠날 순간이 되자 아르노에 대해, 그의 슬픈 죽음에 대해 말을 꺼내고는, 그가 마지막까지 편애했지만 구원은 받을 거라고 말한다.

무슨 편애 말입니까?

잘 알잖니…….

그녀는 마지막 순간을 연장하려는 듯 말끝을 흐려 장이 너무 빨리 떠나지 못하게 한다. 그 순간 그는 자기 안에 두 사람이 아니라 셋, 넷이 있다고 생각한다. 아마 아르노에게도 고독한 애호가와 지칠 줄 모르는 에우리피데스 번역가가 있었던 것처럼. 그는 생각한다. 모든 존재는 군중이다. 이 다수는 무엇에 맞서 일어서는 걸까? 마침내 그는 수녀원장에게 스승의 심장이 어떻게 처리되는지 묻는다. 땅에 묻히게 되는 건지? 이곳 말고 다른 어디에서 그렇게 사람의 몸을 파헤치는 걸 보았던가? 사랑을 나눌 때나 의술에서 하리라고 꿈꿀 수 있을까, 차마 절대로 하지 못할 일이다. 그러나 그는 정원의 회양목과 사시나무들에 애착을 품듯이 그런 야만 행위에도 애착을 품는다. 하지만 그 야만 행위를 더 이상 생각하고 싶지는 않다. 그는 백 개의 계단을 천천히 다시 오르며 머리라도 박듯 이끼 속에 신발창을 처박는다.

왕은 천둥처럼 유감을 드러낸다. 왕의 처소에 장을 더 이상 초대하고 싶지 않다고 통보한다. 장은 자신이 왕의 실총을 견뎌내지 못하고 죽으리라 생각했었다. 하지만 매일 온갖 질문과 추측을 곱씹어도 그걸로 죽지는 않는다. 그의 고모가 한 말은 새로운 무리처럼 번식해서 왕의 변심에 충직한 애착의 색채를 부여하고, 총애의 부침浮沈을 뿌리내림으로 바꿔놓는다. 그가 그 붕붕거리며 몰려드는 무리를, 고인의 심장 없는 시신을 조금 더 물어뜯고, 그 참에 골짜기를 차지하려는 하이에나 같은 무리를 쫓을 수만 있다면 좋으련만. 그는 그런 광경은 한번도 본 적이 없었다. 그런 폭발을, 증오의 분출은 본 적이 없었다. 여러 차례 꿈속에서 그는 그 장기臟器의 머리맡으로 다가간다. 마치 비밀 숫자를 막 토해내려는 수수께끼 곁으로 다가가듯이. 그러나 잠에서 깨어나면서 그가 상상하는 건 언제나 차갑고 말 없는 심장이다. 그는 맏아들과 함께 집무실에 틀어박혀 아들에게 책을 읽어주고, 번역 시범을 보이고, 옛 텍스트들을 꼼꼼히 들여다본다. 그는 예전에 사람들이 그에게 하던 얘기를 자신이 아들에게 말하는 걸 듣고, 아들이 충분히 열중하지 않으면 야단친다. 언젠가 그의 책이 많지 않

다는 사실에 놀라는 아이에게 장은 이렇게 대답하면서 스스로
도 놀란다. 아들아, "숫자에 연연해하지 말라." 말이 나온 김에 그
는 그 말이 키케로의 문장이라고 설명한다. 절약이 더욱 큰 수익
이다. 그는 이 말이 인색과는 전혀 무관한 것이고, 진짜 위대함은
거기서 오는 것이며, 그의 모든 작품이 이 토대 위에 세워졌다고
밝힌다.

무슨 작품이요? 아이가 묻는다. 우리에게 말씀하신 적 없는
작품입니까?

장은 아이의 얼굴을 외면하며 그의 스승 니콜이 그 문장을 거
듭 반복했다고 말한다. 수수께끼 같은 그 말에 아이가 이마를 찌
푸린다.

늙고 병든 피에르 니콜은 파리에서 살고 있다. 장은 한두 번 그
를 찾아가다가 정기적으로 방문한다. 긴 면담이 시작되고, 간간
이 기침 발작이 끼어든다. 면담에서 그들은 둘 사이의 반목에 대
해서는 언급하지 않고, 학교와 교육, 목표에 대해서만 얘기한다.
속임수에 결코 넘어가지 않고, 손으로 베일을 하나씩 벗겨가며
30년 전과 똑같은 패기로 진실을 판별하고 뒤지고 좇는, 그 통찰
력 있는 정신과의 접촉에 장은 열광한다.

방문 틈틈이 그는 잊고 있었던 새로운 열정으로 스승의 글을
읽는다. 육안으로는 감지할 수 없고, 정신에 스며들어 씨를 뿌리
고, 그도 모르게 '영혼의 추락'을 몇 년 전부터 준비하는 이미지
의 힘을 누구도 그와 같이 묘사하지는 못할 것이다. 장은 영혼의
추락이라는 말에 멈춰 선다. 울퉁불퉁한 기복이나 종기를 그리

고, 썩어가는 육신을 아무렇지도 않게 빚어내는 즉흥적인 이미지를 갖춘 스승의 언어는 참으로 유려하고 정확해서 그의 기억 속에서 이따금 추론 도중에 후려친다. 그 대비 속에서 장이 알아보고 감격하는 건 그의 스승이 아니라 바로 자기 자신이다. 그러나 그 자신도 예전에 비극을 쓸 때 12음절 시가 그의 언어에 그런 행보를, 순간적으로 그림자에서 빛으로 건너가는 그런 방식을 제공했을 때, 이미지들이 독백 속에 끼어들어도 집어삼켜지지 않곤 하던 자기 자신을 말이다. 산문에 비해, 마담 드 라파예트의 산문처럼 대단히 우아한 산문에 비해 그의 12음절 시는 언제나 인간의 심장에 꽂힌 칼처럼 녹아들 것이다. 이미지 때문에. 나의 스승들은 여전히 횃불처럼 내 생각에 영향력을 발휘하고 있어. 장은 생각한다. 그리고 처음으로 그는 자신이 분노도 수치심도 없이 평온하게 쓴 글을 향해 고개를 돌린다. 그러자 토론이 이어진다. 토론에서 니콜은, 그의 비극 작품들에 대해 격렬히 반대하긴 했어도 그것들이 대단히 중요한 작품이라는 점은 여전히 믿고 있다고 그에게 털어놓는다.

공연을 직접 보고 싶었네…… 눈을 꼭 감고.

장에게는 사면이나 다름없는 말이다. 그것은 그가 무덤까지 가져갈 포옹이요, 그가 평생 기다려온 더없이 다정한 포옹이다.

그들 대화의 열기 아래 새로운 계획이 생겨난다. 골짜기를 얘기하고, 그가 받은 교육과 그의 소명을 이야기하려는 계획이다. 그가 그 계획을 스승에게 털어놓자 스승은 매우 흡족해하는 것 같다. 질병이 스승을 덮친 11월의 그날까지는. 장은 공포에 사로잡힌다. 그는 만나는 횟수를 늘리고, 만나는 시간을 끌어서 왕의 시간, 그의 가족의 시간, 나머지 모든 것의 시간이 되어야 할 시간을 잠식한다. 그리고 펜에서 찬사를 벗겨내고 새 연대기를 시작한다. 그는 사실들과 날짜들을 가지고 손재주를 부리고, 멀리까지 거슬러 올라가 날짜를 기록하고, 직접 보지 못한 세월들을 상세히 얘기한다. 며칠 뒤, 의사도 있고 치료약도 있지만 니콜은 임종을 맞는다. 장은 그를 지치게 했다고 자책한다. 스승이 죽던 날 밤, 그는 아이처럼 운다. 라퐁텐이 갑자기 죽던 날에는 눈물을 쏟는 게 아니라 지옥의 밤이 붉게 빛나고, 자신의 고행을 숨긴 카바레의 늙은 늑대가 그 지옥에서 배회하는 걸 본다. 그리고 이틀 뒤, 이번에는 랑슬로가 떠난다. 1년 사이에 그의 세상이 죽는다. 쉰여섯 살이 된 그에게는 스승이 아무도 남아 있지 않다. 슬픔의 예포가 그의 몸을 갈가리 찢고 깊숙이 난도질하자 그의 정신은 격분해서 뒷발로 일어나 자기 위안을 찾는다. 그는 왕실 메달에 새길 금언을 쓰는 일에서 12음절 시와 그의 청춘기를 떠올리는 분출과 솟구침의 기쁨을 발견한다. 이건 리듬과 생리학을 이용한 치료야. 그가 니콜라에게 털어놓는다. 산문은 결코 시처럼 나를 위로하지 못해. 동료들의 감탄이 그에게는 금속 위에 쏟아지는 햇살처럼 작용한다. 그는 자기 자신에 대한 사랑을 아직 끝내지 못했다. 자기 차례가 오면 신 앞에 출두할 고통을 포함해 모든 고통을 견디도록 도와줄 자기애를.

집으로 돌아온 그는 자신의 비밀 책에 몰두하며 포르루아얄의 젊은 처녀들을 다시 만난다. 글을 써나갈수록 그는 무리 지은 그들 속으로 나아가고, 재잘대는 그들의 대화에 끼어든다. 그는 그들의 기질을, 고뇌를, 간청을 자세히 묘사한다. 인물 묘사에 정성을 들이고, 연대기와 소설의 경계선까지 나아가며 희열을 맛본다. 그 온건한 논고 속에 왕의 얼굴이 그려진다. 골짜기가 땅속으로 꺼지도록 계속 누르는 힘의 얼굴이다. 그는 그의 스승들에 대해서도 수업에 대해서도 얘기하지 않고, 수녀들의 불행과 단죄, 빈곤만 얘기하며 여자들의 비탄과 다시 관계를 맺는다. 그가 글을 쓰는 건 아녜스를 위해서이고, 그가 더 이상 그의 고모에게 줄 수 없는 모든 보증을 위해서이며, 자신의 무능에 맞서고 왕에 맞서기 위해서이다. 그는 생각한다. 이건 한쪽에선 역사를 흰색으로 쓰고, 다른 쪽에선 검은색으로 쓰는 셈이군. 그는 왕을 배반하는 만큼 사랑한다. 그래서 그 자리에서 뒤로 물러나 마주 보고 꼼짝 않는 맹수처럼 맞선 두 책을 바라본다.

그의 집무실의 비밀 속에서 만들어지고 있는 노래에 영향이라도 받았는지, 어느 날 그가 애지중지하는 딸이 수녀원에 들어가게 해달라고 청한다. 딸은 수녀원에서 한번 체류해보고, 두 번째로 다시 더 길게 체류하더니 그곳에서 서원을 하고 싶다고 알린다. 장은 기뻐한다. 그는 몇 달 동안 수련소를 복구하기 위해 애쓰고, 딸아이 덕에 수녀원이 되살아나기를 희망한다. 이제 그곳을 찾을 때면 그의 눈길 아래 그의 삶의 두 극단이 만난다. 그의 어린 시절과 그의 아이가 만나는 것이다. 면회소의 어슴푸레한 빛 속에서 딸의 얼굴은 참으로 맑고 눈길은 참으로 열에 들떠 있다. 그러나 그의 고모의 얼굴은 매우 어둡지만 지극히 평온하다. 두 사람 사이에서 그는 격변에 휩싸인 행성의 도정을, 혹은 오직 신의 사랑만이 깨물게 될 무르익은 과실을 본다. 지속적이며 상처 주지 않는 유일한 사랑. 그는 자신의 딸을 위해서는 그런 사랑을 원하고, 모든 자매들을 위해서는 그가 여주인공들에게 먹잇감으로 내준 사랑, 여주인공들이 갈가리 찢어놓은 사랑과 정반대의 사랑을 원한다.

그러나 그는 어떤 순간들에는 겁이 난다. 그럴 때면 아이를 만류하려 해보지만, 그의 아내는 딸의 신앙심을 자신이 딸들과 함께 형성하는 거대한 하나의 몸속에 흐르는 피의 문제라고 보고 매우 행복해하며 그를 설득한다. 그러면 그는 왕을 내세운다. 왕은 '그곳'에 자식을 맡긴 사람을 결코 곁에 두지 않을 것이다. 마를리의 만찬 때 왕은 그런 말을 점점 더 자주 한다. 그럴 때면 왕은 혐오에 가까운 경멸을 드러내며 살짝 외면한다. 그는 장이 경직되는 걸 느끼길 즐기고, 그가 그 식탁에 자리하려면 그런 대가는 치러야 한다는 걸 이해시키고 싶어한다. 하지만 카트린이 너무도 격하게 심금을 털어놓는 바람에 장은 자신의 후손들이 그의 구원을 위해 자신보다 더 잘 일하리라는 희망을 다시 붙든다. 그의 이름을 영속시키는 건 그의 아들들의 몫이다. 아버지의 피를 씻고 정화하고 순결한 피 흘림이 되는 건 딸들의 몫이다. 그는 아몽이 양호실의 비밀 속에서 그에게 했던 말을 떠올린다. 여자들만이 그리스도처럼 피 흘린다는 말을.

그의 다양한 이면공작은 아무 성과도 거두지 못한다. 그는 딸에게 골짜기를 떠나야 한다고 알린다. 그 강제 퇴거에는 슬픔과 안도가 깃들어 있지만 아이는 신을 포기하지 않는다. 장은 딸이 강도 높은 금식과 고행으로 쇠약해져가는 걸 본다. 갈증으로 입술이 트고 갈라졌으며, 거무스레한 멍울이 작은 생물처럼 딸의 피부를 온통 뒤덮는다. 딸이 자처하는 시련이 그에게 자부심을 안긴 건 부인할 수 없는 사실이다. 그는 무릎에 흉터 몇 개가 남은 것 외에는 결코 고통을 받아본 적이 없다. 그러나 딸은 심각하게 병이 든다. 그는 망설이지 않고 딸에게 자클린 이야기를 들려준다. 예전에 어린 후작이 그에게 들려주었듯이. 이야기가 끝날 무렵 그는 딸애의 놀란 눈 속에서 그 옛날 달빛 아래서 자신이 느꼈던 분노를 알아본다. 그녀는 좌절하지 않고 결혼하기로 받아들인다. 그와 마찬가지로 그녀는 때로는 여기서, 때로는 저기서 비틀거린다.

그녀를 죽게 했어야 했네. 왕이 그의 귀에 대고 속삭인다. 우리는 함께 그녀를 참으로 사랑했지. 하지만 오늘날 우리 둘 다 지옥에 이렇게 가까이 다가서 있으니, 그 사랑을 완전히 포기해야 하지 않겠나? 왕의 목소리는 머뭇거리며 공중에 떠 있다. 그가 마지막 교정을 볼 때 그의 발행인은 『베레니스』를 1권으로 옮겨 싣고 싶은 게 확실한지, 새 판본에서 그 작품을 빼고 싶지는 않은지 묻는다……. 장의 목소리가 포효하며 출판사를 옮기겠다고 협박한다. 근거가 필요하다면 더 있다. 그의 삶을 얘기하려면 분리된 두 권이 반드시 필요하다. 이따금 그는 눈을 감고 어둠 속에서 이 책에서 저 책으로 종종걸음 치며 옮겨 가는 팔레스타인의 여왕을 상상한다. 여왕은 그에게 자기를 놓지 말아달라고 애원한다. 허공 위에서 그의 손은 아직 여왕의 손을 붙들고 있는데, 왕의 손은 장의 손을 놓는다. 이제 그는 다시 왕을 보지 못할 것이고, 다시는 왕 곁에 다가가지 못할 것이며, 다시는 오렌지 꽃 향기를 맡지 못할 것이고, 하인들의 공손한 눈길도 마주치지 못할 것이다.

어느 날 아침, 극심한 고통이 그의 오른쪽 옆구리를 찌른다. 그는 그 얘기를 아내에게는 하지 않고 니콜라에게 털어놓는다. 니콜라는 그의 편지를 펼쳐 들 때마다 운다고 대답한다. 이때부터 그는 오직 그의 가족과 구원만을 생각하고, 그 구원 속에서 그의 탁자 위에, 골짜기에 관한 그의 책 위에 웅크리고 앉은 맹수들 가운데 하나만 생각한다. 틈만 나면 그는 글을 쓰고, 나아가고, 시간을 거슬러 달려가지만 자신의 비밀을 아녜스에게조차 털어놓지 않으려고 조심하고, 그 비밀을 알아차릴 사소한 기회도 왕에게 주지 않으려고 조심한다. 그의 실총에 대한 소문이 그의 종양처럼 빠르게 커지고 있기 때문이다. 그는 심지어 왕이 그를 보지 못하도록 몸을 숨길 숲을, 왕의 산책을 방해하지 않고 지워지고 사라지기 위한 작은 숲을 꿈꾼다. 숲은 불타고, 나무는 부러지고, 나뭇잎들은 불길 속에서 천벌 받은 영혼들처럼 몸을 비튼다. 가느다랗게 치솟는 시커먼 연기는 지옥과 그를 잇는 끈이다.

1698년 10월 10일, 그는 유언을 작성한다. 고통이 심해지자 그는 오랜 시간 집무실에 틀어박힌다. 재산 상속 문제는 고심하지 않고 서둘러 끝내고, 그곳, 아몽 곁에 묻히고 싶다고 쓰기까지는 오래도록 망설인다. 그 말을 쓰고 나자 그는 이내 원기를 회복한다. 옛날의 흙이 고통을 가라앉히는 보드라운 감촉으로 그를 감싼다. 그는 시간이 없어 아직 끝내지 못한 검은 책을 의사에게 주고, 그것을 살아 있게 하라고 몰래 명령할 만큼 충분히 기력을 되찾는다. 이듬해 4월, 그의 의지대로 실행된다.

포르루아얄의 묘지에는 두 개의 작은 무덤이 비문 없이, 4월의 바람을 맞으며 맨머리로 남아 있다.

티투스가 죽었다.

신문에 실려 있다. 그녀는 그 후로는 아무런 메시지도 받지 못했고, 마땅히 예상대로, 원하던 대로 그 사실을 알게 되었다. 베레니스는 이 소식이 언젠가는 흰 바탕 위에 검은 글씨로 실리리라는 희망을 품고 사망자 명부를 샅샅이 훑는 버릇이 있었다. 그녀에게는 꼭 필요한 소식이었다. 이사나 질병 같은 평범한 소식으로는 부족했을 것이다. 그가 떠나면서 남긴 구덩이 크기의 사실이 필요했고, 게다가 그 사실이 그녀에게 직접 알려지지 않고 우연히 보게 되었어야 했다. 그녀는 매일같이 신문을 읽지 않는데다 기사에 실린 이름 하나 정도는 언제든 그냥 지나칠 수 있기 때문이다. 그녀로부터 고작 몇 킬로미터 떨어진 곳에서 티투스에게 재앙이 닥친 게 틀림없었다. 그 재앙은 그저 우연한 바람에 실려, 단지 그녀가 어쩌다 얼굴을 돌리거나 관심을 소홀히 했더라면 놓쳤을지도 모를 우연한 바람에 실려 그녀에게 전해졌다. 재

앙의 바람을 감지하지 못했을지도 모른다는 가능성에 그녀의 당
혹감은 백배 커진다. 그녀가 티투스의 임종에 대해 많은 걸 알고
있어 우연도 줄었지만 그 눈보라는 마침내 이렇게 불어닥쳤다.

티 투 스 가 죽 었 다.

그녀의 눈은 이 소식에 주어진 장방형 공간을 이리저리 활보한
다. 그의 이름에 붙은 쉼표에 등을 기댄 "그의 아내" 로마가 행렬
의 선두에 서 있다. 그리고 아이들이 그 뒤를 따른다. 그녀는 전
화기로 그 기사를 찍어 곧장 한 친구에게 보낸다. 그리고 묻는다.
그 사람 이름이 맞지, 티투스 맞지? 친구는 그녀가 놀라는 걸 이
해하지 못하고 대답한다. 예상하고 있었던 거 아냐? 그래, 물론
그렇지. 그녀는 죽음은 없고 죽음의 증거뿐이지 않느냐고 냉소
실린 말을 거의 덧붙일 뻔했다.

티투스는 베레니스 없이 결코 2년 이상 살지 못했을 것이다. 로
마 역사에서 티투스 황제가 신이 내린 벌을 받아 말라리아로 죽
었듯이. 그녀는 기뻐서 어쩔 줄 모른다. 로마가 보낸 마지막 메시
지를 받았을 때처럼. 당신이 오지 않으면 그이는 계속 끔찍하게
고통받을 거예요. 의사들 말로는 그가 죽지 않으려고 버티고 있
답니다. 의사들에게 당신에 대해 말했어요. 상상해보세요. 의사
들조차 당신을 알아요. 의사들은 분명 상관있는 일이라며, 당신
이 지난번에 남아 있었더라면 그이는 벌써 떠났을 거랍니다. 당
신은 남아 있었어야 했어요……. 아니, 난 모르겠어요……. 그의
고통을 측정했는데, 1부터 10까지 단계에서 9.5에 달했고, 때로
는 9.7이나 되었어요. 누구도 이런 고통을 가할 수는 없어요. 최
악의 적조차도 말입니다. 할 수 있지요. 베레니스가 기다리지 않

고 대답한다. 그리고 덧붙인다. 난 그 사람의 고통의 정도가 더 올라가서 9.9에, 심지어 10에 달하기를 바라요. 그러다 몸이 무엇을 주는지 알지 못하는 미지의 상태에 떨어지길, 41도가 넘는 고열이 그를 발작하듯 넘실대는 강물 속으로 쓸어가길 원해요. 티투스의 고통이 심지어 고통의 새 단계를 만들 수밖에 없기를 바란다고요. 그녀는 자기 안에 그런 잔혹함이 있으리라고 상상하지 못했을 테지만, 자신 앞에 펼쳐진 티투스와 로마의 불행에 뜻하지 않은 행복을 맛본다.

그래서 곧게 굳은 그의 무덤에서 몇 미터 떨어진 곳에서 그녀는 또다시 기뻐한다. 눈길들이 마주친다. 그녀의 눈길, 로마의 눈길. 그녀에게, 그리고 그들 어머니에게 쏟아지는 아이들의 눈길, 그녀를 계단 꼭대기까지 안내했던 친구의 눈길. 그리고 얽힌 눈길 타래 속에서 베레니스는 미카도 놀이를 할 때처럼 다른 눈길을 건드리지 않고 자기 눈길만 빼내는 놀이를 한다. 그러다 뒤섞이는 게 지긋지긋해지면 그녀는 홀로 떨어져 나와 다른 화관들 사이에 감춰진 화관에, 그녀가 라신의 인용문을 담도록 주문한 화관에 관심을 기울인다. 그곳의 누구도 알아보지 못할 인용문을. "마지막으로, 아듀."

장례식이 끝나고 베레니스는 석양빛을 받으며 집으로 돌아온다. 그녀는 차창을 내리고 공기와 햇살을 들이마신다. 아마도 티투스가 새로운 화창한 날을 기약하는 아침에 떠나면서 자주 그랬을 것처럼. 반면에 그러는 사이 그녀는 슬픔의 콘크리트에 매몰된 채 침대를 떠날 수가 없었다. 이제 그는 나무와 흙의 수의에 갇힌 신세가 되었다. 햇살이 그녀의 머리카락 위를, 살갗 위를 노닌다. 삶이란 게 이렇게 만들어진 모양이다. 숱한 바다가 당신과 나를 갈라놓는 걸 견딜 수 있도록, 내가 온종일 티투스를 보지 못한 채 견딜 수 있도록. 그녀는 우리가 모든 걸 견딜 수 있다는 사실에 애석해하는 동시에 흡족해하면서 문을 열고 들어선다. 그리고 라신과 관련된 모든 책을 정리하기로 마음먹는다. 그녀는 그 책들이 책꽂이의 한 선반에 모두 함께 붙어 있도록 빽빽이 꽂고, 책등을 읽을 수 있도록 주의해서 정돈한다. 라신의 이름이, 혹은 그녀의 거실에 집결한 티투스 몸의 잔해가 전시되고 증식되도록, 누가 거기 잠들어 있는지 잘 알 수 있도록. 그곳은 그녀의 비극 공간이, 그녀 사랑의 세력권이 될 것이다. 세월 아래 때로는 반짝일 테고, 때로는 소멸될 공간, 그러나 그녀가 그저 그쪽으로 고개만 돌리면 곧 가장자리가 형광빛을 발할 것이고, 그래, 바로 저기서 일어났지, 라고 말하게 될 것이다. 무엇이, 무슨 일이 일어났다는 거야? 사람들이 그녀에게 묻는다. 티투스가 결코 베레니스를 사랑하지 않았거나 혹은 그녀를 사랑한 일. 사람들이 사랑이라고 부르는 것을 이해하려 드는 건 바람을 잡으려는 것이나 다름없어. 데이지 꽃잎을 하나씩 뜯으며 사랑할까 아닐까를 물을 수도 있겠지. 미친 듯이 사랑한다, 열정적으로 사랑한다, 전혀 사랑하지 않는다. 너 많이 나아졌네……

라신이 죽고 10년 뒤, 왕은 수녀원을 없애기로 결정한다. 왕은 수녀들을 흩어놓고, 고분고분하지 않은 골짜기가 순례의 장소가 될까 두려워 묘지에서 3천 구의 시신을 파내게 한다. 1713년 화약 폭파로 그곳의 담장은 깡그리 무너진다.

연속된 세 장면 하나하나가 라신의 비극에서 무시무시한 묘사의 대상이 될 수도 있었을 것이다. 홍수 비, 산허리를 둘러싼 수백 명의 병사들, 눈물조차 흘리지 못한 채 넋 나간 얼굴로 마차에 실려나간 수십 명의 여자들이 그려졌을 것이다. 시신들을 난도질해서 수레에 던져 넣는 술 취한 용병들, 썩은 시신을 물어뜯는 개들도 그려졌을 것이다. 화약 폭발, 하늘을 향해 내뱉은 마지막 비명들, 그리고 내려앉은 침묵이 그려졌을 것이다.

사랑의 슬픔에서 회복되려면 1년이 필요하다고 흔히들 말한다. 진실을 무디게 만드는 온갖 진부한 말들도 한다.

그녀가 이별을 견디는 법

어느 카페 안, 한 남자와 한 여자가 앉아 있다. 여자는 울고 남자는 달랜다. 남자가 여자의 눈물을 닦아주며 마침내 말한다. 당신을 사랑하지만, 우리 헤어지자. 남자는 아내와 아이들 곁으로 떠나고, 여자는 흐느끼며 무너진다.

이렇게 전형적인 이별 장면으로 이 소설은 시작된다. 여자의 이름은 베레니스, 남자의 이름은 티투스. 1세기의 로마 황제 티투스와 유대 공주 베레니스(또는 베레니케) 이야기가 그 원형이다. 티투스는 로마 백성들이 반대한다는 이유로 사랑하는 베레니스를 버리고 황제가 되었다. 무수한 세월이 흐르고 문화가 달라져도 사랑의 도식 혹은 이별의 도식은 변하지 않았다. 사랑은 뜨겁고, 어긋나고, 배신한다. 사랑의 슬픔은 고통스럽고, 사랑의 기쁨보다 오래간다. 때로는 평생 치유되지 않는다.

298

어떤 말로도 실연의 아픔을 위로받지 못하던 21세기의 베레니스는 어느 날, 자신이 느끼는 고통을 절절하게 표현한 위대한 극작가의 시구를 접하고, 그 작가의 작품을 모두 찾아 읽는다. 사랑의 비극을 누구보다 잘 그리는 작가, 『베레니스』, 『페드르』 등 단 열두 편의 작품으로 17세기를, 아니 프랑스를 대표하는 극시인 장 라신이다. 오늘의 비극을 이해하기 위해 과거의 비극들을 탐문하면서 베레니스는 버림받은 여자의 고통을 놀랍도록 예리하고 섬세하게 묘사한 이 비극 작가를 '고통의 형제'처럼 느끼고, 독자를 그의 삶 속으로 끌어들인다.

두 살 때 어머니를 여의고, 얼마 후 아버지마저 잃고 고아가 된 라신은 얀센주의 교의를 따르는 포르루아얄 수도원에서 엄격한 교육을 받으며 자란다. 그곳에서 탁월한 스승들의 가르침을 받으며 라틴어와 그리스어를 배우고 고전을 번역하면서 자신만의 언어를 벼린다. 그 후 파리로 옮겨간 그는 전혀 다른 세계를 접한다. 화려한 사교계와 살롱, 연극과 궁정의 세계다. 몇 편의 비극 작품으로 성공을 거두면서 그는 태양왕 루이 14세의 눈에 들어 왕의 목소리가 되고, 아카데미 프랑세즈의 회원으로 선출되고, 왕의 사료 편찬관이 되어 베르사유 궁정을 드나든다. 이렇듯 라신의 온 삶은 엄격한 수도원과 화려한 궁정, 포르루아얄과 베르사유라는 두 장소, 두 세계로 찢겨 있다. 하느님과 어둠, 정적과 금욕의 세계, 그리고 왕과 빛, 사치와 관능의 세계가 그의 안에서 부딪치고 갈등하고 합류한다. 이 두 극단의 만남이 라신을 대체 불가능한 작가로 만들고, 그만의 언어를 빚어낸다. 라신이 표현하고 싶어한 건 사랑의 생생한 살갗을 베는 순수하고 혹독한 이별이요, 극적 효과도 장치도 없이 영혼을 오싹하게 만드는 냉기요, 숨 막히는 슬픔이라는 것, 그렇기에 라신의 작품 속에서는 탄생이나 죽음과 마찬가지로 슬픔도 삶의 본질적인 요소가 된다.

라신의 삶을 좇고 그의 작품을 읽으면서 21세기의 베레니스는 자신의 비극을 이해하고 위로받는다. 자신의 불행이 인류의 오래된 불행이라는 것, 사랑은 늘 어긋나기 마련이어서 절망의 벼랑 끝에 이를 수밖에 없다는 것을 깨닫는다. 그러면서 자신의 비극을 감당해내고, 점차 다시 소리를 내는 습관을, 사는 법을 되찾는다.

나탈리 아줄레는 이처럼 베레니스의 이별과 라신의 삶, 혹은 베레니스의 비극과 라신의 비극이라는 두 가지 이야기로 이 소설을 엮었다. 현재의 개인적인 비극에서 출발해 위대한 비극 작가의 삶과 작품 세계를 그려낸 이 작품은 라신의 전기傳記이자 사랑의 고통에 대한 애가이다. 장 라신의 삶을 내밀하게 들여다보며 야심과 열정, 질투와 사랑, 배신과 상실 등 그가 느꼈을 모든 감정들을 예리하게 해부하고, 그가 산 순간순간들을 치밀하게 그려내 이미 대리석 조각상으로 굳은 이 거장에게 다시 혈색과 표정을 입힌 아름다운 전기요, 모든 베레니스의 아픔을, 버림받은 모든 사랑의 고통을 어루만지는 애가이다. 나탈리 아줄레는 라신이 모든 독백을 유일무이한 마지막 독백처럼 만들고 싶어 했다고 말한다. 그런데 이 소설도 그렇다. 라신의 마지막 독백 같고, 모든 베레니스의 유일한 독백 같다. 절제된 감정으로 혼잣말 하듯 나지막이 얘기하지만 객석이 숨죽이며 귀 기울이게 만드는 강렬한 독백이다.

2015년 메디치상을 수상한 이 소설에 대해 평론가들은 "절제 미와 품격이 돋보이는 문체"라고 극찬하며 라신의 시적 감성을 섬세하게 담아냈다고 평가한다. 잊고 있던 라신을 다시 읽고, 그의 시를 소리 내어 낭송하고 싶어질 만큼 나탈리 아줄레가 그린 초상은 신선하다. 오늘의 베레니스가 라신을 읽으며 위로받듯이, 내일의 베레니스는 나탈리 아줄레를 읽으며 위로받으리라.

백선희

나탈리 아줄레 Nathalie Azoulai

1956년 이집트에서 프랑스로 이민 와 파리 인근 낭테르에 정착한 가정에서 1966년에 태어났다. 고등사범학교를 졸업했고, 현대문학 교수 자격을 취득했다. 고등학교에서 얼마간 교사로 일하다가 출판사로 옮긴 뒤 2002년에 첫 소설 『분주한 어머니 *Mère agitée*』를 발표하며 소설가로 데뷔했다. 2004년 『오빠를 둔 어느 여자의 이야기 *C'est l'histoire d'une femme qui a un frère*』라는 자전소설을 출간했다. 20세기 말 프랑스에서 고조된 반유대주의를 다룬 정치소설 『시위 *Manifestations*』로 독자들의 사랑을 받아 이름을 알렸다. 2009년에는 『광적인 열정 *Une ardeur insensée*』을, 2010년에는 첫 소설의 후속작인 『딸애들이 컸어요 *Les Filles ont grandi*』를 발표했다. 여섯 편의 소설 외에도 영화와 TV 프로그램을 위한 시나리오 작업에 참여했다. 2015년에 발표한 『티투스는 베레니스를 사랑하지 않았다』는 공쿠르상, 페미나상의 최종 후보작으로 선정되었으며 메디치상을 수상했다.

백선희

덕성여자대학교 불어불문학과를 졸업하고 프랑스 그르노블 제3대학에서 문학 석사와 박사 과정을 마쳤다. 현재 덕성여자대학교에 출강하고 있으며 번역가로 활동하고 있다. 옮긴 책으로 『세상의 위대한 이들은 어떻게 배를 타고 유람하는가』 『책의 맛』 『다섯 손가락 이야기』 『파트리시아 카스, 내 목소리의 그늘』 『자크와 그의 주인』 『레이디 L』 『짜증나!』 『행복, 하다』 『흰 개』 『북극 허풍담』 『로맹 가리와 진 세버그의 숨 가쁜 만남』 『프리다 칼로와 디에고 리베라』 『웃음과 망각의 책』 『햄릿을 수사한다』 『나가사키』 『셜록 홈즈가 틀렸다』 『하늘의 뿌리』 『안경의 에로티시즘』 『앙테크리스타』 『피에르 신부의 고백』 『알코올과 예술가』 『풍요로운 가난』 『단순한 기쁨』 『청춘·길』 『밤은 고요하리라』 『울지 않기』 『내 삶의 의미』 등이 있다.

티투스는 베레니스를 사랑하지 않았다

지은이_나탈리 아줄레
옮긴이_백선희

2017년 4월 10일 1판 1쇄 인쇄
2017년 4월 17일 1판 1쇄 발행

펴낸이_황재성 · 허혜순
책임편집_박민주
디자인_color of dream

펴낸곳_무소의뿔
(04030) 서울시 마포구 동교로 136
신고번호 제2012-000255호
신고일자 2012년 3월 20일
전화 02-323-1762 팩스 02-323-1715
이메일 musobook@naver.com
www.facebook.com/musobooks
www.instagram.com/musobooks
ISBN 979-11-86686-20-1 03860

무소의뿔은 도서출판연금술사의 문학 브랜드입니다. 이 도서의 국립중앙도서관 출판예정도서목록
(CIP)은 서지정보유통지원시스템 홈페이지 (http://seoji.nl.go.kr)와 국가자료공동목록시스템
(http://www.nl.go.kr/kolisnet)에서 이용하실 수 있습니다. (CIP제어번호: CIP2017008437)
한국출판문화산업진흥원의 출판콘텐츠 창작자금을 지원받아 제작되었습니다.